새벽을 여는 인생이
삶을
바꾼다

새벽을 여는 인생이 삶을 바꾼다

초판인쇄	2020년 8월 10일
초판발행	2020년 8월 15일
지은이	최수민
발행인	조현수
펴낸곳	도서출판 더로드
마케팅	최관호 최문섭 신성웅
편집	황지혜
디자인	호기심고양이
주소	경기도 고양시 일산동구 백석2동 1301-2 넥스빌오피스텔 704호
전화	031-925-5366~7
팩스	031-925-5368
이메일	provence70@naver.com
등록번호	제2015-000135호
등록	2015년 06월 18일

정가 15,000원
ISBN 979-11-6338-096-2 03810

새벽을 여는 인생이

삶을 바꾼다

changing your time — *to change your life*

최 수 민 지음

도서출판 더 로드
The Road Books

성공한 사람들은 왜 하나 같이
새벽시간을 중요시 했나

스타벅스의 하워드 슐츠, 월트디즈니 회장 로버트 아이거 월트디즈니, 애플의 CEO 티모시 팀 쿡, 트위터 공동창업자 잭 도시, 버진그룹의 회장 리처드 브랜슨, 현대그룹의 창업주 고 정주영 회장, 삼성그룹의 창업주 고 이병철 회장, JIMKIM HOLDINGS 김승호 회장 등 이들은 이름만 대면 한 번 즘은 들어봤을 법한 이름이다.

그럼 이들이 중요하게 생각하는 것도 들어봤는지 물어보고 싶다. 그것은 '시간관리'이다. 시간 중에서 특히, 새벽시간을 중요시했다.

세상에 자수성가한 부자 중 늦잠을 자며 성공한 사람은 없다. 성공한 사람들은 새벽에 일찍 일어나 떠오르는 해를 맞이한다. 해와 함께 산책을 하며, 하루를 시작할 준비를 한다. 해와 함께 운동을 하며, 건강한 하루를 준비한다. 떠오르는 태양 빛을 통해 독서를 하며 하루를 시작한다. 해는 어두운 밤하늘을 제일 먼저 밝게 빛나게 하고 생명이 살 수 있도록 도와준다. 이러한 해와 함께 시작하는 순간 인생은 밝게 빛나고 성공적인 삶으로 이어질 것이다.

이러한 삶은 하루하루를 치열하게 살아가는 직장인에게도 중요하다. 대한민국의 직장인 중 누구하나 쉬운 삶을 살고 있는 사람은 없다. 매일의 고난 속에서 더 나아질 행복한 미래를 꿈꾸며 살아간다.

《새벽을 여는 인생이 삶을 바꾼다》는 직장생활 중 겪은 시련을 시간관리를 통해 극복한 내용을 담았다. 책은 출근 전 새벽시간, 출근 후 업무시간, 퇴근 이후의 시간관리 방법에 관한 내용이다. 직장에서의 위기는 인생의 '전화위복'을 할 수 있는 계기가 되었다. 책은 회사에서 어려움을 겪고 있는 직장인, 공직생활로 고민하는 공무원, 공공기관 근무자, 퇴사로 고민하고 있는 직장인, 취업준비를 앞두고 있는 청년, 자기계발로 성장을 꿈꾸는 남녀노소 등 시간 관리를 통해 인생의 터닝포인트를 맞이하고 싶은 독자를 대상으로 집필했다.

이 책은 총 5개의 장으로 구성되었다.
1장은 출근 전 새벽시간이 중요한 이유와 활용방법에 대하여 소개했다. 2장은 출근 후 직장에서 시간관리 하는 방법과 회사 내에서 시간을 효율적으로 관리하는 방법에 대하여 소개했다. 3장은 퇴근 이후 시간의 중요성과 활용방법에 대하여 소개했다. 4장은 출근 전 새벽시간관리, 출근 후 직장 내에서의 효율적인 시간관리, 퇴근 후 저녁시간을 계획하고 실천하는 방법에 대하여 구체적으로 설명했다. 5장은 시간 관리를 통해 위기를 기회로 바꿔 성공적인 삶으로 이어진 내용을 담았다.

군대를 장교로 전역 후, 인생의 처음이자 마지막이라는 각오로 취업전선에 뛰어들었다. 시간이 흘러 나이가 들면 취업준비마저 할 수 없을 거란 각오로 취업을 준비했다. 그 당시 대부분 동기나 주변 친구들은 전공한 과목을 뒤로 한 채 취업을 했지만, 나는 전공을 살려 취업을 하고 싶었다. 하지만 취업은 좀처럼 쉽게 되지 않았다. 현재의 직장에 합격하기 까지 많은 탈락의 고배를 마셔야했다. 계속되는 탈락 속에 나의 마음은 어느 새 지쳐있었고, 이번 기회가 마지막이라는 생각으로 지원서를 넣었다. 이러한 노력에 대한 보상일까 하나님께서 합격이라는 행운을 선물로 주셨다.

지금 돌이켜보니, 직장은 또 하나의 도전이었다. 나의 한계를 시험하는 하나의 장이었다. 군대에서 막 전역한 나에게 두려움과 걱정은 없었다. 나는 자부심으로 가득한 채로 직장생활을 누구보다 잘 할 자신이 있다고 자부했다. 하지만 이것은 나의 착각이었을 뿐이었다, 직장생활 중 겪은 시련과 각종 장애물을 만나며 한계에 부딪친 나를 발견할 수 있었다. 이러한 한계는 내가 회사생활을 해야 하는 이유에 대해 처절한 고민을 하게 만들었다.

이러한 나를 이겨낼 수 있게 만든 것은 의외의 것이었다.
그것은 '시간관리'였다.

나는 남들이 잠들어 있는 새벽시간과 퇴근 후 쉬고 싶은 저녁시간에 행복한 미래를 위한 시간으로 사용했다. 출근 후에는 1분 1초라도 절약하고 아끼기 위해 누구보다 업무를 효율적으로 끝낼 수 있는 방법에 대해 고민하고 연구했다. 그 결과 출근 전 새벽시간과 퇴근 후 저녁시간은 나를 바꾸고 성장시키는 핵심동력이 되었고, 나는 위기를 기회로 바꿀 수 있었다.

대한민국 직장인이라면 누구나 마음속에 한 가지 어려움을 가지고 있다. 업무에서 오는 스트레스가 될 수 있고, 직장 내 인간관계에서 오는 갈등이 될 수 있다. 이러한 어려움은 직장인의 삶을 힘들고 무기력하게 만든다. 그래서 직장 생활을 하면 누구나 가슴 속에 '사직서'를 가지고 생활한다는 말이 생겼을 것이다. 저자도 직장생활을 하며 그 속에서 오는 어려움으로 많은 고민을 했다. 하지만 어느 누구에게 속 시원한 조언을 받지는 못했다.

이러한 문제를 해결하기 위해 시도한 것은 '독서'이다. 책 속에는 나와 같은 문제를 고민한 사람이 많았다. 책을 통해 속 시원한 답은 찾지 못했지만, 직장에 대한 본질적인 깨달음을 찾을 수 있었다.

'직장인은 누구나 입사를 한다면 퇴직을 해야 한다는 것이다.'
'우리는 하루하루 회사에 출근하는 것 같지만, 본질 속에는 하루하루 퇴사를 향해 출근한다.'

입사 후 회사생활을 하는 과정 속에서 자신이 어떤 준비를 하고 어떤 목표를 향했을 때 퇴직이후의 삶이 바뀐다는 것을 깨닫게 되었다. 지금 돌이켜봤을 때 이러한 사실을 입사하는 '그 순간' 알았다면 나의 직장생활은 더욱 빛나지 않았을까 싶다.

이 책에는 입사시절부터 현재까지의 경험과 그 속에서 겪은 시련을 '시간관리'와 '자기계발'을 통해 극복한 내용들이 담겨있다. 신은 우리에게 시간이라는 선물을 주었다. 다행히 시간은 어느 누구에게나 하루 24시간이라는 법칙이 적용된다. 그리고 이 법칙을 잘 사용했느냐 그렇지 않았느냐에 따라 사람의 인생은 차이가 난다. 이것은 우리 직장인에게도 동일하다 생각한다. 우리에게는 퇴직 이후 인생 2막이 기다리고 있다. 인생 2막을 지혜롭게 준비한 자와 그렇지 못한 자에게는 분명 차이가 있을 것이다.

선택은 여러분의 몫이다.

제 1 장

출근 전 시간이 최고의
승진 준비시간이다

새벽 시간이 중요한 이유

　프랑스의 낭만파 시인인 빅토르 위고는 아침 시간에 대하여 다음과 같이 말했다. 매일 아침 하루 일과를 계획하고 그 계획을 실행하는 사람은, 극도로 바쁜 미로 같은 삶 속에서 그를 안내할 한 올의 실을 지니는 것이다. 그러나 계획이 서 있지 않고 단순히 우발적으로 시간을 사용하게 된다면, 곧 무질서가 삶을 지배할 것이다.

　아침 시간은 중요하다고 생각한다. 대부분 사람은 아침 시간이 싫을 수 있다. 직장인은 직장에 가야 해서 싫을 수 있다. 학생은 공부가 싫어 학교에 가기 싫을 수 있다. 군인에게는 아침점호와 체력단련으로 싫을 수 있다. 가정주부에게는 식구들의 아침밥을 챙겨주고, 집안일로 싫을 수 있다. 이 글을 쓰는 저자도 이른 아침은 반갑지 않았다. 하지만 이러한 아침을 헛되이 보내는 생각은 더욱 싫었다. 왜냐하면, 아침

시간을 활용하는 것이 나를 유일하게 변화시키는 것이었기 때문이다.

세상에는 새벽 시간을 활용하여 성공한 사람들이 많다. 그중 한 명을 소개하고 싶다. 현대그룹의 창업주인 고 정주영 회장이다. 그는 새벽 네 시경에 일어나 하루를 시작했다고 한다. 일어나서 제일 먼저 한 행동은 신문읽기다. 그리고 운동을 통해 몸을 풀고 출근했다고 한다. 해외 출장을 다녀와도 시차 적응을 위해 시간을 허투루 쓰지 않았다. 그는 바로 현장으로 향해 일을 했다. 그만큼 그는 삶에 있어서 '시간'을 중요시했다. 그중 이른 아침 새벽 시간을 통해 그가 부지런하게 일한 것을 알 수 있다.

저자 또한, 이른 아침 시간은 중요한 시간이라 생각한다. 아침 일찍 하루를 시작했을 때와 그렇지 않을 때의 차이를 실감했기 때문이다.

출근 전 아침 시간이 중요한 이유는 아래와 같이 생각한다.

첫째, 시간 사용이 생산적이다.
둘째, 시간 사용이 효율적이다.
셋째, 성취감을 느낄 수 있다.

첫째, 시간 사용이 생산적이다.
새벽에 일어나면 느끼는 공통적인 분위기가 있다. 그것은 고요한 분위기이다.

이러한 분위기에는 잡념이 사라진다. 그리고 집중력이 높아짐을 느낄 수 있다. 이러한 분위기에 자신이 하고 싶은 일을 해보자. 아마 오후에 했던 것과는 다른 기분을 느낄 것이다. 자신이 맡고 있는 업무를 해도 좋다. 또는 자신이 좋아하는 자기계발을 해도 좋다. 새벽 시간에만 느낄 수 있는 감정을 체험해 보자. 여러분 속에 새로운 '자아'를 발견할 것이다.

둘째, 시간 사용이 효율적이다.

새벽에 일할 때의 장점은 방해하는 요소가 적다. 방해하는 요소가 적으니, 짧은 시간으로 집중력 있게 업무를 끝낼 수 있다. 만약 오후에 업무를 한다면 업무 이외의 방해요소가 많다. 업무 중 걸려오는 전화가 있다. 업무 중 나를 찾는 상사가 있다. 10분이면 끝낼 수 있는 업무가 있다고 하자. 오후 시간대면 업무를 하면서 전화응대, 주변 사람을 응대해야 하므로, 하고 있던 일을 집중력 있게 못 끝낼 수 있다. 그렇다 보니, 10분 걸릴 일이 30분, 1시간 이상 넘게 소요되는 것이다.

셋째, 성취감을 느낄 수 있다.

새벽에 일어나는 것은 쉬운 일이 아니다. 대부분 직장인이 아침잠은 줄이기 싫어할 것이다. 대부분 1분이라도 더 자고 싶을 것이다. 심지어 아침밥 먹는 것도 아까워하는 사람도 있을 수 있다. 이렇게 어려운 상황에서 잠을 줄여가며 일찍 일어난 상황이다. 이런 상황에 일찍 일어나 업무를 하거나 자기계발을 하면 스스로가 느끼는 감정이 있다. 그것은 '뿌듯함'이다. 어려운 상황에서 자신을 위해 투자했으니, 남들이 느끼지 못하는 성취감을 느낄 수 있을 것이다.

저자가 입사 초기 시절이었다. 입사 후에는 약 3개월가량 수습 기간을 거친다. 보통 이 기간에는 회사의 분위기를 파악한다. 3개월이 지나면 정식 임용장을 받는다. 임용장을 받은 날로부터 정식적인 조직원이 된다.

입사 전에는 최종합격하면 모든 것이 좋을 줄 알았다. 하지만 현실에서 여러 문제와 부딪치며 나의 한계를 느꼈다. 특히 내가 입사한 지 얼마 되지 않았던 초반에는 한계를 더욱 느꼈다. 내가 처음으로 발령받은 부서는 '총무팀'이었다. 처음 접한 업무지만 깔끔한 일 처리를 위해 노력했다. 그 당시 무엇이든 잘할 수 있다는 '자신감'으로 충만했다.

하지만 이러한 착각은 오래가지 않았다. 그리고 나는 일 처리를 잘하는 줄 알았다. 어느 날 조직원이 '사직서'를 제출했다. 그래서 내가 속한 총무팀의 팀원이 다른 팀으로 가게 되었다. 그러면서 나는 그의 업무를 떠맡게 되었다. 그때 알았다. 입사 초반 나는 착각 속에 살았다는 것을 말이다. 그가 다른 부서로 이동 후, 팀의 업무는 전반적으로 조정이 되었다. 나의 업무는 더욱 많아지고, 비중이 높아졌다. 이때부터 나의 직장생활에도 변화가 찾아왔다. 업무가 많아지다 보니, 나의 일 처리에도 변화가 필요했다. 일이 많다 보니, 하루 8시간만으로는 부족했다.

그리고 나의 감정과 생각도 부정적으로 변해있었다. 이러한 상황을 극복할 방법이 필요했다. 그것은 시간 활용이었다. 업무시간을 제외 후 내가 사용할 수 있는 시간을 고민했다. 그것은 '새벽', '아침' 시간이었다.

이때부터 나는 새벽 시간을 활용하기 시작했다. 정확히 말하면, 새벽 시간을 활용할 수밖에 없었다. 나는 변화가 필요했다. 비록 직장인이지만 성장하고 싶었다. 남들과 다르지만, 더 발전하고 싶었다.

나는 계획을 세웠다. 새벽에 해야 할 일, 오전에 할 일, 오후에 할 일 등으로 말이다. 새벽에 내가 할 수 있는 내용을 생각했다.

그것은 다음과 같다.

첫째, 업무

둘째, 독서

셋째, 운동

넷째, 공부

다섯째, 자기계발

입사 후 초반은 새벽 시간에 주로 업무를 했다. 그 당시 상황에선 업무를 할 수밖에 없었다. 업무량에 비해 나의 능력이 부족했기 때문이다. 그 당시 나는 직장 근처에서 생활했다. 새벽 6시 즈음 사무실에 도착했다. 조직원의 업무 협조가 적은 일을 주로 끝냈다. 문서접수 및 분배, 자료 작성, 출력물 편철 등이다. 새벽 시간에 느낀 점이 있다. 정말 생산적이고 효율적이었다. 만약 업무시간이었다면 10분에 끝낼 일이 2배는 걸렸을 것이다. 왜냐하면, 전화응대, 회의, 각종 업무 등으로 나의 시간이 분산되기 때문이다. 또한 새벽 시간에 온전히 일에 집중하며, 일을 끝낸 후 느끼는 성취감은 해본 자만이 알 수 있다.

출근 전 새벽 시간은 여러분 인생에 정말 중요하게 작용할 것으로 생각한다. 물론, 새벽 시간에 일어나기조차 힘들 수 있다. 저자 또한 아침에 일어나는 것은 어렵다. 하지만 남들이 잠든 시간, 자신을 위해 시간을 투자하기 시작하면 여러분에게 놀라운 변화가 나타날 것이다.

그것은 자신이 맡고 있는 업무에서 성과가 나타날 수 있다. 자기계발을 통한 자기 발전일 수 있다. 시작은 힘들 수 있다. 습관이 된다면 추후 알게 될 것이다. 성공한 사람들의 공통점 중 하나가 새벽 시간에 있었다는 것을 말이다.

누구든 성공하고자 한다면 일단 아침 일찍 일어나 해를 맞이하자!

누구든 건강하고 싶다면 일어나자마자 운동화를 신고 문밖을 나가자!

누구든 지혜롭고 싶다면 이불 밖으로 나가 책을 읽자!

시작이 어렵지, 습관이 든다면 여러분만의 무기가 될 것이다!

나에게 맞는 자기계발을 찾자

모든 사람이 세상을 바꾸겠다고 생각하지만, 누구도 자기 자신을 바꿀 생각은 하지 않는다. 러시아의 대문호 레프 니콜라예비치 톨스토이의 말이다.

새해가 되면 대부분 사람은 일출 명소를 찾는다. 새해의 해돋이를 보기 위함이다. 해가 떠오르면 대부분 새해 소망을 다짐한다. 직장인들은 승진을 위한 자격증 취득이 될 수 있다. 건강이 목적인 사람들은 다이어트가 될 수 있다. 영어를 잘하고 싶은 사람은 영어공부가 될 수 있다. 처음에는 열정을 가지고 시작한다. 시간이 흐르며 계획과 멀어지는 경우가 많다. 대부분 사람은 그것이 의지에 문제라고 말한다. 하지만 저자는 조금 다른 관점으로 말해주고 싶다. 그것은 여러분 의지에 문제가 아니라고 말이다. 의지보다는 개인적 성향과 상황의 영향이 크다고 말이다. 그래서 자신에게 맞는 자기계발을 찾는 것이 우선이라 생각한다.

저자는 대학교 때의 전공을 살려 입사에 성공했다. 대학교 때부터 가고 싶었던 종류의 직장이었다. 안정적이고, 남들도 가고 싶어 했던 직장이었다. 입사할 당시에도 경쟁률이 치열했다. 그만큼 합격 소식은 내게 축복이었다. 하지만 생각과 현실은 달랐다. 입사 준비만큼 현실에서도 노력이 필요했다. 그리고 시간이 흘렀다. 어느 날부터 입사 초기 때의 열정적인 모습은 점점 바뀌었다. 아침을 알리는 알람이 소음처럼 들릴 때도 있었다. 아마 대부분 직장인은 비슷할 것이라고 생각한다.

나에게는 변화가 필요했다. 그리고 나는 성장하고 싶었다. 그 당시 나는 총무 부서에서 사업 부서로 발령이 난 상태였다. 새로운 업무 파악과 적응을 위한 시간이 필요했다. 업무 파악을 위해 서류를 보다 보면 업무시간은 금방 끝났던 기억이 난다. 아마 이 시점부터 나는 새벽 시간 자기계발에 대한 욕망이 시작된 듯하다.

나의 욕망은 점점 현실화되었다. 새벽 시간을 활용하기 위한 계획을 세웠다. 일단 처음에는 일찍 일어나는 습관부터 만들려고 노력했다. 그 당시 사회에서 '미라클 모닝'이라는 단어가 유행했다. 그리고 새벽 5시 모임, 새벽 5시 클럽이란 단어가 유행했다. 나는 새벽 5시가 좋다는 말에 무작정 따라 하려고 했다. 처음부터 새벽 5시에 일어나려고 했다. 처음 며칠간은 유지했다. 하지만 오래가지 못했다. 처음부터 무리했다. 오히려 출근하면 더욱 피곤했다. 피곤함은 저녁까지 이어졌다. 나는 계획을 수정했다. 시간을 점점 당기기로 했다. 처음에는 7시로 시작했다. 7시 기상이 적응되면, 6시 50분, 6시 40분, 6시 30분 점점 줄여나갔다. 그렇게 나는 5시 30분으로 나만의 기상 시간을 정했다. 5시 30분에 알람이 켜지면 바로 일어나지 못했다. 20분 정도 뒤척이다 일어났다.

그 당시 출근 전 주로 했던 자기계발은 다음과 같다.
1. 독서
2. 영어 듣기
3. 운동
4. 명상
5. 기타(각종 공부 등)

처음에 주로 했던 것은 독서였다. 독서를 하며 인상 깊은 문장은 노트에 적었다. 어느 정도 적응이 된 이후에는 운동했다. 운동하면 영양 섭취를 병행해야 한다. 시간이 2배는 필요했다. 영양소 중 단백질은 중요했다. 구내식당에서 섭취하는 영양으로는 부족했다. 부족한 영양을 채우기 위해 닭 가슴살을 준비해야 했다. 가끔은 삶은 계란으로 대체했다. 운동을 했던 기간의 아침은 정말 바빴다. 운동 후 씻고, 출근준비하고, 음식준비까지 해야 했다. 이외에도 자격증 준비, 업무처리 등 다양한 것을 시도했던 것 같다. 새벽 시간 자기계발은 생각보다 힘들었다. 하지만 시간이 흐르면서 내게는 변화가 찾아왔다.

새벽 시간 다양한 자기계발을 하면서 느낀 점이 있었다. 다른 사람에게 좋은 자기계발이 있더라도, 나와는 맞지 않을 수 있다는 것이다. 저자는 원래 저녁에 가끔 운동하는 편이었다. 하지만 새벽에 운동을 시작한 후로는 생각이 바뀌었다. 오히려 이른 아침에 하는 운동이 내게 더 적합했다. 특별한 경우를 제외하고 매일 했다. 아침 운동은 업무에도 긍정적인 영향을 줬다. 운동을 통해 머릿속 잡념을 제거할 수 있었다. 땀을 흘린 후 상쾌함을 느꼈다. 근력운동을 하며 나의 몸도 점점 멋있게 변해가고 있었다. 주변에서 '몸이 좋다'라는 말을 들을 때면 기분은 더욱 좋아졌다. 반면 자격증 준비, 업무 등은 운동에 비해 생산적이지 못했다.

그래서 출근 전 자기계발을 시작한다면 자신에게 맞는 것부터 찾기를 권하고 싶다.

다음은 자신에게 맞는 자기계발 찾는 방법을 간략히 소개한다.

첫째, 기상 시간을 정한다.

둘째, 현재 자신의 상황을 파악한다.

셋째, 자기계발 리스트를 작성한다.

넷째, 한 가지를 골라 실천한다.

다섯째, 출근 후 긍정적인 영향을 주는지 확인한다.

위의 5가지 중 핵심은 실천이다. 리스트를 작성했다면 실천해야 한다. 계획을 세우고 고민하는 것도 중요하지만, 실천을 통해 내게 맞는 자기계발을 찾는 게 더 중요하다. 그래서 10분이라도 실천해야 한다. 실천을 통해 내게 맞는 자기계발을 찾아야 한다. 또한 실천하며 내게 맞지 않는 자기계발은 후 순위로 미루면 된다.

만약 출근 전 자기계발을 시작하고 싶다면 다음 사항을 추천하고 싶다.
1. **명상**
2. **필사**
3. **운동**

다음 3가지는 꼭 추천하고 싶다.

직장인은 기상 후 출근해야 한다. 그렇기에 자기계발을 한다면 출근 후 업무와 연계해서 하는 게 좋다고 생각한다. 기상 후 출근길이 즐겁고 행복한 직장인은 드물다고 생각한다. 저자는 직장에서 마주할 업무를 생각하며 긴장된 적이 더 많았다. 그래서 새벽에 위의 3가지는 긍정적인 영향을 줄 것이다.

명상은 이미 과학적으로 뇌에 변화를 주는 것이 증명되었다. 심리치료로 확산된 지 오래되었다. 저자도 명상의 효과를 체험했다. 명상은 출근 전뿐만 아니라 출근 후 업무 중간중간 해주면 뇌가 맑아지는 것을 느낄 수 있다.

이 글을 읽는 독자 중 필사는 의외라고 느낄 수 있다. 저자의 경험상 필사의 효과는 좋다. 글로 적으면서 머릿속이 정리되는 것을 느낄 수 있다. 복잡한 머리가 정리되는 느낌이다. 독자 중 이미 하는 독자도 있을 거라고 생각한다.

운동은 이미 새벽에 실천하는 사람이 많을 것이다. 운동이 과학적으로 신체에 주는 영향은 이미 증명되었다. 물론, 새벽 운동을 싫어하는 독자가 있을 것이다. 저자 또한 새벽 운동은 싫어했다. 오히려 반대했다. 이제는 아침 운동을 더 추천한다. 운동 후 출근하면 건강도 챙기고 정신도 맑아지는 것을 체험했다.

이 밖에도 여러 가지의 자기계발이 있다. 경제공부, 자격증 공부, 업무처리 등이 있다. 이 중 여러분만의 리스트를 작성하자. 그리고 바로 실행에 옮기자. 여러분에게 적합한 자기계발을 발견할 것이다. 혹시라도 이해가 되지 않는 부분은 이메일(munmu7@naver.com)을 남겨주길 바란다.

다른 사람의 의견은 중요하다. 다른 사람의 의견을 통해 위험을 줄일 수 있다. 간접체험을 통해 시간을 절약할 수 있다. 하지만, 자기계발만큼은 다르다고 생각한다. 다른 사람의 의견도 중요하지만, 자신의 체험이 더욱 중요하다고 생각한다. 단 하나라도 자신에게 맞는 자기계발을 발견하면 좋겠다. 그리고 이왕 자기계발을 한다면 출근 후 자신에게 긍정적인 영향을 주는 자기계발을 하면 좋겠다. 그것이 동기부여로 작용할 것이다. 동기부여는 지속하게 하는 힘을 줄 것이다. 그 힘은 직장에서 자신만의 무기로 바뀔 수 있다. 그러한 꾸준한 모습을 보며 주변 사람들은 여러분을 다른 눈으로 바라볼 것이다. 오늘부터 실천에 옮기자!

자기계발로 몸값을 높여라

좋은 생각과 행동은 결코 나쁜 결과를 낳을 수 없다. 나쁜 생각과 행동은 결코 좋은 결과를 낳을 수 없다. 제임스 앨런의 말이다.

이 글을 읽는 독자에게 물어보고 싶다. 출근 전 무슨 생각을 하는가? 긍정적인 생각? 부정적인 생각? 긍정적인 생각을 한다면 칭찬해 주고 싶다. 대부분 부정적인 생각을 하지 않을까 싶다. 저자는 긍정적인 생각보다는 부정적인 생각을 많이 했다. 그래서 일주일 중 금요일이 빨리 오기를 기다렸다. 하지만 새벽 시간을 활용한 이후로 출근 전 시간은 남들과 다른 시각으로 보게 되었다. 출근 전 새벽 시간을 활용해 나를 발전시키는 사고의 전환이 찾아왔다.

저자가 퇴근 후 도서관에 들른 날이었다. 구내식당에서 저녁을 먹고 잠깐 들렀다. 원래 집으로 바로 가려고 했으나 그 날만큼은 도서관에 가고 싶었다. 도서관은 직장 근처에 있어서 도보로 이동이 쉬웠다. 도서관에 도착했다. 그리고 경제·경영 코너로 이동했다. 무심코 지나치며 책장을 살펴봤다. 평소에는 눈에 보이지 않던 책이, 그 날만큼은 유독 한 권이 눈에 들어왔다. 책의 주제는 부자가 되는 법에 관련된 내용이었다.

다른 책들과 비슷하겠지라는 생각으로 읽었다. 하지만 책의 내용은 달랐다. 책은 인간의 내면과 의식에 관련된 책이었다. 나는 흥미를 느끼게 되었다. 놀라운 것은 책을 읽으며 긍정적인 감정이 느껴졌다. 퇴근 후 몸과 머리가 피곤한 상황이었다. 하지만 책을 읽자 나의 내면에서 무엇인가 차오르는 느낌이었다. 책을 읽으면서 나 스스로 변화하는 내 감정에 놀랐다. 이 책에서 말하는 것은 인간의 내면세계에 대한 내용이 많았다. 즉, 인간의 내면의식, 잠재의식에 대한 내용이 핵심이었다. 나는 그 자리에서 일부를 읽었다. 신기한 일이 일어났다. 읽으면 읽을수록 그 책에 빠져들었다. 나는 책의 저자를 봤다. 저자는 '나폴레온 힐'이라는 사람이었다. 그 당시에는 몰랐지만 이미 세계적으로 유명한 사람이었다.

그 책을 통해 한 가지 비밀을 알았다. 성공을 위해서 가장 중요한 것은 '내면의식'이라는 것을 말이다. 나는 책을 대출했다. 다음 날 아침부터 출근 전 독서를 시작했다. 그 책을 통해 깨달았다. 내 생각이 잘

못되었음을 말이다. 출근 전 나의 부정적인 생각이 나를 괴롭힌 것이다. 불필요한 걱정, 지나가 버린 과거 등 이미 일어나지도 않은 일에 대한 생각이 나를 부정적으로 만들었던 것이었다. 나는 그 책을 통해 나의 가치에 대해 생각할 수 있었다.

그 책을 통해 나는 출근 전, 나의 모습을 조금씩 바꿀 수 있었다. 책을 읽을 때와 읽지 않았을 때 생각의 차이는 컸다. 나는 출근 전 독서를 통해 아침 시간의 장점을 깨달았다.

장점은 다음과 같다.

첫째, 긍정적인 생각을 할 수 있었다.
둘째, 사고의 전환을 할 수 있었다.
셋째, 지혜를 배울 수 있었다.

첫째, 긍정적인 생각을 할 수 있었다.

책을 통해 부정적인 감정을 긍정적으로 전환할 수 있었다. 직장생활을 하다 보면 많은 일을 경험한다. 사람과의 문제, 일 적인 문제 등 말이다. 그 속에서 내 생각은 부정적이고, 불평으로 이어졌다. 하지만 독서를 통해 이러한 생각은 잘못된 생각임을 깨달았다. 이러한 생각은 언제나 바꿀 수 있고, 바꿔야 하는 생각이었다.

둘째, 사고의 전환을 할 수 있었다.

독서 하기 이전에 어려움이 닥칠 때 괴로워했다. 이러한 문제가 왜 내게 발생했지 라고 말이다. 하지만 책 속의 감동적인 문장을 통해 사고의 전환을 할 수 있었다. 그 내용은 아래와 같다.

'살아가면서 장애물에 직면하면 그것은 신이 내려주신 선물이라고 생각하고 그 안에 무엇이 들었는지 기쁜 마음으로 풀어보세요.' 마더 테레사가 한 말이다.

어려움에 대한 생각을 바꾸자 인식이 달라졌다. 내가 힘든 일이 있을 때면 나를 위한 하나의 선물로 인식을 바꾸기 시작했다. 이러한 인식은 내가 어려운 문제에 닥쳐도 유연하게 대처하는 자세를 만들었다.

셋째, 지혜를 배울 수 있었다.

우연히 읽은 책 한 권 속에는 울림을 주는 명언들이 많았다. 그중 내게 깨달음을 주는 명언이 있었다. 그것은 다음과 같다.

'인생은 과감한 모험이든가, 아니면 아무것도 아니다.' 헬렌 켈러의 말이다. 짧은 문장이지만 많은 동감이 가는 문장이었다. 헬렌 켈러란 인물에 대해서는 많이 들어봤을 것이다. 그녀는 어린 시절 심한 병으로 청각과 시각을 잃었다. 하지만 장애를 극복하고, 희망을 상징하는 인물이 되었다.

출근 전, 이러한 단순한 책 읽기는 내게 긍정적인 영향을 주었다.

아침 독서는 직장생활에도 영향을 주었다. 아침에 부정적인 생각으로 가득하다면 출근 후에도 영향을 미칠 것이라 생각한다. 부정적인 생각은 불평으로 이어질 것이다. 불평은 듣는 사람에게 자칫 불쾌감을 줄 수 있다. 물론 듣는 입장에서는 내색하지 않을 것이다. 그런 상황이 지속된다면 불평하는 사람과의 자리를 피하고 싶을 수 있다. 만약 긍정적인 생각으로 하루를 시작한다면, 불편한 상황이 와도 긍정적인 시각으로 넘길 수 있다. 긍정적인 시각은 불평하는 습관을 줄일 것이다. 좋은 생각으로 힘든 상황을 이겨내려고 노력할 것이다. 그러한 노력은 자신에게 좋은 일로 되돌아온다. 단연, 조직 안에서는 좋은 평판으로 이어질 것이다. 좋은 평판은 결국 인사고과에도 좋은 영향을 미칠 것으로 생각한다. 왜냐하면, 인사고과에 타인과의 협력도 하나의 평정 대상이 될 수 있기 때문이다. 그래서 출근 전에는 항상 나부터 조심해야 한다. 긍정적인 생각으로 무장해야 한다. 긍정으로 하루를 시작해야 한다. 긍정적인 마음을 출근 후 에도 유지해야 한다.

저자도 입사 초반에 어려움을 겪은 사람 중 한 명이다. 그 당시 나는 총무 부서였다. 직원들과의 업무 협의가 많이 있었다. 업무가 처음이었던 터라 부서의 특성에 대한 이해도 부족했다. 그러한 상황에 나의 개인적 성향은 마찰을 부추긴 꼴이었다. 이러한 일상이 반복되니, 나의 마음도 지쳐있던 것 같다. 그렇게 시간이 흘러 나는 독서를 시작한 것이다. 이러한 독서는 내게 변화를 주기 시작했다. 나의 성향도 조직에 맞춰 조금씩 변화가 찾아온 것이다.

특히 독서를 통해 나의 가치를 높이고 싶었다. 왜냐하면 책 속에는 성공과 관련된 내용을 읽을 수 있었기 때문이다. 책 속에는 시간 관리, 처세, 인간관계 등 나를 변화시키고 발전시킬 정보들이 넘쳐났다. 그리고 책을 읽으며 직장생활 중 고단했던 마음이 변하는 것을 느낄 수 있었다. 불행한 마음은 희망으로 변했다. 책 속에는 나와 비슷한 고단한 내용이 있기 때문이다. 오히려 나보다 어려운 사람들도 많이 봤다. 그 속에서 나는 더욱 희망을 발견할 수 있었다.

이러한 독서는 내게 성장이라는 가치를 선물해 줬다. 남들보다 일찍 일어나려고 노력했다. 남들보다 효율적인 업무를 지향하기 위해 노력했다. 남들보다 효과적인 업무시스템을 만들기 위해 노력했다. 이러한 노력은 좋은 성과로 이어졌다. 남들은 나의 업무시스템이 보이지 않을 수 있다. 하지만 나는 나만의 업무시스템을 구축하여, 효율적이고 효과적인 업무를 할 수 있었다.

이 책을 읽는 독자 중 직장인이 있다면 물어보고 싶다.

현재 자신의 가치가 얼마인지 말이다. 아마 대부분은 금액으로 환산하려 할 수 있다. 또는 자신의 월급을 보며, 한숨을 내쉴 수 있다. 하지만 여러분의 가치는 금액으로 환산할 수 없다. 여러분에게 필요한 것은 사고의 전환이다. 여러분도 출근 전 자신만의 자기계발을 했으면 좋겠다. 그것이 독서여도 좋고, 운동이어도 좋다. 출근 전 온전히 자신에게 집중하여, 자신의 가치를 높이는 것이면 좋다. 그 시작이 독서라면 강력히 추천한다. 독서가 어렵다면 내게 메일(munmu7@naver.com)을 보낸다면 도움을 주겠다. 직장인들의 건승을 빈다!

명상으로 변화를 시작하자

미국인들이 좋아하는 방송인 중 한 명인 오프라 윈프리는 명상에 대하여 다음과 같이 말했다. "명상을 지속하고 싶은 이유는 저 자신이 명상을 하면 1000% 더 나아진다는 것입니다. 작은 저 자신보다 큰 힘에 저를 맡기면 1000% 나아집니다."

이 글을 읽는 독자들에게 한 가지 물어보고 싶다. 출근 전 또는 스트레스를 받을 때 어떤 감정을 느끼는지 말이다. 아마 불안하거나 동기부여가 감소 될 수 있다. 심할 경우 우울한 감정으로 괴로울 수 있다. 이런 경우 흡연자는 담배를 피운다. 먹는 것을 좋아한다면 음식으로 해소하려 한다. 저자는 이러한 상황에 추천해 주고 싶은 게 있다. 그것은 명상이다. 특히 출근 전 잠간의 명상은 불안한 심리를 바꿔줄 수 있다.

출근 전 대부분 직장인이 느끼는 감정은 비슷할 거라고 생각한다. 불안하거나 초조한 감정을 느낄 수 있다. 입사 초기에는 이러한 긴장감은 더욱 심할 수 있다. 어떤 날은 출근길이 괴로운 날도 있을 것이다. 저자도 마찬가지였다. 입사 초반에는 과중 된 업무로 긴장의 연속이었다. 업무 이외에는 생각할 틈이 없을 정도였다. 다행히 군 복무 시절 장교로 근무한 경험은 내게 큰 힘이 되었다. 그렇게 시간이 흘러 나는 승진을 했다. 승진은 기분 좋은 일이다. 나의 급여가 상승하고, 승진한 날만큼은 기분이 좋아진다. 하지만 이러한 현상은 잠시뿐이었다. 결코 오래가지 않는다.

시간이 흘러 업무에는 적응되었다. 직장이 흘러가는 시스템도 익혔다. 그럼에도 한 가지 변하지 않는 사실을 깨달았다. 입사 전 생각했던만큼 출근하는 길이 즐겁지는 않았다. 나는 변화의 필요성을 느꼈다. 다행히 그 당시 다른 사람과 차별되는 점이 있었다. 그것은 독서였다. 나는 독서를 통해 명상에 대해 알았다. 그리고 또 한 가지 알았다. 직장인들이 스트레스로 정신적인 질환을 많이 겪고 있다는 것이었다.

그렇게 하여 나는 아침에 일어난 후 명상하기 시작했다. 명상을 하자 변화가 찾아왔다. 불안한 마음은 안정을 찾기 시작했다. 복잡한 머릿속은 맑아지는 느낌이 들었다. 신기한 경험이었다. 이러한 경험을 한 후 나는 아침에 기상 후 10분 정도 명상을 했다. 명상은 아래와 같은 방법으로 했다.

첫째, 기상 후 앉는다.

둘째, 양손은 무릎 위에 올려놓는다.

셋째, 눈을 지그시 감는다.

넷째, 코로 숨을 들이마신다.

다섯째, 입으로 천천히 내쉰다.

쉽게 말하자면, 조용한 방안에서 숨을 들이마시고 천천히 내쉬는 것이다. 머릿속에서 여러 가지가 떠오를 수 있다. 그런 경우 그러한 생각을 막으려 하지 않아도 된다. 떠오르는 생각은 그저 두기만 하면 된다. 명상을 통한 호흡은 자연스럽게 잡념을 사라지게 만든다.

명상은 직장인에게 필요한 것이라 생각한다. 왜냐하면, 명상에는 많은 장점이 있기 때문이다. 저자가 생각할 때 장점은 아래와 같다.

첫째, 장소에 문제가 되지 않는다.

둘째, 누구든지 할 수 있다.

셋째, 어렵지 않게 따라 할 수 있다.

또한 명상은 많은 효과가 증명되었다. 그리고 명상을 통한 효과는 개인마다 차이가 있다. 이러한 차이를 이해하기 위해서는 직접 해볼 것을 권한다. 특히 직장인에게 출근 전 시간은 중요하다. 누군가는 반문할 수 있다. 아침에 무슨 명상을 하냐고 말이다. 바쁜 직장인에게 권하기는 조심스럽다. 하지만 같은 직장인으로서 나와 같은 고통을 겪는 사람들에게 조금이나마 도움이 되길 바란다. 왜냐하면 현재까지 명상을 하고 있기 때문이다. 아마 효과가 없었다면 나는 벌써 하지 않았을 것이다. 우리 몸은 과학적이다. 명상보다 효과적이거나 좋은 게 있었다면 벌써 다른 것을 하게끔 신호를 주었을 것이다.

아침에 명상하는 것이 내겐 하나의 일상이 되었다. 이것은 출근 후 직장으로도 이어졌다. 나는 종종 업무시간에 나만의 방법으로 명상을 한다. 출근 후 명상을 하는 게 가능하냐고 물을 수 있다. 물론 사람들이 다 보는 앞에서 하기에는 어려움이 있다. 업무 중간에 호흡을 가다듬는 것이다. 호흡을 깊이 들이쉬고 천천히 내뱉는 것이다. 나는 아래와 같은 경우 나만의 호흡법을 실천하여 효과를 느꼈다.

그것은 다음과 같다.

첫째, 머리가 아픈 경우(두통)
둘째, 감정이 흥분되는 경우
셋째, 한숨을 내쉬는 경우

일하다 보면 사무실 내에서 여러 종류의 사람을 볼 수 있다. 화를 내는 사람, 스트레스로 괴로워하는 사람, 한숨을 내쉬는 사람 등이다. 심할 경우 두통으로 약을 찾는 사람도 봤다. 위와 같은 직장인에게 명상을 권하려 했지만, 사람들은 흡연하거나 받아들이는 사람은 드물었다.

옆에서 지켜본 나로서는 안타까웠다. 명상을 하면 비용도 절감하고 건강도 챙길 수 있는데 그것을 놓치는 것이기 때문이다.

이러한 명상에 대해 효과를 본 후 나는 자료를 찾아봤다. 많은 사람이 명상으로 자신의 문제를 해결하고 있었다.

다음은 사람들이 명상을 통해 문제를 해결한 사례이다. 비슷한 경우 참고하면 좋을 것 같다. 사례는 아래와 같다.

1. 부정적인 감정에서 벗어나 긍정적인 마음이 생긴 경우

2. 함께 하고 싶고, 같이 일하고 싶은 사람으로 바뀐 경우

3. 마음의 여유를 찾은 경우

4. 스트레스에서 벗어난 경우

5. 매일 피곤했던 감정이 없어진 경우

6. 잡념이 사라지고 마음이 편해진 경우

7. 자신감을 찾고 매사 당당해진 경우

8. 예민한 성격에서 낙천적인 성격으로 바뀐 경우

9. 삶의 방향과 이유를 깨달은 경우

10. 기타(삶의 본질 등)

이 밖에 여러 가지 경우와 종류가 있다. 그만큼 명상은 사람들에게 좋은 영향을 줄 수 있다고 생각한다. 직장생활로 겪는 어려움을 명상을 통해 해결하고 싶다면 메일을 남기길 바란다.(munmu7@naver.com)

일하다 보면 많은 어려움을 겪는다. 상사의 잔소리, 부당한 대우, 업무 중 겪는 애로사항 등 자신이 해결할 수 없는 문제들이 많다. 모든 문제는 결국 나로부터 시작한다고 한다. 물론 틀린 말은 아니다. 모든 것이 자기 하기 나름일 수 있다. 하지만 '과연 그럴까'라고 자문해 보자. 그렇지 않은 경우도 존재할 것이다. 직장이라는 공간은 개인들이 모인 장소이다. 개인들의 겪는 문제도 다를 것이다. 오늘의 김대리는 내일의 김대리와 다르다. 10분 전 김대리는 퇴근 전 김대리와 다르다.

이러한 문제에 대해 출근 전 사색을 통해 생각해보자. 질문에 대한 스스로의 결론을 내려 보자. 그것의 시작은 출근 전 10분 명상을 통해 시작했으면 좋겠다. 일단 시작하자! 밑져야 본전 아니겠는가!

출근 전 2시간, 나를 바꾸는 시간

대부분 사람은 남들이 주식에 관심을 보일 때 흥미를 갖곤 한다. 하지만 주식에 관심을 가져야 할 때는 아무도 거들떠보지 않을 때다. 평소엔 인기도 있으면서 잘 나가는 주식은 살 수 없기 때문이다. 현대 시대 투자의 귀재라 불리는 워런 버핏의 말이다.

아마 여러분 인생에도 비슷한 경우가 있을 것이라 생각한다. 누군가는 재능이 뛰어날 수 있다. 이러한 재능으로 처음부터 남들에게 인정을 받을 수 있다. 하지만 이러한 재능은 노력으로 얼마든지 뒤집을 수 있을 거라 생각한다. 변화를 위한 최적의 시간은 우리가 매일 마주하는 출근 전 2시간이라 생각한다.

저자가 새벽에 자기계발을 시작한 시기의 일이다. 저자는 새벽 시간 자기계발을 시작했을 때 시행착오를 많이 겪었다. 주변에 새벽 시간에 대해 조언을 해주는 사람은 드물었다. 그리고 시중에 나온 책이 있다고는 하지만 나의 상황과 맞지 않았다. 특히, 해외의 책들은 한국의 상황과 맞지 않는 부분이 많았던 것 같다. 그래서 처음에는 무작정 몸으로 부딪쳤다. 1년 정도는 시행착오를 겪은 것 같다. 처음에는 무리한 욕심에 너무 많은 것을 했다. 그 당시 일과는 다음과 같다.

1. 기상한다.
2. 영어 듣기 앱을 켠다.
3. 독서를 한다.
4. 필사한다.
5. 운동한다.

지금 다시 생각해봐도 시도는 좋았으나, 효과가 없었던 것 같다. 알람 소리에 억지로 일어났다. 영어 듣기 앱을 켜도 듣고는 있으나, 비몽사몽 상태로 들었다. 그러니 영어 실력이 제대로 늘지 않았던 것 같다. 독서와 필사는 도움이 조금 되었다. 하지만 짧은 시간 여러 개의 자기계발을 하려고 하니, 오히려 독이 되었던 듯하다. 가끔은 스트레스로 돌아왔다. 나의 목표량을 채우기 어려운 경우도 있었기 때문이다.

그래서 방법을 바꿨다. 영어는 필요한 만큼만 하고, 1가지만 실천하기로 했다. 일단 일어나면 영어는 틀어놨다. 독서와 필사부터 했다. 아침에 독서와 필사를 하며 내겐 필사가 더욱 효과적이었다. 필사 시작 전, 한 권의 책을 1회독했다. 1회독 한 책을 가지고 필사를 시작했다. 방법을 바꾸자 효과가 나타났다. 기존에는 여러 개를 하려는 생각 때문에 조바심이 들었다. 하지만 개수를 줄이니 마음에 여유와 긍정적인 의식을 가질 수 있었다. 기존의 방법보다 체계적으로 바뀐 것이다.

이렇게 1시간 정도 독서와 필사를 하면, 어느새 해는 창문을 비추고 있다. 나는 출근준비를 한다. 아침 식사를 하고 출근했다. 출근 전 시간을 나를 위해 지속해서 투자했다. 지속적인 시간 투자는 습관이 되었다. 독서와 필사를 하고 난 후, 어느 시점부터 운동의 필요성을 느꼈다. 나는 출근 전 시간을 운동으로 변경했다. 자기계발 종류만 바뀐 것뿐이지, 실천 방법은 비슷했다. 이렇게 나는 출근 전 1시간은 출근준비로, 1시간은 자기계발 시간으로 투자했다.

이렇게 출근 전 나를 위해 투자하는 시간이 2시간인 이유는 다음과 같다.

첫째, 출근준비 1시간

출근준비는 세면, 식사, 출근 복장 등이 포함되며, 때에 따라서는 이동시간도 포함된다.

둘째, 자기계발 1시간

실제로 아침에 나를 위해 투자하는 시간이다. 물론 상황에 따라 출근 준비시간을 줄이고 자기계발 시간을 늘릴 수 있다.

출근 전 2시간 정도 자기계발을 하면서 깨달은 점이 있다. 자기계발을 위해 동일한 시간에 기상하여 무엇인가 한다는 것은 힘들었다. 하지만 힘들면서 한편으로는 즐겁기도 했다. 왜냐하면 힘은 들지만 내가 발전하고 성장한다는 생각이 들기 때문이다. 그리고 2시간을 생각만 했을 때는 길게 느껴질 수 있다. 하지만 직접 체험하면 2시간은 결코 길지 않다. 조금만 집중하다 보면 어느새 지나 있다.

출근 전 2시간을 자기계발로 했을 때 장점은 다음과 같다.
첫째, 시간 관리
둘째, 성취감
셋째, 부지런한 습관

독자 중에는 새벽 시간 자기계발을 싫어하는 사람도 있을 것이다. 그 시간을 그렇게 보내야 하는지 반문할 수 있다. 저자도 그러한 부분에 동의한다. 저자도 직장인의 고달픔을 누구보다 이해한다. 그래서 새벽 시간 무엇인가를 권하는 것은 조심스럽다.

하지만 이왕 같은 시간이라면 2시간을 생산성 있게 보내자는 것이다. 그리고 그 시간을 직장에서 성과와 연계시키자는 것이다. 일을 사랑한다면 그 시간에 업무를 해도 좋다. 경험상 효율적으로 일을 할 수 있다. 주변 분위기가 조용하기 때문에 성취감도 배가 된다.

출근 전 시간을 통해 자신의 성장과 변화를 목표로 자신에게 투자할 것을 권하는 것이다. 그리고 그 이상적인 시간을 2시간으로 권장한 것이다.

왜냐하면 대한민국의 주간에 출근하는 직장인이라면 비슷한 패턴이 많을 것이기 때문이다. 독서를 좋아한다면 1시간 독서, 1시간 출근준비로 하면 된다. 글쓰기가 좋다면 1시간 글쓰기, 1시간 출근준비로 하면 된다. 자격증 공부를 한다면 1시간은 자격증 준비, 출근준비로 1시간을 투자하면 된다.

그리고 아침을 먹지 않고, 출근준비를 빨리 끝낼 수 있다면 2시간을 온전히 자기계발로 투자해도 좋다.

겉보기에는 어려워 보이고, 말도 안 된다고 할 수도 있다. 하지만 조금만 생각을 바꿔보자. 아침에 기상 후 핸드폰, 텔레비전 시청, 출근 준비시간을 분석해보면 불필요하게 낭비하는 시간이 존재할 것이다. 처음에 어렵다면 1시간으로 시작해도 좋다. 그리고 점차 시간을 늘려나간다면 여러분의 미래는 밝을 것으로 생각한다. 만약 입사할 때 이러한 원리를 내게 자세히 설명해 줬다면 나는 지금과 다른 모습이었을 것이다.

인터넷, 텔레비전에서 CEO 새벽 오찬 모임, 새벽 독서모임 등을 들어볼 수 있다. 저자도 종종 위 내용의 소식을 듣곤 했다. 그 당시에는 큰 의미를 두지 않았다. 그냥 그런가 보다 했었다. 하지만 새벽에 일어나 나를 위해 투자하며 깨달은 사항이 2가지가 있다.

그것은 다음과 같다.

첫째, 시간은 흐른다.
둘째, 시간은 길지 않다.

그리스의 철학자 테오프라스토스는 다음과 같이 말한다. 시간은 인간이 쓸 수 있는 가장 값진 것이다. 나는 이 말에 전적으로 동의한다. 내가 생각하는 시간이라는 개념은 직장인이 유일하게 자신을 발전시킬 수 있는 것이라 생각한다. 직장인에게 누구나 입사라는 첫 관문을 통과한다. 그리고 우리는 승진이라는 관문을 향해 간다. 이러한 관문을 위해 출근 전 2시간을 나에게 투자하며 여러분이 희망하는 미래를 그려나갔으면 좋겠다. 출근 전 2시간을 자기계발에 투자하였다. 그 덕에 새벽 습관을 지닐 수 있었다. 여러분도 2시간이라는 시간을 여러분만을 위해 투자했으면 좋겠다. 그것의 목적이 승진일 수 있고, 퇴직이 될 수도 있다. 그것은 여러분의 자유다. 이제 선택만이 남았다.

건강한 몸을 만들기 위한 기적의 2시간

"건강은 매우 소중한 것이며, 단 하나밖에 없는 것이다. 실제로 시간
과 노력, 그리고 재산뿐 아니라 건강을 얻기 위한 삶 또한 준비해야 건
강을 얻을 수 있는 것이다." 미셸드 몽테뉴의 말이다.

성공하는 사람들의 공통된 습관이 있다. 그것은 아침 습관이다. 그
들은 아침에 일어나면 가볍게 몸을 푼다. 운동을 좋아하는 사람은 자
신이 좋아하는 종목의 운동을 한다. 예를 들면 테니스, 헬스, 마라톤,
조깅, 달리기 등을 할 것이다. 이러한 운동을 매일 하면 일상이 될 것
이다. 저자도 출근 전 운동을 시작한 후로 일상이 되었다.

저자가 새벽에 운동을 시작한 시기의 일이다. 그 당시는 1월 추운
겨울이었다. 새벽에 알람 소리를 듣고 일어날 때면 항상 힘들었다. 운

동하기 위해 일어났을 때 기쁨보다는 괴로움이 컸던 것 같다. 왜냐하면 피곤한 몸을 이끌고 이동한다는 게 쉽지 않았다. 그 당시 헬스장까지 가려면 추운 날씨와 마주해야 했다. 헬스장은 직장 내에 있었다. 다행히 직장 근처에 살고 있어서 도보로 이동했다.

아침에 일어나면 운동복으로 갈아입은 후 무작정 나갔다. 고민과 생각은 하지 않았다. 신발장으로 이동하여 문을 열고 밖으로 나갔다. 일단 밖으로 나오면 잠은 깨어진다. 날씨도 추운지라 일단 나오면 빨리 헬스장으로 가고 싶어졌다.

헬스장에 도착하면 간단한 체조를 하거나 트레드밀에 올라갔다. 몸에 열을 내고 스트레칭을 했다. 추운 겨울날 몸을 예열하지 않으면 부상으로 이어진다. 그래서 혹시라도 운동을 좋아하는 독자가 있다면 주의하길 바란다.

운동 초기에는 맨몸운동과 스트레칭 위주로 했다. 쉽게 말하면 몸 푸는 정도로만 운동했다.

팔굽혀 펴기, 윗몸일으키기, 맨몸 스쿼트 위주로 했다. 그리고 1달 정도 후 기구 운동을 병행했다. 운동하고 땀을 내면 기분이 좋아진다. 머리도 맑아지는 기분이 든다. 물론 근육통이 찾아온다. 나는 이 근육통을 '즐거운 통증'이라고 표현하고 싶다. 미래에 내 몸이 좋아진다 생각하니 통증은 아프지만, 기분은 좋아졌다.

운동이 끝나면 집으로 돌아와 씻고 출근준비를 한다. 여기서 문제가 발생한다. 운동하다 보면 보통 1시간 이내에 끝낸다. 하지만 가끔 운동하다 보면 1시간 넘게 하는 경우가 생긴다. 그렇게 되면 나의 출근준비가 늦어진다. 그래서 운동을 할 때 시간 조절이 필요하다. 그리고 나는 아침을 챙겨 먹는 편이다. 그렇기 때문에 출근준비 및 식사를 위해 1시간은 필요하다. 그래서 보통 나는 운동 1시간, 출근준비로 1시간의 시간이 필요했다.

독자 중 자기계발을 진심으로 하고 싶은 독자가 있다면 직장과 가까운 곳에 위치하길 권한다. 근처에 자기계발을 위한 운동시설 등이 있다면 최적이다. 대부분의 수도권은 운동할 수 있는 환경이 많이 조성되어 있을 것이다. 하지만 저자의 경우 지방에 위치하여, 다소 기회가 적었다.

직장과 집이 가깝다면 시간 관리가 훨씬 쉽다. 직장과 거리가 먼 경우 출근하는 동안 에너지가 많이 소진된다. 특히 운전자의 경우는 에너지 소모가 크다. 대중교통을 이용하거나 통근버스를 이용할 경우 잠들기 쉽다. 그래서 이왕 자기계발을 진심으로 하고 싶다면 직장 근처에 살길 권한다.

출근 전 2시간 정도 운동을 하며 깨달았다. 이른 아침에 일어난다는 것은 힘든 일이다. 하지만 힘들면서 한편으로는 즐겁기도 했다. 왜냐하면 힘은 들어도 내가 원하는 몸으로 변한다는 생각이 들기 때문이다.

출근 전 2시간 자기계발로 운동을 선택했을 때 많은 장점을 느꼈다. 그것은 다음과 같다.

첫째, 몸의 변화

둘째, 식습관

셋째, 수면습관

기본적으로 운동을 하게 되면 배가 고프다. 그리고 저녁이 되면 자연스럽게 피곤함이 몰려온다. 새벽부터 에너지를 소비하고, 오전과 오후에 일까지 하면 몸은 피곤하다는 신호를 보낸다. 퇴근하면 자연스럽게 일찍 잠들게 된다. 일찍 잠들면 다음 날 자연스럽게 일찍 일어나게 된다. 시작이 어렵지 익숙해지면 신기한 경험을 할 것이다.

반면 운동하기 전에는 퇴근 후 피곤해도 좀처럼 잠들기 싫을 때가 있었다. 다음 날 아침이면 바로 출근 날이기 때문이다. 그래서 조금이라도 출근 시간을 늦추고 싶었던 것 같다. 빨리 잠드는 시간이 아까워 핸드폰을 만지며 시간을 허비했다. 핸드폰으로 시간을 허비하다 보면 어느덧 새벽이 되어 잠이 든다. 새벽 시간에 잠이 들면 단연 아침에 늦게 일어난다. 늦게 일어나면 출근준비로 바빠진다. 출근준비로 분주하면 아침 식사도 거를 때가 있다.

하지만 나는 운동을 통해 반대의 현상을 경험했다. 아침에 일어나서 헬스장까지 도착하기가 어렵지 일단 운동을 하고 돌아오면 기분은 상쾌해진다. 운동을 하루, 이틀, 일주일, 한 달 이상 하다 보면 습관이 자연스럽게 든다. 습관이 들면 신기한 경험을 한다. 새벽에 운동을 하지 않는 날이 되면 오히려 이상한 기분이 든다. 하루에 중요한 것을 놓친 기분이 들 때가 있다. 그래서 좋은 습관은 중요한 것 같다.

처음 새벽 시간 운동을 시작했을 때의 일이다. 헬스장에 나갔을 때는 비몽사몽 상태라 주변을 볼 겨를이 없었다. 헬스장에 도착한 것만으로 다행이었다. 하지만 일주일, 한 달, 두 달 기간이 지나면서 점점 사람들의 얼굴이 익숙해졌다. 놀라운 것은, 매일 같은 시간 같은 기구의 운동을 하고 있었다. 대부분 연령대는 높아 보였다. 직장에서 그만큼 직급이 높은 분들이었다. 가끔 직장 안에서 우연히 지나치면 낯익은 사람을 볼 수 있었다. 새벽 시간에 운동을 했던 분이었다. 운동복을 벗고 보니 다른 사람처럼 느껴졌다. 대부분이 임원급의 분들이었다.

그리고 가끔 운동을 하면 평소 알고 지내는 지인을 만나게 될 때가 있다. 하루, 이틀 마주친다면 큰 관심은 없을 것이다. 하지만 일주일, 한 달, 두 달 이상 지속해서 마주친다면 여러분을 보는 시선은 달라져 있을 것이다. 새벽 시간 운동을 통해 형성된 이미지는 좋으면 좋지 손해 보는 일은 아닐 것이다.

새벽 시간 운동을 하며 알게 된 사실이 있다. 그 사실은 생각보다 새벽에 운동하는 사람이 많았다. 운동하는 사람 중 조직 내 임원급에 위치할수록 자기관리에 소홀히 하지 않는다는 사실이다. 물론 이러한 생각은 내가 일부만 본 것 일 수 있다. 직장종류와 상황에 따라 자기관리를 좋아하는 임원이 있을 수도 있고, 아닐 수도 있다. 하지만 성공 관련 책, 자서전 책을 보면 이해할 수 있을 것이다. 기업의 최고경영자나 임원들은 대부분 아침형 생활을 한다는 것을 말이다.

저자는 어린 시절부터 무술을 경험했다. 그 당시에는 아버지의 권유로 시작했다. 무술의 필요성과 실효성을 몸으로 직접 깨달은 후 시간이 날 때면 종종 연습했다. 직장인이 된 이후 새벽 시간에 본 운동이 끝나면 헬스장 옆 공간에서 종종 연습했다. 그 공간에 들어갈 때면 한 명의 남자가 항상 스트레칭을 하고 있었다. 그 당시에야 잘 몰랐지만, 어느 날 업무 때문에 알게 되었다. 그도 조직의 임원이었다. 많은 사람이 새벽 시간에 자신을 위해 투자한다는 것에 한 번 더 놀라는 순간이었다.

'인생에 정답은 없다'라고 말한다. 맞는 말이라 생각한다. 하지만 정답은 없지만 '선택은 있다'라고 생각한다. 우리의 일상은 매일 선택을 해야 한다. 점심시간 메뉴선택, 어떤 옷을 입을지에 대한 선택, 어떤 영화를 볼지에 대한 선택, 어떤 책을 구매할지에 대한 선택 등 다양함 속에서 선택해야 한다. 그 선택으로 인해 좋을 수도 좋지 않을 수도 있다. 그것에 대한 책임은 온전히 내가 된다. 그렇기에 선택은 중요한 것이라 생각한다. 이러한 원리는 우리의 직장에서도 마찬가지라 생각한다. 우리에게 주어진 시간은 24시간이다. 이 시간을 어떻게 사용할지에 대한 선택은 각자의 몫이다. 누군가는 하루를 25시간으로 사용한다. 누군가는 23시간으로 사용할 수 있다. 누군가는 시간을 통해 성공에 가깝게 다가갈 수 있다. 저자는 독자분들이 이것의 시작을 직장에서도 활용했으면 좋겠다. 이것의 시작은 출근 전 2시간으로 시작하길바란다.

이른 아침 건강한 뇌를 만들자

고대 그리스의 철학자인 소크라테스는 책에 관하여 아래와 같이 말했다. 남의 책을 많이 읽어라. 남이 고생하여 얻은 지식을 아주 쉽게 내 것으로 만들 수 있고, 그것으로 자기 발전을 이룰 수 있다.

국민독서 실태조사에 따르면 연간 종이책 독서량은 성인 6.1권이라는 연구결과가 나타났다. 직장인을 대상으로 한 통계자료에선 한 달에 평균 2.2권의 책을 읽고, 2만4000원을 책값으로 지출한다는 통계자료가 있다. 또한, 하루 평균 10분 이상 책을 읽는 사람이 전체인구의 10%밖에 되지 않는다는 조사결과로 OECD 국가 중 하위권에 속한다. 안타까운 일이 아닐 수 없다. 책을 읽지 않는 이유는 다양할 것이다. 그중 한 가지 핵심은 습관을 갖고 있지 않을 수 있다. 이제부터라도 독서를 통해 우리의 삶을 바꾸는 습관을 가지면 좋겠다.

저자는 어린 시절부터 가난을 몸소 체험했다. 최대한 근검절약하여 생활하려고 노력했다. 물건을 사기 전에 항상 가격을 비교했다. 최대한 저렴하면서 질 좋은 것으로 구매하려고 노력했다.

하지만 책에 있어서는 달랐다. 내게 필요한 책이 있으면 구매를 하였다. 특히 군 복무 시절 내게 필요한 책은 무조건 구매했다. 책을 빌려보는 것과 구매해서 보는 것에는 차이가 있기 때문이다. 책을 빌려보면 제때 반납해야 하는 번거로움이 있다. 하지만 책을 구매할 경우 그 책은 내 평생 자산으로 이어진다. 그리고 책을 통해 나는 발전할 수 있다.

이러한 습관은 직장인이 되어도 이어졌다. 어느 날 퇴근 후 도서관에 잠깐 들렀다. 그곳에서 나는 한 권의 책을 발견하였다. 부자에 관한 책이었다. 나는 그 책의 내용이 신선했다. 지금까지 느껴보지 못한 감정을 체험했다. 나는 책을 바로 빌려서 읽었다. 읽은 후 아쉬움이 남아, 인터넷으로 바로 구매했다. 책이 빨리 도착하길 바랐다. 보통은 책을 주문하면 크게 신경 쓰지 않는다. 하지만 이번 책의 경우 빨리 도착하길 기대했다.

기다리던 책이 도착 후, 출근 전 매일 읽었다. 책을 펼치면 인상 깊은 구절이 있다. 믿음에 관한 내용이다. 책에는 자신의 믿음에 대한 내용이 나온다. 명언, 긍정적인 사고, 의식에 관한 내용이 있었다.

보통 출근 전 나의 사고는 부정적이었다. 출근길이 항상 좋지는 않았다. 하지만 이 책을 읽고 나면 나의 마음이 정화되는 느낌이었다. 그리고 긍정적인 사고를 하게 된다. 1회독을 하고 자연스럽게 2회독을 하게 되었다. 읽으면 읽을수록 내게는 좋은 감정이 느껴졌다. 이러한 좋은 감정은 자연스럽게 '필사'로 이어졌다.

이 책을 시작으로 나는 출근 전 자연스럽게 독서를 시작했다. 출근 전 독서는 내게 긍정적인 힘을 준다는 것을 깨달았다. 이러한 사실은 독서를 지속하게 하는 힘으로 작용하였다. 기업인이 바쁜 생활 속에도 새벽이면 독서를 하는 이유에 대해 이해가 되었다.

출근 전 독서를 시작하며, 많은 장점을 깨달았다.
그것은 다음과 같다.

첫째, 의식의 전환
둘째, 배움
셋째, 목표의식이다.

첫째, 의식의 전환을 할 수 있다.
보통 독서를 시작하기 이전의 나는 일반적인 생각을 주로 했다. 남들과 비슷한 평범한 직장인의 생각이었다. 출근 전 독서를 시작하며, 나에 대한 믿음이 강해졌다. 믿음이 강해지니 생각의 분별력도 생겼다. 내가 고민해야 할 사항이 있고, 그렇게 하지 않아야 할 사항이 분명했다. 이러한 분별력은 일할 때도 좋은 영향을 주었다. 내가 신중하고 중요하게 생각해야 할 부분이 있고, 그렇지 않아야 할 부분도 보이기 시작했다. 이러한 분별력은 업무의 생산성과 시간의 효율성으로 이어졌다.

둘째, 배움을 통해 발전할 수 있었다.

책에는 많은 양의 정보가 들어있다. 그 속에서 업무와 관련된 것을 학습할 수 있다. 업무 외의 것도 학습할 수 있다. 책을 통해 사무실의 책상 배치와 업무 파일 정리하는 법에 관해 배울 수 있었다. 책상을 기준으로 하자면, 모니터를 중앙에 배치하여 오른쪽과 왼쪽으로 구역을 나눌 수 있다. 오른쪽에는 사무용품을 배치하고, 왼쪽에는 전화기를 배치하는 것이다. 구역을 나누며 물건에도 공간이 필요함을 알 수 있었다. 이러한 공간배치는 업무의 효율성을 높여줬다. 책을 통해 건강지식을 배울 수 있었다. 물은 우리 신체에 정말 중요하다. 특히 기상 후 물 한잔은 우리 몸에 긍정적인 영향을 준다. 그 영향은 독소 제거, 위장 활동 촉진, 다이어트 효과 등이 있다. 책을 통해 정보를 이해하고 실천을 통해 깨달았다.

셋째, 출근 전 독서를 통해 목표의식을 가질 수 있었다.

책 한 권을 읽는 데는 개인마다 차이가 있다. 누군가는 하루에 읽을 수 있다. 누군가는 일주일이 걸릴 수 있다. 기간의 차이지 결국은 한 권의 책을 누구나 읽을 수 있다. 한 권의 책을 읽기 시작하면 당연히 끝까지 읽고 싶은 목표가 생길 것이다. 이러한 목표를 달성하기 위해 자신만의 계획을 세울 것이다. 하루에 10페이지를 읽거나, 하루에 30분 이상 독서를 하는 등의 목표의식을 자연스럽게 가질 수 있다.

이 밖에도 출근 전 독서는 직장인에게 긍정적인 영향을 줄 것이다. 이미 이러한 좋은 점을 일찍이 깨닫고 실천하는 직장인이 무수히 많을 것이다.

책을 통해 단점을 개선한 경험이 있다. 저자의 성격은 급한 편이다. 성격이 급하다 보니 답답한 것을 싫어하여 직설적으로 대하는 점이 있었다. 이러한 성격은 조직 생활에서는 좋지 않은 점이 있다. 직설적으로 대하다 보니, 겉으로 보기에는 화가 난 것으로 오해를 받을 수 있다. 그리고 듣는 사람 입장에서는 좋아하지 않는 경우도 있다. 이러한 단점의 해결방법은 책을 통해 찾을 수 있었다. 책의 내용은 성경의 잠언 부분을 풀이했다. 그 속에서 말과 관련된 구절을 읽었다. 말을 했을 때 어떤 점이 나쁜지 비유를 통해 알 수 있었다. 물론 그 전에도 말의 중요함은 알고 있었다. 성경의 잠언 부분을 통해 그 중요성을 실감했다. 성경의 잠언을 통해 인상 깊었던 구절을 몇 가지 소개하겠다.

말이 많으면 허물을 면하기 어려우나 그 입술을 제어하는 자는 지혜가 있느니라

-잠언 10장 19절-

입을 지키는 자는 자기의 생명을 보전하나 입술을 크게 벌리는 자
에게는 멸망이 오느니라

-잠언 13장 3절-

남의 말하기를 좋아하는 자의 말은 별식과 같아서 뱃속 깊은 데로
내려가느니라

-잠언 18장 8절-

나는 몇 가지를 적어 책상에 붙여놓았다. 급한 성격이 차오르거나,
감정이 급해질 때면 자연스럽게 볼 수 있도록 노력하였다. 성격이란
것이 쉽게 바뀌지는 않지만 이러한 노력으로 나는 조금이나마 변할 수
있었다. 성경의 구절처럼 최대한 말을 아끼고 삼가려고 노력하였다.
책을 읽는 여러분에게 나의 방법을 강요하는 게 아니다. 그만큼 출근
전 독서를 통해 내가 변화할 수 있었던 사례를 말해주고 싶었던 것이
다. 그만큼 독서는 우리에게 긍정적인 영향을 줄 수 있기 때문이다.

성공한 사람들에게는 한 가지 공통점이 있다. 그것은 '다독'이다.
빌 게이츠, 워런 버핏, 일런 머스크 등 그들이 성공할 수 있었던 비결
은 모두 독서에 있었다고 말한다. 특히 놀라운 점은 일반인보다 기업
의 CEO가 더 많이 읽는다는 연구결과도 있다. 바쁜 일상 속에서도 책
을 놓지 않는 이유는 있었을 것이다. 소리 없는 전쟁터 같은 비즈니스
속에서 책을 통해 삶의 방향을 잃지 않기 위한 나름의 생존전략이었을
거라 생각한다. 또한 책을 통해 성장하고 남들과 다른 사고를 할 수 있

었을 것이다. 그리고 그러한 작은 일들이 모여 현재의 성공이라는 모습으로 나타났을 것이다. 이제 여러분의 차례이다. 출근 전 2시간 독서를 통해 성공적인 삶을 살길 바란다.

출근길에 좋은 자기계발방법

항상 젊음을 위해 미래를 개발할 수는 없지만, 미래를 위해 젊음을 개발할 수는 있다. 미국의 4선 대통령 프랭클린 루스벨트의 말이다.

대한민국에 스마트폰이 도입된 후 우리의 일상은 많이 바뀌었다. 그 중 직장인의 출근길 또한 많은 변화가 나타났다. 대부분 스마트폰을 보며 문자를 보내거나 인터넷을 한다. 음악을 좋아한다면 음악을 들을 것이다. 동영상 시청을 좋아한다면 각종 동영상을 볼 것이다. 또한 길거리 위에서 핸드폰을 보며 걷는 위험한 모습을 볼 때가 있다. 이런 모습을 볼 때면 안타까운 생각이 든다. 길 위에서 시간을 낭비하고, 자칫 사고로 이어질 수 있기 때문이다. 이 글을 통해 출근길의 시간은 자신을 위한 자기계발 시간으로 활용하면 어떨까 싶다.

저자가 출근을 위해 1시간 정도의 시간을 길 위에서 보낸 시절이 있었다. 처음 며칠간은 출근하는 데 큰 문제가 없었다. 출근을 위해서는 6시 전에는 일어나야 했다. 출근을 할 때는 대부분 운전을 했고, 종종 버스를 탔다. 출근할 때는 음악을 듣거나, 영상을 들으며 출근했다. 어느 순간부터 출근길에 드는 비용과 시간이 소비되는 것을 깨달았다. 주유비야 당연했지만, 차량의 부속품을 교체해야 하는 경우가 생겼다. 이러한 일을 경험하며 출근길에 걸리는 시간도 아깝다는 생각이 들었다. 이러한 생각이 든 후 길 위에서의 시간을 나를 위한 시간으로 투자해야겠다는 생각을 했다.

이를 위해 처음 시도한 것은 영어 듣기와 독서였다. 운전할 때는 영어 듣기를 주로 하려고 했고, 버스를 탈 때는 독서를 시도했다. 처음에는 생각만큼 잘되지 않았다. 특히 버스에서 독서는 힘들었다. 결국 독서는 중단했다. 버스가 움직이면서 울렁증이 생기고, 집중도 되지 않았다. 운전할 때는 영어를 틀어놨다. 아침에 일어나면 피곤한 상태고, 운전 때문에 집중이 되지 않았다.

그래도 나에게 선택의 여지는 없었다. 나는 졸려도 참고 계속 들었다. 참고들으니 점점 나아졌다. 출근길 운전이 익숙해지자 몸이 적응하였다. 일단 운전을 하면 졸린 순간이 깨어졌다. 졸음이 깨어지니 자연스럽게 정신도 맑아졌다. 정신이 맑아지니 단순히 틀어놨던 영어 듣기도 점점 잘 들려지는 게 느껴졌다. 그렇게 6개월 정도를 길 위에서 보냈다. 6개월가량 영어 듣기를 하면서 나의 영어 듣기도 은연중 실력이 늘어 난 것 같다.

우연히 식당에서 밥을 먹고 있었다. 텔레비전 속에서 영어뉴스가 나왔다. 기존에야 무슨 말인지 전혀 알 수 없었다. 하지만 어느 순간 영어에서 들리는 발음이 귀에 선명하게 들리는 경험을 할 수 있었다. 그덕에 기존보다 영어에 재미와 관심을 가질 수 있게 되었다. 지금은 영화나 영어 관련 영상을 보며 쉽게 따라 할 수 있게 되었다.

이러한 경험을 한 후 나에게 출근 장소와 시간은 문제가 되지 않았다. 출근길을 나만의 자기계발 시간으로 보낼 수 있게 된 것이다. 출근길이 멀다면 오래 걸리는 시간만큼의 자기계발을 위해 사용할 수 있고, 출근길이 가깝다면 가까운 거리만큼 조절해서 나를 위해 사용하면 되는 것이었다. 그만큼 나만의 출근길의 요령이 생긴 것이다.

처음에야 어렵지 이것 또한 습관을 들인다면 유익할 것이다. 여러분에게 추천하고 싶은 이유이다.

다음은 출근길에 하면 좋은 자기계발을 소개하고 싶다.

첫째, 어학 공부
둘째, 독서
셋째, 글쓰기
넷째, SNS 관리

다섯째, 자격증 공부

첫째, 어학 공부이다. 이미 많은 직장인이 하고 있을 것이라 생각한다. 어학 공부를 위해 새벽잠을 참으며 학원에 다니는 사람도 많을 것이다. 혹시라도 이 책을 읽는 독자 중에 아직 취업하지 않았거나 학생이 있다면 미리 말해주고 싶은 게 있다. 30살 되기 전에 한 가지 어학은 그 나라 사람만큼 어학 공부를 하라. 필요하면 그 나라에서 살다 와라. 그러면 30살 이후에 여러분은 새로운 세계를 경험하게 될 것이다. 요즘은 많은 사람이 영어, 일본어, 중국어 등 어학전문가가 많지 않냐고 반문할 수 있다. 그리고 인터넷의 발달로 번역기를 사용하면 되지 않냐고 말할 수 있다. 저자는 종종 국제 업무를 다뤄야 할 때도 있었다. 본인이 직접 그 나라의 언어를 자연스럽게 구사하는지 못하는지는 천지 차이이다. 만약 개인의 성과와 몸값에 따라 계약을 하는 상황이라면 여러분의 몸값은 정말 높을 것이다.

둘째, 독서이다. 이미 앞 장에서 독서의 중요성에 대해서는 언급하였다. 그리고 독서는 다른 책에서도 많이 언급될 것이다. 독서의 잠재력은 무궁무진하다. 독서는 자신이 성장하고 성공하기 위해서는 필수 지침서이다. 이것은 진리이자 진실이다. 저자가 정규교육을 마치고 직장생활을 해보니, 책을 통해 깨닫고 이해한 지식이 더욱 실용적이고 가치가 있었다. 아마 책을 읽는 저자 중에서 동감 가는 사람이 있을 것이라 생각한다. 만약 동의하지 않는다면 읽기만 하고 실천하지 않은 사람일 수 있다. 독서는 여러분의 가치를 가장 효율적으로 높일 수 있는 것이라 생각한다.

셋째, 글쓰기이다. 글쓰기를 시작하기 전에는 알지 못했다. 글을 쓰기 시작하니 글쓰기는 나를 돌아보고 자신을 혁신적으로 발전시키는 중요한 것이었다. 글쓰기는 인간이 해야 할 필수조건 중에 하나라고 생각한다. 요즘은 글을 쓰기 위한 수단이 많다. 과거에는 오직 종이에 직접 적어야 했기에 진입장벽이 높았다. 하지만 현대에 이르러서는 글은 누구나 자유롭게 쓸 수 있는 장르가 되었다. 그림을 좋아하는 사람은 글쓰기 대신 그림을 그려도 좋다. 요즘에는 SNS의 발달로 블로그, 페이스북, 인스타그램 등 각종 SNS에 자신을 표현하고 글을 쓸 수 있다. 글을 계속 쓰다보면 출간할 기회가 주어진다. 이 글을 읽는 독자가 있다면 꼭 시도했으면 좋겠다. 책을 한 권도 읽지 않았더라도 꼭 글을 썼으면 좋겠다. 글을 써서 자신을 표현하고, 책을 출간하는 기회까지 가지길 바란다.

넷째, SNS 관리이다. 인터넷의 발달로 온라인을 통한 커뮤니티가 점점 발전한다. SNS는 단순한 재미를 넘어서, 수익을 창출할 수 있는 구조로 이어진다. 세상이 변할수록 개인의 브랜드는 중요해지고 있다. SNS 관리가 수익으로 이어진다는 말이 와 닿지 않을 수 있다.

하지만 주변을 잘 관찰해보자. 가장 쉬운 예로 스마트 스토어를 생각할 수 있다. 최근에는 자신의 장점을 활용하여, 개인방송 등을 하는 사람이 늘고 있다.

다섯째, 자격증 공부이다. 많은 사람들이 하고 있을 것이라 생각한다. 최근에는 온라인을 통한 교육이 늘어났다. 핸드폰을 활용하여 자기계발에 투자한다면 효율성 면에서 효과 만점이라 생각한다.

애플의 창립자인 스티브 잡스는 시간에 관하여 말했다. 인생에서 당신이 가진 유일한 자산은 시간이다. 그 시간을 당신을 향상시키는 멋진 경험을 쌓는데 투자한다면 손해 볼 가능성은 없다. 저자는 위의 말에 많은 동의를 한다.

우리가 평소 지나치는 출근길의 시간은 짧으면 30분 이내에서 길면 1시간 이상이 걸릴 것이다. 그 시간에 누군가는 부족한 잠과 핸드폰으로 보낼 수 있다. 누군가는 그 시간을 활용하여 자신의 발전을 위하여 활용할 수 있다. 직장인의 삶이 쉽지 않다는 것을 아는 저자로서 출근길마저 자기계발에 투자하라는 말을 하기는 쉽지 않다. 하지만 그 시간마저 목표를 세우고, 계획하여 자신을 위한 시간으로 투자한다면 여러분의 미래는 밝을 것이다.

TIP

1) 새벽 시간에 일어나는 습관부터 만들자

(1) 새벽 5시 또는 6시에 기상할 것을 추천한다.

(2) 새벽 5시에 기상했다면, 05:00~07:00까지 자기계발

(3) 새벽 6시에 기상했다면, 06:00~08:00까지 자기계발

 ※ 더 일찍 일어나서 하루를 시작해도 좋으나, 하루 총 취침시간은 지킬 것을 권장!

2) 새벽 시간에 일어났다면 무엇을 할지 리스트를 정하자

(1) 운동: 산책, 조깅, 걷기, 헬스, 테니스, 골프, 등산 등

(2) 공부: 독서, 필사, 자격증 공부 등

(3) 기타: 기도, 새벽예배, 명상, 차 마시기, 커피, 음악 듣기 등

3) 하루에 한 가지를 실천하여 자신에게 적합한 것을 찾자(중요)

(1) 자신에게 적합한 자기계발을 찾는 게 중요하다!

(2) 하루에 1가지씩 실천하며, 우선순위를 정해도 좋다!

 ※ 출근 후에도 긍정적인 영향이 느껴지는 것을 추천한다.

4) 2시간을 넘지 않을 것을 권한다

- 2시간을 넘게 되면 출근 전 너무 많은 에너지를 소비할 우려가 있다.

5) 2시간은 자신의 상황에 맞추어 조절한다

(1) 2시간 모두 자기계발 또는 업무에 사용할 수 있다.

(2) 1시간은 자기계발 1시간은 출근준비로 나누어 사용할 수 있다.

6) 출근을 위해 이동하는 시간도 자기계발로 활용하자

- 어학 공부, 독서(오디오 독서), 글쓰기, SNS 관리, 자격증 공부 등

제 2 장

출근 후 시간이 퇴근 후의 시간을 결정한다

업무의 우선순위를 정하라

《성공하는 사람들의 7가지 습관》의 저자인 스티븐 코비는 중요도와 긴급도를 기준으로 일의 우선순위를 정하였다.

우선순위를 정한 기준은 다음과 같다.
첫째, 중요하고 긴급한 사안
둘째, 중요하지만 긴급하지 않은 사안
셋째, 긴급하나 중요하지 않은 사안
넷째, 긴급하지도 중요하지도 않은 사안으로 나누었다.

첫째, 중요하고 긴급한 사안은 우선순위의 최상단에 와야 하는 일이다. 갑작스러운 민원사항, 긴급한 회의 등이다.

둘째, 중요하지만 긴급하지 않은 사안은 중요하지만 긴급하지 않아 쉽게 간과할 수 있는 일들이다. 예를 들면, 신규사업, 건강관리, 노후 준비, 자기계발 등이다.

셋째, 긴급하지만 중요하지 않은 사안은 우리가 보통 우선으로 하는 일이다. 예를 들면, 전화응대, 이메일 회신 같은 일이다.

넷째, 긴급하지도 중요하지도 않은 일은 최하단에 와야 하는 일이다. 예를 들면 인터넷 서핑, 중요하지 않은 문자메시지 등이다.

저자가 출근하면 제일 먼저 확인하는 사항이 있다. 그것은 금주에 추진예정인 주간업무계획이다. 주간업무계획을 확인하며 하루의 업무계획을 확인한다. 확인 후 중요한 사항은 업무 다이어리에 적어놓는다. 그리고 오전과 오후 업무리스트를 확인한다. 그리고 업무에 필요한 사무용품, 업무 파일, 노트를 준비한다.

업무노트에 적은 후 추진할 때 고려해야 할 사항이 있다. 내일 업무에 영향을 주는지 아닌지 고려한다. 만약 내일 업무에 큰 지장을 주는 업무가 아니라면, 오늘 할 업무만 집중해서 처리한다.

저자가 현재 하는 업무는 주로 사무직으로, 사무실 내에서 주로 업무를 한다.

사무직에 종사하는 직장인의 경우 이 메일을 확인 할 것이다. 그리고 하루에도 많은 양의 메일을 받을 것이다. 이러한 메일을 처리하다 보면 중요한 업무시간이 쉽게 소모될 수 있다. 한 가지 좋은 팁이 있다. 이 메일도 업무의 하나로 보는 것이다. 그래서 출근 후 바로 열어

보기보다는 중요한 업무를 확인 후 한꺼번에 몰아서 처리하는 것이 좋다. 물론 전날 중요한 이 메일이 수신될 예정이라면 먼저 확인해도 좋다. 하지만 그렇지 않은 경우에는 이 메일의 경우 지정된 시간에 한 번에 몰아서 확인하는 습관을 들이자. 왜냐하면 메일 하나를 답장할 때 메일만 답장할 수 있으면 좋다. 하지만 메일을 보내려는 그 잠깐의 시간 동안 전화, 상사의 부름, 업무 등이 겹칠 수 있기 때문이다.

업무의 우선순위를 정하면 많은 장점이 많다.

그 사항은 아래와 같다.

첫째, 오늘 끝내야 할 업무의 양을 결정할 수 있다.
둘째, 일의 중요도에 따라 분류할 수 있다.
셋째, 시간을 효율적으로 사용할 수 있다.

첫째, 오늘 끝내야 할 업무의 양을 결정할 수 있다.
우선순위를 정하다 보면 오늘 해야 할 일과 내일 해야 할 일을 나눌 수 있다. 그중 오늘 해야 할 일에 집중하면 남는 시간을 다른 용도로 활용할 수 있다. 이러한 시간은 빠른 퇴근으로 이어질 수 있다.

둘째, 일의 중요도에 따라 분류할 수 있다.
여기서 말하는 일의 중요도란 복합적인 것이다. 업무의 중요도를 나눌 때는 2가지로 나눌 수 있다. 현 소속 결재권자의 지시가 있는 경우 또는 타 부서에서 마감기한을 정한 경우이다. 이럴 때는 단연 현 소속 결재권자의 지시를 먼저 끝내야 한다. 만약에 어려운 경우 초안이라도 만들어서 먼저 보고 한 후 타 부서의 업무를 협조할 것을 권한다.

셋째, 시간을 효율적으로 사용할 수 있다.

업무를 하다 보면 계획과 달라지는 경우가 많다. 다음 주에 예정되어 있던 업무가 연기되거나 취소되는 경우도 있다. 물론 미리 업무를 처리하면 좋은 점이 있을 수 있다. 하지만 기존 계획에서 했던 업무가 연기되거나 취소되면 다시 해야 하는 번거로움이 존재한다. 그렇기 때문에 업무의 우선순위를 정하여 중요한 업무를 우선적으로 해야 한다.

저자가 총무팀에서 근무했던 시절이다. 총무팀의 경우 겉보기와 달리 세심한 업무가 많았다. 쉽게 말하자면 자잘한 업무가 많았다. 그 당시 맡은 업무는 문서관리, 계약, 복지, 홈페이지 관리, 물품관리, 업무 취합 등 직원들의 전체적인 복지와 사무실의 전체적인 관리와 관련된 내용이 있었다. 직원들의 복지를 관리하다 보니 직원과의 상호 업무 협조가 많이 필요했다. 처음 맡아보는 총무업무라 많은 시행착오를 겪어야 했다.

자리에 앉으면 여기저기서 찾는 소리가 들렸다. 전화는 전화대로 받아야 했다. 자리에 직원이 한 명이라도 없으면 대신 받아야 했다. 입사 초반에는 정신없었던 기억이 난다. 이러한 상황에서 나는 업무의 우선순위를 분류해야 했다. 다행히 군대에서 복무한 경험이 있어서 업무를 분류할 때는 기간별, 시간별로 분류할 수 있었다. 그리고 업무의 특징을 파악하여 분류할 수 있었다. 일단 팀의 결재권자가 지시한 업무에 대해서는 우선으로 보고하고 처리했다. 단순한 업무인 문서 수·발, 문서접수 같은 일상적인 업무는 고정된 시간을 정해서 처리했다. 점심시간, 업무 시작 전 시간 등을 활용했다. 기존에 우선순위를 정하지 않았을 때는 문서를 접수하면서, 전화가 울리면 전화를 받고 누군가 업무 협조가 필요하면 그 업무를 위해 이동했다. 쉽게 말하면, 이거 하다 저거 하는 식으로 업무를 처리했다. 그러니 나의 업무 효율성은 제로에 가까웠다. 나의 에너지만 낭비하고, 업무도 제대로 처리되지 않았다.

이러한 비효율성을 예방하기 위해서 업무의 우선순위가 필요했다.

업무의 우선순위를 정할 때 다음과 같은 사항을 주의하면 도움이 될 것이다.

서론에서 이와 관련된 부분을 제시했지만 조금 더 세부적으로 설명하면 다음과 같다.

첫째, 업무리스트를 작성한다.

업무의 리스트를 적을 때는 사소한 것도 적어라. 업무가 몰릴 때는 놓칠 수가 있다. 무조건 다 적자. 일단 적고 보면 업무의 중요도가 보일 것이다.

둘째, 리스트 중 중요하고 우선으로 끝내야 할 업무는 표시한다.
표시할 때는 밑줄, 별표 등 자신만이 알아볼 수 있도록 하면 좋다

셋째, 표시한 업무에 집중한다.
세 번째가 중요한 부분이다. 우선순위를 정했다면 중요한 업무부터 집중해서 처리해야 한다. 업무 중 추가로 생긴 업무는 후 순위로 적어 놓자. 중요한 것을 끝낸다면 다른 부수적인 업무는 자연스럽게 처리할 수 있게 된다.

우선순위에 대한 비유가 적절한 예시가 있다. 만약 우리가 큰 그릇에 큰 돌덩이, 작은 조약들, 모래까지 채워야 하는 경우가 있다. 이때 만약 모래부터 담는다면 다른 돌덩이와 작은 돌덩이는 채우기가 어려울 것이다. 우선 큰 돌덩이를 넣고, 바위 사이에 작은 조약돌을 넣는다. 마지막에 모래를 부으면 모든 물건이 그릇에 들어갈 것이다. 우리가 매일 마주하는 일도 마찬가지라 생각한다. 출근 후 그날의 가장 중요한 순위에 따라 일을 분류한다. 그 후 낮은 순위에 따라 일을 처리한다면 여러분의 시간은 생산적이고 효율적일 것이다. 그리고 이러한 생산성은 여러분이 상상하는 빠른 퇴근으로 이어질 수 있다.

업무의 데드라인을 정하라

우리의 인생에는 한 가지 공통점이 있다. 그것은 시작이 있으면 끝이 있다는 것이다. 군인은 군에 입대하면 전역이라는 끝이 있다. 직장인은 입사하면 퇴직이라는 끝이 있다. 스포츠의 경기도 마찬가지다. 축구경기의 시작을 알리는 휘슬이 울리면 종료를 알리는 휘슬이 존재한다. 끝나지 않을 것 같은 마라톤 경기도 피니시 라인(finish line)은 존재한다. 우리의 직장에서의 업무도 마찬가지다. 우리가 업무를 시작하면 끝은 존재한다. 그리고 업무의 마감 기간을 알리는 데드라인은 업무추진에 있어서 중요한 것 중 한 가지라 생각한다.

저자가 사업 부서로 옮겼을 때이다. 부서를 옮기면 업무 파악이 중요하다. 업무 파악을 하다 보면 하루가 금방 지나간다. 단연 업무에 대한 스트레스가 시작된다. 그리고 업무는 최소 기존 담당자가 한 것만큼 추진해야 한다.

저자의 업무 중 많은 비중을 차지하는 것은 문서를 다루는 업무이다. 예를 들면, 공식문서, 보고서 작성 등 서류를 다루는 일이 많다. 서류는 컴퓨터 전자결재 시스템상으로 확인할 수 있다. 때로는 출력해서 읽어 본다. 문서의 내용에는 언제까지 해달라는 마감 기간이 적혀있다. 마감 기간은 중요하다. 그 기간에 꼭 끝내야 한다. 그래야 현재 맡고 있는 기관에서 피해 보는 일이 없다. 저자의 경우 마감 기간을 확인하면 그 즉시 달력에 표시한다. 그리고 현재 일로부터 남은 기간을 계산한다.

예를 들어, 5월 11일 공문이 내려왔다. 그리고 문서에 대한 회신 기간이 5월 22일까지라고 가정하면, 달력에 5월 22일 날짜에 표시한다. 표시는 사업명과 마감 기간을 표시한다.

그리고 5월 11일부터 5월 22일까지 남은 기간을 계산한다. 기간을 계산하면 10일이다. 주말은 제외하였다. 그러면 10일 안에 업무에 대한 것을 끝내야 한다. 그리고 협조에 필요한 기간과 기관을 생각한다. 그리고 취합 후 보고하는 날을 계산한다. 말로 풀이해서 어려워 보이지, 쉽게 말하면 문서를 안내해주고 취합 받는 기간을 의미한다. 이렇게 마감 기간이 있으면 업무추진에 있어서 수월하다. 마감 기간을 기준으로 업무의 계획과 핵심을 파악할 수 있다. 만약에 업무의 마감 기간이 없다면 업무의 추진력은 줄어든다. 언제까지 이 일을 끝내야 하는 기준점이 없기 때문이다. 쉽게 말해 업무는 '세월아 네월아' 늘어질 수 있는 위험이 따른다.

그래서 업무를 추진할 때는 항상 데드라인이 필요하다.
데드라인이 필요한 하는 이유는 다음과 같다.

첫째, 업무의 시작과 끝맺음이 명확하다
업무의 시작이 있다면 끝이 있다. 업무의 끝을 정해야 업무추진을
탄력적으로 추진할 수 있다.

둘째, 업무의 계획을 세울 수 있다.
업무의 데드라인이 정해지면, 데드라인이 업무의 기준점이 된다. 그
날까지 업무를 끝낼 수 있도록 계획을 세울 수 있다. 데드라인이 없다
면 계획만 세우다 끝날 수 있다.

셋째, 업무의 우선순위를 고려할 수 있다.
업무를 하다 보면 많은 일이 겹치는 기간이 있다. 일이 겹치는 상황
에서 데드라인을 통해 업무의 우선순위를 정할 수 있다. 데드라인이
짧다면 그만큼 업무의 순위를 우선하여 처리해야 한다.

업무를 하다 보면 꼭 확인해야 할 사항이 있다. 그것은 업무의 종료
시점이다. 일을 하다 보면 팀장급 이상, 상급자로부터 업무지시를 받
을 때가 있다. 사람마다 업무의 스타일이 다르다 보니, 업무의 마감 기

간을 말해주는 상급자가 있고, 그렇지 않은 경우도 있다.

혹시라도 이 글을 읽는 저자 중에 취업을 준비하는 독자가 있다면 이 부분을 주의하기 바란다. 주의할 부분은 마감 기간을 말해주지 않는다면 꼭 확인할 것을 당부한다. 업무에 능숙하다면 이런 사항은 큰 문제가 되지 않을 수 있다. 하지만 입사한 지 얼마 되지 않은 경우에는 마감 일자를 언제까지 해야 하는지 확인할 것을 바란다.

저자의 경우 업무지시를 받으면 업무에 대한 보고를 3단계로 나누어서 진행한다. 단계는 초안 보고, 중간보고, 최종보고 형식으로 한다. 그리고 각 보고 단계별 데드라인을 정한다. 초안은 최대한 짧은 기간에 한다. 왜냐하면 업무지시를 받을 때 내가 이해한 것과 상급자가 의도한 내용이 다를 수 있기 때문이다. 그렇기 때문에 초안은 보고서의 기본 틀과 내용을 담아 보고를 한다. 보고를 하면서 상급자가 의도한 내용이 맞는지 꼭 체크 한다. 경험상 대부분이 처음부터 완벽하게 해서 보고를 하려는 습관을 가지고 있을 것이다. 처음부터 완벽하게 기안하여 보고하는 시도와 생각은 좋으나, 상급자의 의도에 어긋난다면 무용지물이다. 그래서 초안 보고할 때는 대략적인 안을 가지고 짧은 기간 안에 보고할 것을 권한다.

그런 다음 중간보고할 데드라인을 정한다. 중간보고를 할 때는 보고서의 70~80% 정도의 완성도를 가지고 간다.

보고서가 상급자의 의도와 일치했다면 마지막 단계는 오래 걸리지 않는다. 경험상 중간보고 단계에서 이견 조율이 필요할 것이다. 그렇기에 중간 단계에서는 마감 기간을 넉넉히 잡는 것이 좋다. 중간보고가 통과되었다면 마지막 단계인 최종보고는 큰 무리 없이 단기간에 진행될 것이다.

이렇게 업무의 데드라인을 정하면 많은 장점이 있다.
데드라인을 설정했을 때의 장점은 아래와 같다.

첫째, 업무의 끝이 보인다.
둘째, 시간을 효율적으로 관리할 수 있다.
셋째, 미루는 습관을 방지할 수 있다.

업무의 데드라인을 설정하는 순간 그 업무의 끝을 알 수 있다. 끝을 알게 되면 자연스럽게 시간 분배가 가능하다. 직장에서 시간은 정말 중요하다. 비즈니스 세계가 '총성 없는 전쟁'이라는 말이 괜히 나온 말이 아니다. 시간을 어기게 되면 신뢰를 잃을 수 있다. 신뢰를 잃게 되면 사람의 신용을 잃게 된다. 신용을 잃게 되면 보이지 않게 잃는 자산이 많다. 그래서 사회생활에서 신뢰와 신용을 중요시하는 이유가 여기에 있다.

업무를 하다 보면 많은 일이 한 번에 몰리는 경우가 있다. 일이 몰리니 당황하게 되고 일단 미뤄보자는 생각을 하게 된다. 일을 미루게 되면 업무의 우선순위가 뒤섞이게 되는 문제가 생긴다. 이러한 문제는 일을 제때 하지 못하는 실수로 이어질 수 있다. 그렇기 때문에 업무를 받게 되면 그때마다 데드라인을 설정해야 한다. 달력과 수첩에 데드라인을 표시하고 시간이 날 때면 꼭 확인해야 한다. 처음에는 어려울 수 있다. 꾸준히 하다 보면 자신만의 노하우가 생기는 자신을 발견하게 될 것이다.

현대그룹의 창업주인 고 정주영 회장은 시간을 중요시했다. 그는 어떠한 순간에도 시간을 허투루 쓰는 법이 없었다. 시간을 낭비하는 것을 싫어하는 사람 중 한 명이었다. 그는 모든 일에 있어서 데드라인을 길게 주는 법이 없었다. 모든 일은 최대한 단기간에 집중력 있게 처리해야 그 결과도 좋다는 철학을 갖고 있었다. 저자는 그의 철학에 동의한다. 직장을 떠나 우리에게 시간이라는 가치는 중요하다. 그 시간이라는 가치를 높여주는 것은 데드라인에 있다고 생각한다.

업무의 시작과 동시에 데드라인을 설정하자. 데드라인이 정해졌다면 달력과 수첩에 표시하자. 하루가 지날 때면 매일 보자. 매일 체크하는 습관을 들이자. 여러분이 직장인이라면 이미 데드라인의 중요성을 느낄 것이다. 만약 취업준비를 하고 있는 독자라면 알게 될 것이다. 그 데드라인이 여러분의 직장생활은 물론 직장 밖에서의 시간까지 살려줄 것이다. 명심하길 바란다.

단순 업무는 시간을 정해서 할것

'오! 당신의 시계를 근거로 나를 비난하지 말아요. 시계는 항상 너무 빠르거나 너무 늦지요. 시계에 휘둘릴 수는 없어요.' 제인 오스틴의 말 이다.

여러분에게 다음과 같은 질문을 하고 싶다. "하루의 시간을 분석해 본 적 있는가?"라고 말이다. 우리의 하루는 다양한 활동으로 보낸다. 핸드폰을 보거나, 모니터 앞에서 인터넷 서핑을 할 수 있다. 업무 시간 에는 메일을 주고받는다. 전화가 울리면 통화를 할 것이다. 이러한 시 간 사이사이에 우리도 모르는 사이 시간을 쉽게 흘려 버리는 경우가 있을 것이다. 특히 우리가 매일 출근하는 직장에서 우리는 시간의 소 중함을 잊고 살 수 있다. 그중 우리가 쉽게 생각하는 단순성 업무는 우 리의 시간을 빼앗는 시간 킬러일 수 있다.

저자는 사무직으로 행정업무를 한다. 업무를 하다 보면 유관 기관으로부터 많은 문서를 받는다. 공식문서, 일반문서 등이다. 전자결재시스템이 있지만, 아직 시스템이 갖춰지지 않은 기관들이 많다. 이런 기관의 경우 메일을 보내거나 팩스로 문서를 대신 보내줘야 한다. 물론 번거로움이 따른다. 이러한 경우 처리하는 순서가 있다. 먼저 문서를 복합기에서 스캔해야 한다. 스캔한 후 전자결재 시스템상에 결재 준비를 해야 한다. 준비되면 결재권자를 클릭하여 선람을 한다. 선람 후 최종적으로 담당자가 결재하는 구조이다. 선람이란 쉽게 말하면 결재권자가 미리 문서를 볼 수 있도록 하는 것이다. 이러한 시스템은 조직마다 상황이 다를 수 있으니 참고만 해주기 바란다.

문제는 이러한 상황이 나만 있는 게 아니다. 나 말고 다른 팀에서 복합기를 쓰는 경우도 있다. 그리고 문서를 스캔하려고 하면 전화가 울리거나 나를 찾는 경우가 생길 수 있다. 그러면 하던 일을 멈추고 전화를 받거나 사람 응대를 해야 한다. 겉보기에는 별 것 아닐 수 있다. 하지만 이러한 작은 일들이 모여 나의 업무집중도를 분산시킨다. 이러한 분산은 나의 시간을 소비하게 만들고 업무를 제때 하지 못하게 만든다. 이러한 작은 일들은 나의 퇴근을 늦추고 스트레스를 가중한다.

이러한 경우를 방지하기 위해서 업무에도 기술과 요령이 필요하다. 저자의 경험상 이러한 경우 시간을 아낄 수 있는 좋은 방법이 있다. 이러한 단순성 업무의 경우는 아래와 같이 처리하자.

첫째, 단순성 업무를 처리할 시간을 정한다.

둘째, 처리할 업무의 수량(문서 등)을 수집한다.

셋째, 한꺼번에 모아서 처리한다.

이러한 단순성 업무의 종류는 다양하다. 메일, 팩스 등이다. 때로는 문서 우편 업무가 될 수 있다. 직장에 있으면 많은 양의 우편물이 발송되고, 도착한다. 이러한 우편물을 하나씩 매번 다른 시간대에 처리하면 비효율적이다. 또한 메일과 팩스의 경우도 한 건, 두 건 처리하다 보면 다른 중요한 일을 놓치는 경우가 생길 수 있다. 그래서 이러한 경우에 대비한 효율적인 방법이 필요하다. 업무처리를 위하여 시간을 정하고, 양을 모은다. 양을 모은다는 의미는 만약에 문서를 접수할 양이 10건인데 아직 8건만 도착한 경우가 있다. 이럴 때는 조금 기다렸다가 나머지 2개가 도착하면 한 번에 10개의 문서를 스캔하는 것이다. 물론 8개 먼저 하고 나중에 2개 하면 되지 않느냐고 반문할 수 있다. 여기서 말하는 핵심은 업무를 한 건으로 모아서 처리하자는 의미이다. 만약 이 글을 읽는 독자 중 이해가 되지 않는다면 메일(munmu7@naver.com)로 연락을 주길 바란다.

회사의 단순성 업무는 다음과 같이 분류할 수 있다.

첫째, 우편물

둘째, 이 메일 업무

셋째, 전자문서 송·수신

넷째, 사무실 정리

다섯째, 분리수거

여섯째, 문서 스캔

일곱째, 기타(팩스, 신문관리 등)

저자가 입사 초기 때의 일이다. 위의 일곱 가지 일을 모두 해야 했던 시기가 있었다. 그때의 일과는 대략 아래와 같다. 아침에 출근한다. 사무실에 쌓인 쓰레기를 정리한다. 분리수거 함에 있는 쓰레기가 꽉 차 있을 경우 봉지를 교체해 준다. 사무실 내 테이블을 닦고 신문을 정리했다. 9시가 되면 전자문서 함에 있는 문서들을 각 팀별로 전달해 준다. 이 메일과 팩스로 문서가 올 수 있으니, 확인한다. 혹시라도 문서가 도착했다면 출력해서 각 팀별로 전달해 준다. 또는 내가 직접 스캔작업을 한다. 말로 풀이하면 순차적으로 진행되는 것처럼 보인다. 하지만 중간중간에 다른 업무들이 겹치게 된다. 예를 들면, 보고서 작성, 전화응대, 상사의 업무지시, 직원들의 업무 협조 등이다.

다른 일이 겹치게 되면 그 일을 위해 자리를 이동해야 한다. 누군가 나를 찾는 업무는 중요한 업무일 것이다. 나는 하던 일을 멈추고 업무 협조를 위해 이동하거나 나의 정신을 그 사람에게 집중해야 했다. 그래서 저자는 입사 초기에 출근 시간을 남들보다 일찍이 앞당겼다. 일이 몰릴 때는 일어나자마자 출근한 적도 있다. 빠르면 6시에 출근했고, 보통은 7시쯤에 출근했다. 최대한 일찍 출근하여 단순한 업무의 경우 미리 끝내려고 했다. 업무를 줄이기 위해 노력했지만 일은 꼬리에 꼬리를 물 듯 끊이지 않았다.

그리고 그 당시 아침마다 느낀 점이 있다. 직원 수가 많지는 않은 것 같은데, 하루에 쌓이는 쓰레기가 많았다. 아침에 쓰레기를 치우고 저녁에 다시 보면 보기 싫을 정도로 많았다.

입사 초기 나의 하루 일과는 정신없이 바빴다. 그 당시 내 나이는 20대 후반이었다. 그 당시 나의 동기들은 빠르면 2년 정도 먼저 입사를 한 친구들이 있었기에 나는 적은 나이가 아니라고 생각했다. 하지만 회사 내에서 나보다 나이가 적은 사람은 없었다. 직장 내 사람들과 나이 차가 많았다. 주변 사람에게 협조를 받기는 어려웠다. 나이가 상대적으로 어리다 보니, 한국의 정서상 나를 쉽게 대하는 듯했다. 자존심 강하고 자기주장이 강한 나의 성격은 그러한 상황을 쉽게 넘어가지 않았다. 물론 이러한 성격으로 관계가 틀어지는 경우가 있었다.

나는 다른 방법이 필요했다. 고민 끝에 일의 우선순위를 판단했다. 그리고 단순 업무의 경우 위에서 설명한 것과 같이 사무실 정리는 7시 30분 즈음에 했다. 30분 동안 집중해서 사무실 청소와 정리를 했다. 8시가 되면 그 날 내가 해야 할 업무를 점검했다. 8시 20분쯤 되면 직원들은 출근하기 시작했다. 그리고 문서 같은 경우는 점심시간을 활용하여 미리 스캔을 해두었다. 또는 정식업무가 시작되기 전 8시 30분 즈음 미리 스캔해놓았다. 왜냐하면, 점심시간과 업무 시작 전에는 복합기를 사용하는 직원이 적기 때문이다. 그리고 우편 업무의 경우는 우체국 마감 시간에 맞춰서 15시 30분까지 모아서 한 번에 처리했다. 물론 성과는 이전보다 좋았고, 효율적이었다. 이렇게 단순한 업무를 몰아서 처리하니 많은 장점을 발견할 수 있었다.

이러한 장점은 다음과 같다.

첫째, 고민할 일이 줄어든다.
둘째, 시간을 효율적으로 관리할 수 있다.
셋째, 일의 선순환 구조가 형성된다.

시간을 고정해서 처리하자 많은 장점이 생겼다. 단순성 업무의 경우, 양이 많고 적음이 문제가 되지 않았다. 해당 시간이 될 때까지 기다렸다가 모아서 처리만 하면 되는 문제였기 때문이다. 그리고 고정된 시간을 제외하고 기획이 필요한 업무나 다른 직원들의 업무를 응대하면 되는 문제였다. 이러한 장점들이 반복되면서 나는 시간의 선순환 구조를 느낄 수 있었다.

모든 조직에는 두 가지 종류의 사람이 있다. 한 종류의 사람은 퇴근 후 자신의 삶을 즐기는 사람이다. 다른 종류의 사람은 퇴근 시간만 되면 오히려 바빠지는 사람이다. 이 둘의 차이를 고민하고 생각해봤다. 전자의 경우는 작은 일을 하더라도 자신만의 원칙을 가지고 업무의 효율성을 추구하는 사람이다. 반면 후자의 경우는 평소에 하던 습관대로 일을 처리하는 사람이다.

이러한 차이는 단순한 업무를 처리할 때 확연히 차이가 났다. 전자의 사람의 경우 업무의 우선순위를 정하고, 그 안에서 단순한 업무를 효율적으로 처리하는 모습을 볼 수 있다. 반면 후자의 경우 업무를 처리하면서 메일 보내고, 담배 피우러 나가고, 팩스를 보내며 일의 체계성이 없었다. 여러분에게 두 가지의 길이 있다. 한 가지는 체계적인 업무를 통하여 남은 시간은 자신을 위해서 보내는 길이 있고, 다른 하나는 업무에 대한 고민 없이 일을 추진하면서 시간이 많이 소비되면서 정작 퇴근 시간에 중요한 일을 처리하는 길이다. 부디 지혜로운 선택을 하길 바란다.

결재하기 전 고려해야 할 5가지

나는 준비할 것이다. 그러면 언젠가 나의 기회가 올 것이다. 에이브러햄 링컨의 말이다.

우리는 매일 준비의 연속 선상에 살고 있다. 아침에 일어나면 출근 준비부터 할 것이다. 씻고, 밥을 먹고, 옷을 입을 것이다. 출근 후에는 업무를 시작할 준비를 한다. 사무직에 있다면 컴퓨터를 켤 것이다. 건설업에 종사한다면 안전용품을 챙길 것이다. 군대에 있다면 훈련준비를 할 것이다. 위와 같이 결재하기 전에도 준비가 필요하다.

요즘은 대부분의 기관은 전자문서가 대중화되었다. 특히 공공기관, 공무원, 사무직에 종사할 경우 전자문서는 필수일 것이다. 저자가 입사 초기 때의 일이다. 그 당시에는 '수기문서'라 불리는 문서가 있었다. 수기문서는 문서 상단에 결재를 받을 수 있는 칸을 만든 문서이다. 문서를 작성하면 제목 윗부분에 별도의 칸들 만들어야 한다. 그리고 문서를 출력해야 한다. 출력 후에는 문서를 들고 결재권자에게 대면으로 보고를 하며 결재를 받아야 했다.

결재를 받기 전에는 오타가 없는지 꼼꼼히 확인해야 한다. 입사 초기에는 다른 일과 중복되는 일이 많다 보니 나도 모르게 틀리는 경우가 있었다. 그 당시 상사는 엄격한 편이었다. 그 당시에는 몰랐지만, 돌이켜 보면 내가 잘되라고 했었을 것이다. 오타가 생겨 지적을 당하면 기분은 좋지 않았다. 당연한 일이다. 어떤 사람이 남들 보는 앞에서 좋지 않은 소리를 들으면 좋겠는가. 한두 글자 틀려도 질책을 받곤 했다. 비슷한 상황이 연속될 때 속상한 마음에 이런 사소한 일 가지고 지적을 할까 싶기도 했다.

위와 같은 일을 겪은 후 나의 업무는 더욱 꼼꼼해졌다. 한 장의 문서를 작성하더라도 반복적으로 읽는 습관이 형성되었다. 반복적으로 읽으면서 느낀 점이 있다. 처음 문서를 볼 때와 두 번째 문서를 볼 때면 수정할 게 생겼다.

문서를 보면 볼수록 심플해지고 핵심적인 내용이 살아나는 것을 느낄 수 있었다. 질책을 받는 당시는 좋지 않지만, 시간이 흐르면 나의 업무 능력을 향상하는 밑거름이었다.

결재를 받으러 갈 때는 고려해야 할 사항이 있다. 기본적으로 결재판에 문서를 넣은 후 상사에게 보고할 때는 결재판에 문서를 올려놓고 보고해야 한다. 그리고 자신이 무엇을 전달할지에 대해 생각하고 보고해야 한다. 업무를 하다 보면 결재를 받아야 한다는 생각에 위와 같은 것을 놓치는 경우가 종종 있다.

급한 나머지 결재판 없이 결재서류만 들고 들어가는 경우, 자신이 무엇을 말할지 모르고 들어가는 경우, 펜을 놓고 가는 경우 등 다양하다. 민감한 결재권자라면 이런 하나하나에도 기분을 나빠할 수 있다.

결재를 받으러 갈 때는 항상 고려해야 할 사항이 있다.
그것은 다음과 같다.

1. 결재서류(보고서, 현황 사항 등)
2. 결재판
3. 메모지
4. 펜
5. 결재권자 유 · 무

첫째, 결재서류이다. 요즘은 전자문서로 대부분 대체되었기에 직접 수기로 결재하는 일은 드물 것이다. 하지만 결재서류가 아니더라도 일반 보고서, 현황 사항 등을 보고할 경우가 많으니 참고하길 바란다. 또한 결재 전 오탈자가 있는지 꼼꼼히 보는 습관이 필요하다. 결재를 위해 보고를 할 때면 내가 볼 때는 보이지 않던 잘못된 내용이 보고할 때는 보이는 순간이 많다.

둘째, 결재판이다. 독자 중 아직 입사하지 않은 독자가 있다면 생소할 수 있다. 결재판 이란 검은 색상에 앞표지에 결재서류라고 표시되어 있는 것이다. 지금 직장생활을 하는 독자가 있다면 설명을 하지 않아도 이해가 될 것이다. 연차가 늘어날수록 결재판을 소홀히 하는 경우가 생긴다. 결재판 하나쯤은 자신의 책상 서류함에 꼭 넣어두길 바란다.

셋째, 메모지이다. 메모지는 결재할 때 중요하다. 메모지의 용도는 결재할 때 보고 할 내용을 적어놓는 용도로 사용할 수 있다. 또는 결재할 때 상급자가 지시하는 내용을 적는 용도로 사용할 수 있다.

넷째, 펜이다. 생각보다 많은 직장인이 결재할 때 펜을 놓고 가는 경우가 많다. 저자도 종종 놓고 가는 경우가 있었다. 펜은 되도록 2가지 이상의 색이 들어간 펜이 좋다. 펜은 항상 가지고 다니자. 기본 중의 기본이라 말할 수 있다. 그리고 결재할 때 놓치기 쉬운 것 중 한 가지 품목이다.

다섯째, 결재권자의 유·무이다. 다섯 번째 사항이 제일 중요하다. 결재권자의 유·무란 결재하려는 당일 결재권자가 출근하는지 확인해야 한다. 결재는 적게는 2명, 많게는 3명 이상 상사의 결재를 받아야한다. 또한 상사 이외의 협조를 받아야 하는 경우도 생긴다. 급하지 않은 업무를 결재받을 때는 크게 문제 될 사항은 없다. 하지만 급하게 결재받아야 하는 순간이 오기 마련이다. 그럴 때 결재권자 중 1명이라도출장이나 휴가로 출근을 하지 않는다면 치명적이다.

저자가 결재할 때에는 한 가지 원칙이 있다. 그것은 결론부터 말하기이다. 생각보다 많은 직장인은 처음부터 많은 상황과 이유를 설명한다. 만약에 보고서를 작성하여 결재한다고 하자. 보통 보고서에 대한배경, 서론, 지금까지의 상황, 이론적 지식 등 처음부터 설명하려고 한다. 하지만 결재권자의 입장에서는 답답할 수 있다. 왜냐하면 결재권자의 입장에서는 한 명의 보고를 받는 게 아닌, 팀원의 보고를 받는다. 2명 이상의 보고를 받아야 하는 입장이기 때문이다.

그래서 어떠한 안건에 관해서 설명할 때는 결론부터 말하는 습관을지녔다. 이러한 습관은 저자가 군대에서 복무하면서 깨닫게 된 사항이다. 결재하는 동안 많은 양의 정보를 설명해도 결재권자의 입장에서는결론을 궁금해한다.

결론을 설명한 이후에 세부적인 내용에 대해 궁금해하면 그때 설명해도 늦지 않다. 그리고 결론을 먼저 설명하면 결재권자 입장에서는그 이후의 내용에 대해서는 궁금해하지 않는 경우도 많다.

결재권자에게 보고하기 전에는 한 가지 주의해야 할 사항이 있다.

그것은 자신이 말하고자 하는 내용을 한 번 더 점검하고 가야 한다.

보고 할 때 기본은 육하원칙에 의해서 말하는 습관을 들이면 좋다.

이러한 원칙에 자신이 중요하게 생각하는 점을 부각시킬 수 있고, 불필요한 내용은 제외하고 보고할 수 있다. 이러한 내용은 경험에서 우러나오는 내용이다. 보고 하러 들어갈 때는 들고 가는 서류가 많을 때도 있다. 많은 서류로 인해 자신이 무엇을 말하고자 하는지를 소홀히 하는 오류를 범할 수 있다. 그래서 들어가기 전에는 한 번 더 자신이 무엇을 말하고자 하는지 점검하고 보고하는 습관을 들여야 한다.

우리의 몸에는 중요한 영양소가 있다. 그것은 5가지이다. 탄수화물, 단백질, 지방, 무기질, 비타민이다. 이 5가지가 없다면 우리 몸의 건강은 좋지 않게 된다. 위의 5가지는 각자 고유의 기능이 있다. 이 중 한 가지라도 부족하거나 없다면 몸에 이상 기능이 오기 마련이다. 그래서 우리가 식사할 때에는 영양 있는 식사를 해야 하는 이유이다.

우리가 직장에서 결재할 때도 마찬가지다. 위의 5가지는 결재할 때에 중요한 요소이다. 한 가지라도 소홀히 하다 보면 업무가 엉망이 될 소지가 있다. 결재 전에는 위의 5가지를 확인하는 습관을 갖길 바란다.

현장을 아는 만큼 퇴근도 빨라진다

나폴레옹은 말한다. 어떤 일이 잘 되길 바란다면, 직접 하라.

우리는 새해가 되면 많은 계획을 세운다. 영어공부, 다이어트, 목돈 마련 등 각자 자신이 희망하는 내용을 소망한다. 시간이 흐를수록 이 러한 다짐은 흐지부지되는 경우가 많다. 잘되지 않은 이유에 대해서는 각자 나름의 변명을 한다. 아마 머리로는 했지만, 실제 직접 하지 않았 을 가능성이 크다.

이러한 내용은 우리가 직장생활 할 때도 마찬가지이다. 직장생활을 하다 보면 컴퓨터 앞에서 일해야 할 때가 많다. 사무직의 경우 대부분 을 책상 앞에서 보낼 것이다. 물론 사무직의 특성상 책상 앞에서 일하 는 것은 자연스러운 일이다. 우리가 업무 보고서를 만들 때는 각종 자료와 내용들로 가득 채운다. 겉보기에는 최고의 보고서라 말할 수 있다. 누가 보더라도 페이퍼상으로는 완벽해 보일 것이다. 하지만 현장을 가지 않고 작성한 보고서는 보고의 기능은 할지 몰라도, 실제적인 사업을 추진하기 위한 보고서로서는 부족할 것이다. 우리에게 현장은 선택이 아닌 필수라 할 수 있다. 그 이유를 알아보자.

군대 시절, 우문현답이라는 말을 들었다. 직역하면 다음과 같다. '우리의 문제는 현장에 답이 있다.' 그 당시에는 크게 문제 삼지 않았다. 그러려니 하고 받아들였다. 군대 시절에는 각종 훈련, 평가, 점검을 받을 때 현장을 가지 않고서는 알지 못했기 때문이다.

직장생활을 시작하니, 현장보다는 책상에 앉아서 일하는 경우가 많아졌다. 직장 특성상 이러한 경우는 당연한 일이라 할 수 있다.

저자가 사업 부서로 팀을 옮겼을 때이다. 그 당시 지도자 관련 사업을 맡았다. 사업은 주민들이 아침, 저녁 시간대에 활동할 수 있도록 강사와 프로그램을 지원하는 사업이었다. 나는 사업을 공부하기 위해 지침과 기존 자료들을 찾아봤다. 이론상으로는 이해가 되었다. 지역별로 운영하는 프로그램과 시간대가 달랐다. 하지만 현장에서 원활히 진행될지 의문이 생겼다. 왜냐하면 이른 새벽 시간에 시작하는 지역이 있고, 저녁 시간대에 시작하는 지역도 있었기 때문이다.

나는 지도자들이 현장에서 어떻게 활동하고 있는지 궁금했다. 나는 출장신청을 한 이후 현장으로 이동했다. 그 당시 내가 관리하고 있었던 지역은 20개소가 넘었다. 현장 도착 후 나는 놀랐다.

내가 사무실에서 이론상으로 공부한 것과는 많은 차이가 있었다. 정상적인 시간에 운영되는 장소가 있었고, 그렇지 않게 운영하는 장소가 있었다. 처음 그런 상황을 마주할 때면 이해할 수 없었다. 나는 그러한 사항에 대해 당장에라도 해당 담당자에게 다그치려고 했다. 왜냐하면 사업을 운영하기 위해 보조금을 지원해주기 때문이다.

하지만 그러한 사항에 대해 지도자들과 면담을 하며 깨닫게 되었다. 지도자들이 제때에 나오지 못하는 사유를 말이다. 원래 지침상 그들은 매일 5일간 1시간씩 프로그램을 운영해야 했다. 하지만 5일 동안 하는 만큼의 보수가 그들에게 적게 느껴진 것이었다. 그리고 그들이 받는 수당도 매년 동일한 상황이었다. 나는 현장을 가고 나서야 사업의 본질적인 문제를 이해할 수 있었다.

이 사업을 주최하는 입장과 실제로 현장에서 운영하는 입장이 달랐던 것이었다. 이러한 사실을 깨달은 나로서는 무작정 그들에게 강제적으로 하라고 말하기는 어려웠다. 또한 그들 중 대다수는 자신의 의사보다는 지역주민과 지역기관의 요청으로 하게 된 경우가 많았다. 그러니 오히려 입장이 반대되어있는 상황이었다. 나는 보조금을 지원해주니 당연히 하게 되리라는 나의 환상이 깨지는 순간이었다. 쉬운 말로, 그들은 이 사업에 지도자로 해도 되고 하지 않아도 되는 입장의 사람이 일부 있었다. 동종업계의 사업에서 그들은 더 많은 수당을 받고 적은 노동을 하고 있었기 때문이다.

나는 사업의 문제점을 현장을 통해 파악할 수 있었다. 전임자를 통해 이러한 문제점에 대해 추가로 들을 수 있었다. 매년 수당 상승에 대한 건의는 상급기관에 요청했지만, 인건비 상승은 되지 않았다.

이러한 사실을 깨닫고 변화의 필요성을 느꼈다. 다른 좋은 방안이 필요했다. 그 당시 본 사업은 국고보조금과 지방보조금 일부를 지원받고 있었다. 국고보조금만 운영한다면 4월에서 10월까지만 운영하면 된다. 추가로 도비 보조금을 지원하여 2월과 3월, 11월과 12월을 운영할 수 있게 하여 연간 사업으로 운영할 수 있도록 지원해준 것이다.

하지만 추가로 운영하는 2월과 3월, 11월과 12월은 동계기간과 맞물리는 기간이라 추위로 인해 주민들의 참여가 적다는 사실을 알게 되었다. 결국 이 사업은 비효율적으로 운영되고 있었던 것이었다. 그렇다면 나는 이러한 도비 보조금을 다른 달에 지원해주는 것이 아닌, 국고보조금에 매칭 하여 지원하자는 의견을 제시하였다.

회사에 이러한 의견을 제시했을 때 처음에는 다들 의아해했다. 이러한 의견을 제시하는 것은 지금까지 처음이었기 때문이다. 현장을 다녀온 나로서는 지도자들의 문제점을 알고 있었기 때문에 나는 건의할 수 있었다.

오랜 건의 끝에 나의 의견은 받아들여졌다. 이런 경험을 통해 나는 현장의 중요성을 깨달았다. 책상에서 고민하고 연구하는 것도 좋은 방법이다. 하지만 현장을 다녀오면 많은 것을 배울 수 있는 것을 알았다.

직장생활을 할 때 현장을 우선으로 가야 하는 이유가 있다.
그것은 다음과 같다.

1. 사업에 대한 이해가 빠르다.
2. 시간을 아낄 수 있다.
3. 보고서 작성이 쉬워진다.

현장을 가게 되면 깨닫게 될 것이다. 페이퍼로 보면 며칠이 걸릴 일이, 현장을 통해 단 몇 시간 만에 이해가 된다는 점이다. 그리고 현장에 있다 보면 그 사업에 대해 문제점을 단번에 파악할 수 있다. 현장에 있다면 연관된 사업 관계자들과 대화할 일이 생긴다.

대화를 통해 현장에서 무엇이 문제점인지 단번에 알 수 있다. 그러한 문제점을 파악했다면 개선 시킬 방법에 대한 힌트도 얻을 수 있다.

이러한 현장을 중요시하는 경영인이 있다. 삼성전자의 이건희 회장이다. 그는 평소에도 현장을 다니며 삼성전자의 제품이 어느 정도의 경쟁력을 갖췄는지 실사하곤 했다. 그러던 1996년 6월 놀랄 만한 사건을 확인했다. 삼성전자의 세탁기 생산현장에 관한 문제점을 확인하게 된 것이다. 일화는 다음과 같다. 현장에선 담당 직원이 세탁기 뚜껑 여닫이 부분이 맞지 않아, 칼로 잘라 조립하고 있던 것이었다. 정상적이라면 잘못된 부분은 다시 만들어야 했다. 하지만 주문을 맞추기 위해 임시방편으로 해결하려 했던 것이었다. 이건희 회장은 이를 본 뒤 많이 노하였다고 한다. 그 밖에도 현장을 돌아보며 세계 유명한 기업들의 제품 속에서 삼성의 위치를 확인한 이건희 회장은 삼성이 살아남기 위한 특단의 조치를 취할 수밖에 없었다. 그는 21세기는 초일류만이 살아남을 수 있다며, 다음과 같이 말했다. '마누라와 자식 빼고는 다 바꾸라.' 이건희 삼성전자 회장의 명언이었다.

대부분의 직장인이 보고서 작성에 부담을 느낄 것이다. 저자도 직장생활을 하며 많은 보고서를 작성할 때면 부담을 느끼곤 했다. 현장을 다녀온 이후로는 상황이 달라졌다. 보고서는 내가 창작을 하는 사항이 아니었다. 보고서는 현장에 대한 결과물이었다. 현장에 대한 결과물 이란, 내가 직접 발로 뛰고 눈으로 확인한 사항을 그대로 컴퓨터 상으로 표현한다는 의미이다. 우리가 어떠한 계획을 할 때도 마찬가지이다. 맨땅에 헤딩하듯이 없는 것을 지어내려면 어렵다. 한 번이라도 현장에 다녀온다면 작성하기는 수월하다. 내가 직접 눈으로 본 현장이 필요한 것이고 문제점이기 때문이다. 그리고 직접 본 현장이야말로 그 보고서의 확실한 근거로 제시할 수 있다.

'우문현답'

우리의 문제는 현장에 답이 있다.

이 글을 읽는 독자분들에게 조금이라도 도움이 되길 바란다.

현장에서 자신이 직접 보고, 듣고 행동할 것을 말이다.

장소에 구애받지 않고 일하는 방법

준비에 실패하는 것은, 실패를 준비하는 것이다. 벤저민 프랭클린의
말이다.

우리가 일하기 위해서는 장소라는 곳이 필요하다. 그 장소가 어디인
지에 따라 우리의 업무능률이 달라질 수 있다. 개인마다 일하기 좋은
장소는 천차만별일 것이다. 누군가는 사무실이라는 공간이 좋을 수 있
다. 누군가는 조용한 공간을 좋아할 수 있다. 누군가는 사람이 많은 공
간을 선호할 수 있다. 직장인이라면 대부분 사무실이라는 공간에서 일
할 것이다. 사무실의 종류도 다양할 것이다. 하지만 언제나 우리가 동
일한 장소에서 일할 수는 없다. 출장이 있거나 교육을 갔을 때 우리는
사무실 밖에서 업무를 해야 할 수도 있다. 이러한 경우를 위해서 우리
는 평소에도 언제 어디서나 일할 수 있는 준비가 필요하다.

저자는 행정업무를 하다 보니 주로 사무실에 있지만, 사업 특성상 출장을 가야 할 때가 많다. 출장은 길게는 일주일 이상 가야 할 때도 있다. 이런 경우 출장을 가기 전 나의 고유 업무는 끝맺음하고 가야 한다. 단연 출장을 다녀온 이후에는 메일, 공문, 그 밖에 일들이 많이 쌓여있다.

입사 초기에는 출장 가기 전 나의 업무를 어떤 식으로 정리해야 할지 고민하지 못했다. 또한 출장 중 밀린 업무는 출장을 끝마친 후, 해야 한다고만 생각했다. 지금 생각하면 융통성과 경험이 부족했다.

하지만 매번 출장이 끝난 이후에 나의 업무가 쌓이는 것을 보고 변화의 필요성을 느꼈다.

공문의 경우 출장 중간에 도착하면, 마감기한이 얼마 남지 않은 경우도 있었다. 어느 날, 메일의 경우 많이 쌓여서, 부담을 느낀 적이 있었다. 출장을 다녀오면 몸도 지치고 피곤한 상황이라 업무추진이 어렵다. 특히 업무를 추진하려면 결재를 받아야 한다. 출장을 다녀온 후 결재권자급의 간부는 대부분 퇴근을 한다. 그래서 출장 복귀 후 업무를 한다 한들 큰 의미는 없다.

그래서 연차가 조금 쌓인 후 출장지에서 업무를 할 수 있는 시스템에 대해 고민했다.

처음에는 쉽지 않았다. 출장에 간들 업무를 하기는 어려웠다. 출장지에선 차를 타고 이동해야 하는 경우가 많다. 그리고 조직 내 젊은 직원들은 주로 운전을 담당했다. 즉, 나는 출장지에서 차를 몰아야 하는 경우는 운전을 했다. 출장지에서는 그 당시 상사를 모시고 물품을 나르거나, 사람들을 격려하기 위해 이동했다. 그러한 상황에서 업무를 하기는 어려웠다.

고민을 계속하자 실마리가 보였다.
먼저 출장 가기 전 준비물에 대해 고민했다. 그것은 다음과 같다.

첫째, 노트북

둘째, 블루투스 이어폰

셋째, 핸드폰 충전기 및 보조배터리

넷째, USB 저장매체

다섯째, 기타(사무용품 등)

위의 5가지는 최소 2일 이상 출장을 갈 때 챙기면 좋은 것 위주로 선정했다. 물론 위의 말고도 필요한 것은 많다. 하지만 위의 것을 챙기면 많은 효과를 느낄 수 있다. 그 효과는 다음과 같다.

첫째, 노트북이다. 노트북은 직장인에게 필수품 중 하나라고 생각한다. 전에 출장 갈 때는 노트북을 들고 다닐 생각을 하지 않았다. 왜냐하면 행사를 가기 위해 챙겨야 할 품목이 많았다. 이러한 상황에서 노트북이 추가되면 무거웠다. 그리고 다녀와서 하면 되겠지라는 안일한 생각을 했다. 연차가 쌓이고 출장지에서 노트북의 필요성을 느낀 이후에는 필수품목 중 하나가 되었다. 독자 중 노트북을 준비 중이라면 가볍고 성능 좋은 것을 권하고 싶다.

둘째, 블루투스 이어폰이다. 직장인이 되기 전에는 블루투스 용품에 관심이 없었다. 비싼 돈 주고 전자기기를 살 필요가 있을까 하는 생각을 했다. 직장인이 되고 난 후 생각이 많이 바뀌었다. 그중 블루투스 이어폰은 효율성이 높다. 어딜 가든 핸드폰만 있다면 전화응대를 할 수 있다. 만약에 선으로 연결되어 있었다면 많은 불편함이 따랐을 것이다. 운전석 안에서도 선 때문에 운전에 방해가 되었을 것이다. 또 이어폰을 가방에서 넣었다 다시 넣을 때 선 정리 때문에 스트레스를 많이 받았을 것이다. 블루투스 이어폰은 이러한 불편함을 한 번에 해결해 주었다. 단 주의할 점은 청각 손상에 좋지 않다고 하니, 너무 크게 틀지 않는 게 좋을 것 같다.

셋째, 핸드폰 충전기와 보조배터리이다. 물론 충전기와 보조배터리의 경우 이미 대중화되어서 큰 걱정은 하지 않는다. 하지만 장기간 출장을 갈 때는 한 번 더 확인하는 습관을 들이는 게 좋다. 출장 가서 놓고 온 걸 알게 되는 경우가 있다.

넷째, USB 저장매체이다. USB는 직장인에게 중요하다. USB의 경우 출장 갈 때 쓸 수 있도록 용도를 분리해 놓는 것이 좋다. USB가 출장지에서 어떤 용도로 활용되는지 간단하게 설명하겠다.

출장 전에는 파일을 인터넷상으로 공유하거나 USB로 파일을 옮겨서 가는 방법이 있다.

한국은 IT 강국이라고 칭송받는 시대이다. 그만큼 어딜 가나 인터넷은 대중화되어있다. 그리고 빠르고 막힘이 없다. 그래서 인터넷상에 공유하거나 메일함에 저장해 놓으면 편리할 수 있다. 하지만 가끔 인터넷이 작동이 안 되는 경우가 있다.

이럴 때는 USB만큼 좋은 게 없다. 별도의 인터넷이 필요 없고, USB단지에 꽂기만 하면 연결이 가능하다.

다섯째, 기타사항으로 여러분이 별도로 필요하다고 생각되는 것을 챙기면 된다. 기본적으로 세면도구, 여벌 옷 등이 있다.

저자가 담당 지도자들을 대상으로 교육을 받으러 간 경험이 있다. 인원은 대략 20여 명 정도였다. 그 당시 나는 노트북의 필요성을 알고 있는 시기였다. 출발 전 노트북을 챙기고 그와 관련된 부속품을 확인했다. 노트북에 문제는 없었다. 전원도 켜보았지만, 정상적으로 작동되었다. 그리고 나는 업무용 차를 끌고 출발했다.

노트북은 무거웠지만, 차에 넣을 수 있었기에 큰 문제는 없었다. 나는 다른 사람보다 일찍 도착하기 위해 30분 일찍 출발했다. 나는 목적지에 도착했다. 제일 먼저 노트북을 챙기고, 서명부에 서명했다.

지도자들이 도착한 것을 확인한 후 나는 책상을 찾았다. 다행히 뒷자리에 앉을 수 있는 책상이 있었다. 나는 노트북을 켜고 업무 시작을 위해 준비했다. 지도자들의 교육시간은 9시 시작이다. 그와 동시에 나는 9시에 노트북을 가지고 업무를 시작했다. 전화기에는 업무 관련 전화가 벌써 울리기 시작했다. 나는 업무 관련 사이트를 통해 지원금 관련 설명을 했다. 그리고 나는 USB를 꺼냈다. 노트북에 꽂고 보고서를 작성했다. 비록 사무실 밖이었지만 사무실처럼 업무에 집중할 수 있었다. 물론 사무실만큼 일할 때 필요한 자료가 있지는 않았지만, USB에 담아왔기에 큰 걱정은 하지 않았다. 노트북을 통해 그 당시 중요한 업무를 지속 할 수 있었다. 출장지에서 일하는 것은 사무실에서 일하는 것의 2배는 어렵다고 보면 된다. 이것저것 신경 쓰면서, 나의 일은 일대로 해야 하기 때문이다. 물론 출장지에서 일하기 싫다면 사무실 복귀 이후에 해도 상관은 없다.

하지만 그 당시 내 생각은 다음과 같았다. 나는 출장지에서 근무하지만 나와 관련한 업무 유관 기관은 사무실에서 일하는 것과 같은 상황일 거라 생각했다. 즉, 나는 출장 때문에 일을 못 한다 해도, 다른 기관에서는 업무를 하고 있는 것이다. 물론 출장에 갔으니 협조를 구하여, 출장 복귀 후, 처리하는 방법도 있다. 하지만 출장지에서 조금이라도 일을 한다면 하지 않을 때 보다 많은 장점을 느낄 수 있다.

일하는 데 있어서 장소는 중요하다고 생각한다. 어떤 사람에게는 카페 같은 공간에서 일이 잘될 수 있다. 어떤 사람은 사무실이 제일 좋은 공간일 수 있다. 하지만 그보다 더 중요한 것은 일에 대한 본질을 이해하는 것이라고 생각한다. 또한 일에 대한 자신의 철학으로 접근하는 게 중요하다고 생각한다.

일에 대한 본질을 이해하면 장소가 어디든 일을 지속할 수 있다. 핸드폰을 통해서든 컴퓨터를 통해서든 우리는 지속하는 방법을 찾게 된다. 우리가 사무실을 떠나는 순간에도 나와 연관된 사람들은 그 업무를 지속해서 하고 있기 때문이다. 그렇기에 우리는 자신만의 방법을 고민하여 사무실을 떠나도 자신의 업무가 유지될 수 있도록 고민해야 한다. 이러한 고민을 한다면 위에서 언급한 전자기기들의 필요성을 여러분도 느끼게 될 것이다.

출장지에서 여러분도 5가지의 준비물을 챙길 것을 권한다.
5가지는 여러분이 퇴근할 수 있도록 도울 것이며, 시간을 절약하는 데 큰 도움이 될 것이다!
여러분의 행운을 빈다!

책상정리가 효율성을 높인다

　단순함이란 복잡한 것보다 어려울 수 있습니다. 단순해지려면 당신은 생각을 명쾌하게 하도록 열심히 노력해야 합니다. 애플의 창업주고 스티브 잡스의 말이다.

　세상에는 여러 종류의 책상이 있다. 원형으로 된 책상, 네모형태의 책상, 삼각형의 책상 등이 있다. 책상을 사용하는 사람들도 다양하다. 학생, 직장인, 기업 CEO 등이다. 책상을 활용하는 방법도 여러 가지이다. 그래서 책상정리는 더욱 어려울 수 있다. 누군가는 어지러운 상태의 책상을 선호할 수 있다. 누군가는 깔끔한 상태의 책상을 선호할 수 있다. 중요한 것은 책상정리를 통해 업무의 효율성을 높이는 게 중요하다고 생각한다.

저자가 입사 초기 때이다. 그때는 책상정리에 대한 개념이 없었다. 표면적으로 책상정리에 대해 생각은 했다. 하지만 업무가 많아지면서 책상정리에 소홀해지기 시작했다. 그 당시 계약업무에 집중하고 있었다. 계약업무를 위해서는 규정집을 필수로 가지고 있어야 했다. 그 당시 규정집은 행정자치부에 있는 자료를 다운받았다. 페이지 수도 상당했다. 계약에 필요한 자료를 별도로 수집했다. 계약을 위해 올렸던 공고문, 다른 지역에서 만들었던 자료들이다. 또한, 계약업무를 추진하기 위한 계획안 관련 자료들도 상당했다. 그 당시 자료를 위해 출력한 종이만 봐도 상당했을 것이다. 그리고 다른 업무는 업무대로 처리하기 위해 책상 위에 올려둔 자료들도 상당했다.

그 당시 책상을 보기만 해도 복잡했다. 집중력은 떨어지기 시작했다. 내가 필요한 펜, 칼, 가위 등 사무용품을 찾기 위해서는 이곳저곳 뒤져봐야 했다. 책상이 지저분하니 물건 찾는 데 낭비되는 시간이 증가했다. 업무가 끝나고 정리하려면 이미 지친 상태로 정리하기는 힘들었다. 쉽게 말하면, 정리하는 것조차 귀찮아지기 시작했다. 대충 정리하고 퇴근하고 싶은 마음뿐이었다.

나는 시간이 흐르면서 책상정리에 대한 필요성을 느꼈다.
그리고 책상정리에 대한 정보를 찾기 시작했다. 내용을 확인하고 나는 실천에 옮겼다. 내용은 아래와 같다.

첫째, 불필요한 물건은 과감히 버리자.

둘째, 공간을 효율적으로 배치하자.

셋째, 물건의 공간을 마련해 준다.

넷째, 사용 후 제자리에 놓는다.

다섯째, 한눈에 알아볼 수 있도록 표시한다.

위의 5가지는 경험상 우선으로 필요한 사항 위주로 소개했다.

첫째, 불필요한 물건은 과감히 버리자. 쉬우면서도 어려운 문제이다. 불필요한 물건을 판단하기는 쉽지 않다. 하지만 하루에 1가지만 버린다고 생각해보자. 책상과 서랍을 살펴보면 연도가 지난 내용의 서류와 물건, 사업이 끝난 자료들이 많을 것이다. 불필요한 것을 버리면 버릴수록 공간이 보이게 될 것이다.

경험상 정리의 1순위는 버리는 것에서 시작한다! 지금부터 미련 없이 버리자!

둘째, 공간을 효율적으로 배치하자. 불필요한 물건을 버리면 공간이 보이기 시작한다. 공간이 보이기 시작하면 자신도 모르게 기분이 좋아질 것이다. 공간이 보인다고 아무 물건으로 채우면 곤란하다. 책상을 정리하는 데에도 우선순위가 필요하다. 책상을 정리하는 우선순위는 업무와 연관 지어 고민해야 한다. 저자가 계약업무 시절에는 사업 부서로부터 서류를 많이 받았다. 서류들은 계약 일자와 검수 날짜가 각각 달랐다. 그래서 날짜별로 정리해야 할 서류함이 필요했다. 나는 3단으로 된 서류함을 준비했다. 그래서 제일 위 칸은 결재해야 할 문서, 둘째 칸은 결재 전 상태의 문서, 마지막 칸은 A4용지로 준비했다.

셋째, 물건의 공간을 마련해 준다. 물건의 공간이란 책상 위의 물건들을 위한 집을 만들어 주는 것이다. 이 부분도 중요하다. 물건에 고정된 공간을 줌으로써 우리는 필요한 물건이 떠오를 때 빠르게 찾을 수 있다.

넷째, 사용 후 제자리에 놓자. 위에서 물건의 공간을 마련해 주었다면 사용 후 물건을 제자리에 놓는 습관이 필요하다. 보통 물건을 사용하고 자신이 편한 자리에 놓기 쉽다. 편한 자리에 놓는 만큼 책상은 지저분해질 확률이 높다. 책상에 공간을 선물했다면 다시 원래 자리에 놓는 습관을 들이자. 물건을 제자리에 놓음으로써 책상이 깔끔해지고 깨끗해지는 선물을 받을 것이다.

다섯째, 한눈에 알아볼 수 있도록 표시하자. 보통 황색 파일이나 책자의 경우 책장에 꽂으면 제목이 보일 것이다. 하지만 직접 만든 규정집이나 메모지, 수첩의 경우는 정면에만 표시가 있을 것이다. 여기에 좋은 팁이 한 가지 있다. 자신만 알아볼 수 있도록 옆면에 표시해놓는 것이다. 옆면에 표시해놓게 되면 많은 서류철, 규정집 등 많은 책 중에서 한눈에 찾을 수 있다.

위의 5가지는 업무에 있어 장점이 많다.

그것은 다음과 같다.

1. 시간을 절약하고 빠르게 찾는다.

2. 성취감을 느낄 수 있다.

3. 성과로 이어진다.

자신이 필요한 물건이 그때마다 위치한다면 불필요한 시간 낭비를 막을 수 있다. 가끔 급할 때 물건 찾는 데에만 시간을 소비하는 경우를 종종 볼 수 있다.

내가 원하는 물건을 제때 사용하고 업무를 추진하면 자신도 모르는 사이 기분이 좋아진다. 비록 작은 습관이지만 이러한 습관들이 모이게 되면 결국 직장에서 나만의 성과로 이어지는 것을 볼 수 있을 것이다. 즉 쉽게 말하면, 물 흐르듯 일을 처리하게 된다는 의미이다.

사업 부서에서 겪은 경험이다. 책상정리로 칭찬을 받은 일이 있었다. 책상의 서류와 문서를 볼 때면 답답한 마음이 들었다. 나는 특단의 조치를 내렸다. 당장에 필요한 물건만 제외하고 모두 다른 곳으로 옮겼다. 물건들을 옮기자 책상의 공간들이 눈에 띄게 보이기 시작했다. 이러한 공간들을 보고 있으니, 나의 마음도 맑아지는 기분이었다. 공간이 살아나고 깔끔해지자 다른 물건들을 놓기가 싫어졌다.

그렇게 며칠간 나의 책상은 필요한 것을 제외하고 거의 비워놓았다.

그 당시 내 자리 뒤로 지나가던 상사는 나의 책상을 보며, 책상이 깨끗하다며 칭찬을 했다. 책상이 깨끗하니 일단 기분이 다르다. 기분이 좋아지고, 일하고 싶은 욕망이 살아났다. 일하고 싶은 욕망이 살아나니, 업무에 집중이 되었다. 이러한 집중은 나의 업무 성과로 이어지는 경험을 하였다.

혹시 지금 학생이라면 다른 친구들의 책상을 살펴보자. 혹시 도서관이라면 다른 이용자들의 책상을 살펴보자. 직장인이라면 다른 직원들의 책상을 살펴보자. 누군가는 책상정리에 큰 관심이 없을 수도 있을 것이다. 누군가는 책상정리를 칼같이 정리하는 사람이 있을 것이다.

정리가 잘 된 사람들의 특징을 분석해보자. 그런 사람들의 공통점 중 한 가지를 꼽자면 체계적이라는 것이다. 같은 책상의 공간이지만 책상의 활용도는 차이가 있다. 그 차이는 업무의 성과로 이어질 것이다. 업무의 성과는 단연 개개인의 퇴근 시간으로 연결 될 것이다. 이러한 성과의 시작은 책상정리에서부터 시작한다는 것을 잊지 말자!

어쩌면,
누군가는 여러분의 깨끗한 책상을 보며,
칭찬 바이러스를 사람들에게 전해주고 있을지도 모른다.

직장인이 정리해야 할 3가지
(서랍, 트렁크, 지갑)

단순함이야말로 최상의 정교함이다. 레오나르도 다빈치의 말이다.

우리는 하루의 시작을 정리로 시작한다. 아침의 일상을 생각해보자. 우리는 알람과 동시에 기상한다. 기상 후 이불 정리를 시작한다. 그리고 아침에 자기계발을 하거나, 아침 식사를 한다. 직장인이라면 직장으로 출근한다. 학생이라면 학교로 등교한다. 집에서 출발하기 전에는 집에 있는 책, 그릇, 옷 등을 정리하고 나갈 것이다. 하루의 끝도 정리로 끝난다. 만약 직장인이라면 퇴근 전 책상정리, 컴퓨터 정리, 사무실 정리 등을 하고 퇴근할 것이다. 이러한 정리를 우리가 인위적으로 인식하기보다는 자연스럽게 정리를 하게 된다. 그만큼 정리는 우리의 일상 속에 깊게 자리 잡았다. 그리고 정리는 우리 삶의 중요한 역할을 한다. 하지만 익숙한 나머지 정리에 대한 중요성을 간과할 수 있다. 다음은 직장인이라면 반드시 정리해야 할 3가지를 소개하겠다. 김승호 작가의 《생각의 비밀》에는 사장으로 성공하기 위해 항상 정리해 두어야 할 세 가지로 소개되었다.

첫째, 서랍

둘째, 트렁크

셋째, 지갑

저자가 입사 초기 때의 일이다. 저자는 원래 차량이 없었다. 입사 후 사회생활을 시작하며 운전하기 시작했다. 운전면허 자격증은 대학생 시절 미리 취득했다. 대학교 때 취득했으니 오랜 기간 운전을 하지 않았다. 자격증은 일종 보통이었다. 오랜 기간 운전을 하지 않은 탓인지 남들이 보기에는 어색해 보였나 보다.

대학교 때 취득 후 후보생 생활을 거쳐 군대 입대 후 전역까지 운전을 하지 않았으니 그럴 법도 하다.

내 소유의 차량이 생겼을 때 기분은 좋았다. 차량이 새 차량인지 중고차량인지는 문제가 되지 않았다. 중고차량이지만 새 차처럼 관리하려고 노력했다.

하지만 시간이 지날수록 차 안에 물건이 쌓이기 시작했다. 트렁크 속을 나도 모르게 채우고 있었다. 운동화, 구두, 각종 자료 등 하나, 둘씩 모여 어느덧 트렁크는 꽉 찼다. 비 오는 날 우산을 찾기 위해 트렁크를 열었다. 하지만 많은 양의 물건들로 인해 우산을 찾는데 많은 시간이 걸렸다.

내게 필요한 사항은 트렁크에 넣지 않고, 내 편리함을 위해 트렁크를 채우고 있었다. 하지만 내가 편할 거로 생각했던 물건들은 공간만 차지할 뿐 도움이 되지는 않았다.

어느 날 트렁크에 문제가 생긴 것을 발견했다. 트렁크가 잘 닫히지 않았다. 내가 힘으로 눌러야 겨우 닫히는 것이었다. 나는 문제를 알지 못했다. 큰 문제라 생각하지 않고 가볍게 생각했다. 하지만 시간이 지나면서 트렁크 안쪽이 덜렁거리는 느낌이 들었다. 그 날 회사에 반차를 내고 정비소에 갔다. 정비소에서는 트렁크 안쪽이 파손되었다고 했다. 트렁크 안쪽 트렁크를 여닫는 부분 파이프가 부서졌다는 것이다. 나는 어쩔 수 없이 수리비를 지불했다. 그 당시 수리비도 비쌌던 것으로 기억한다.

나는 그 날 이후로 트렁크 속에 불필요한 짐들을 정리했다. 정리를 위해 제일 먼저 한 행동은 필요한 물건과 필요하지 않은 물건들을 분류했다. 그리고 오래된 물건이나 필요하지 않은 물건들은 버렸다.

물건들을 정리하자 답답했던 트렁크가 넓어 보였다. 넓어진 트렁크를 보고 있으니 나의 마음도 넓어지는 느낌이 들었다. 그 날 이후로 나는 정리를 위해 물건에 대한 생각을 바꿨다. 물건을 구매하기 전에 내게 필요한 물건인지 고민한다. 특히 트렁크 안에 물건을 넣을 때 차량과 관련이 있는 것인지, 단순히 편리함을 위해 넣는 것인지 신중히 고민했다. 지인이 물건을 줄 때도 나는 고민했다. 무작정 나의 트렁크에 넣지 않았다. 트렁크에 물건을 신중히 넣자 나만의 원칙을 세울 수 있었다.

이러한 원칙은 다음과 같다.

첫째, 트렁크 안에 물건은 신중히 넣는다.
둘째, 물건 구매와 받는 것을 신중히 한다.
셋째, 꼭 필요한 물건만 넣도록 한다.
넷째, 일주일에 한 번은 트렁크를 확인하고 정리한다.

이러한 원칙을 세우자 트렁크가 이전보다 깨끗해지는 것을 느낄 수 있었다. 특히 누군가 주는 물건을 트렁크에 고민 없이 넣는 경우가 많았다. 이러한 물건들은 오랫동안 방치만 될 뿐 사용하지 않은 경우가 많았다. 하지만 위의 원칙을 세우고 지인으로부터 물건을 받는 것부터 신중히 생각했다. 또한, 주는 사람의 성의를 생각해서 받지 않을 수도 없었다. 그래서 받는 즉시 물건을 집으로 옮기거나 정리하기 위해 노력했다.

저자는 물건을 구매하면 최대한 오랫동안 사용하는 편이다. 어린 시절부터 생긴 습관이다. 집안이 어려우니 돈이 생겨도 쉽게 쓸 수 없었다.

저자는 지갑을 선물 받았다. 선물 받은 후로 2020년 5월인 지금까지 사용하고 있다. 정확히 몇 년도에 선물 받았는지 기억은 나지 않는다. 하지만 오랫동안 사용했다. 지갑을 살펴보니 해지고 겉과 속이 닳은 흔적이 곳곳에 보인다. 지금 지갑의 상태는 깔끔한 상태이다. 하지만 이전에는 깔끔하지 않았다. 지갑 속에 나도 모르게 영수증과 쓰지 않는 카드를 넣었다. 지갑을 정리하지 않은 것도 습관이었다. 편의점에서 물건을 구매하고 지갑 속에 영수증을 고민 없이 넣었다. 나중에 정리하자는 생각으로 넣었다. 이러한 경우가 쌓이고 쌓여 나의 지갑은 겉으로 보기에 좋지 않았다.

영수증 때문에 흰색의 종이가 지갑 밖으로 삐져나오는 것이 보였다. 그리고 가맹점에서 만든 포인트 적립카드와 사용하지 않는 체크카드로 지갑이 너무 두꺼워졌다. 불필요한 영수증과 카드 때문에 내가 필요한 카드를 찾는 데 시간도 오래 걸렸다. 나는 지갑도 정리가 필요하다는 것을 느꼈다.

일단 날짜가 지난 영수증, 불필요한 영수증을 제거했다. 그리고 가맹점에서 만든 포인트 적립카드를 모두 꺼냈다. 영수증과 카드를 빼내자 지갑의 두께가 얇아지는 것을 느낄 수 있었다. 지갑의 두께가 얇아지면서 나의 마음도 한결 가벼워지는 것을 느꼈다.

나는 정리를 하며 지갑에 대해 생각해보았다. 지갑의 경우 남들의 눈에 쉽게 띌 수 있는 품목 중 한 가지이다. 물건 구매 후 결제할 때나 현금을 지갑에 넣을 때 누군가는 나의 지갑을 볼 수 있다. 그런 상황에서 나의 지갑이 지저분하다면 나의 이미지는 좋지 않을 것이다. 이러한 생각이 들자 나는 지갑에 더욱 관심을 가지게 되었다. 지갑에 대한 관심이 적을 때는 식당에서 결제하거나 백화점에서 물건을 구매한 후 영수증을 받아서 지갑에 넣었다. 하지만 지갑에도 정리가 중요하다는 사실을 깨달은 이후 영수증을 받은 후 지갑에 넣지 않으려고 노력했다. 필요하지 않은 영수증의 경우, 받지 않거나 그 자리에서 버렸다. 큰 금액과 중요한 물건을 구매 한 경우에 한해서 선별하여 지갑에 영수증을 넣었다. 기존의 습관을 바꾸려고 노력했다. 조금의 관심이지만 차이는 컸다. 내가 느끼는 만족감은 정리할수록 커갔다.

우리가 일할 때나 공부할 때 책상 서랍이 있을 것이다. 일하다 보면 자신도 모르는 사이 많은 물건을 구매하게 된다. 물건들이 정말 필요한지 아닌지 고민이 부족한 채 말이다. 그러한 물건들은 제자리를 찾지 못한 채 책상 서랍 안으로 들어가게 된다. 이러한 작은 일들이 쌓여 물건들이 어디에 위치하였는지 알 수 없을 것이다. 서랍에도 정리가 필요하다.

서랍 같은 경우 칸별로 되어있을 것이다. 각 칸별로 물건을 넣을 수 납함을 준비한다면 더욱 좋다. 또한 서랍 안에는 많은 것을 넣기보다는 내게 필요한 것을 위주로 넣는다. 필요하지 않은 물건들은 다목적함이나 다른 곳으로 옮겨놓자. 여기서 중요한 것은 일단 시도해 보자.

내게 필요한지 필요하지 않은지 분간이 안 될 수 있다. 그런 경우는 한 가지 품목이라도 일단 옮기고 일주일간 지켜보자. 내게 필요하지 않은 물건의 경우에는 일주일 동안 한 번도 쓰지 않는 경험을 하게 될 것이다. 그런 물건들은 과감히 버리는 노력이 필요하다.

우리는 일상에 치여 정리를 소홀히 생각할 수 있다. 우리의 방안에는 자신도 모르는 사이 쌓이게 될 것이다. 이러한 물건들은 공간을 차지하게 만든다. 공간을 차지한 물건들로 인해 우리의 공간도 협소해진다.

공간이 협소해 지면 가장 무서운 것은 우리의 마음까지도 작아진다는 것이다. 성공한 사람들에게 느낄 수 있는 한 가지 공통점이 있다. 그들은 복잡한 것을 좋아하지 않는다. 애플의 창업주 스티브 잡스, 르네상스의 거장 레오나르도 다빈치, 중국 고대의 사상가 공자 이들은 모두 단순하고 심플한 것을 추구했다. 저자도 이러한 단순함의 원리에 동의한다.

이 글을 읽는 독자 여러분들이 오늘부터라도 위의 3가지는 꼭 정리 했으면 좋겠다. 방안의 공간이 보임과 동시에 여러분 마음의 공간도 늘어나는 것을 느낄 수 있을 것이다. 행운을 빈다.

TIP

1) 업무의 우선순위를 정하자

(1) 하루 업무리스트를 작성한다.

(2) 중요도와 긴급도에 따라 분류한다.

(3) 우선으로 끝내야 할 업무는 표시한다.

(4) 표시한 업무를 중심으로, 집중해서 처리한다.

2) 업무의 데드라인을 정하자

(1) 업무의 시작과 끝맺음을 명확히 할 수 있다.

(2) 업무의 계획을 세울 수 있다.

(3) 업무의 우선순위를 고려할 수 있다.

3) 단순 업무는 시간을 정하여 한 번에 처리하자

(1) 단순성 업무를 처리할 고정된 시간을 정한다.

(2) 처리할 업무를 수집한다.

(3) 한꺼번에 모아서 처리한다.

> 〈 단순성 업무 〉
> 전자문서: 문서 담당자 지정, 문서 송·수신, 문서 스캔, 메일 확인·회신 등
> 우 편 물: 우체국 발송, 우편물 분류 등
> 청　　소: 사무실 정리, 분리수거 등
> 기　　타: 팩스, 신문관리 등

4) 결재 전, 5가지는 고려하자

(1) 결재서류(보고서, 현황 사항 등)　　(2) 결재판

(3) 메모지　　(4) 펜

(5) 결재권자 유·무

5) 현장을 알면 사업에 대한 이해와 보고서 작성은 쉽다

(1) 사업에 대한 현장을 우선으로 확인한다.

(2) 현장에서 직접 보고, 듣는다.

(3) 현장에서 본 것을 토대로 문제점과 개선사항 위주로 보고서를 작성한다.

6) 장소에 구애받지 않고 일하기 위한 준비

(1) 노트북 (2) 블루투스 이어폰

(3) 핸드폰 충전기 및 보조배터리 (4) USB 저장매체

(5) 기타(사무용품 등)

7) 업무효율을 위한 책상정리방법

(1) 불필요한 물건은 과감히 버리자

(2) 자신의 업무에 맞추어 공간을 효율적으로 배치하자

(3) 물건의 공간을 마련해 주자

(4) 물건을 사용한 후에는 제자리에 놓자

(5) 한눈에 알아볼 수 있도록 표시하자(앞면·옆면 등)

8) 직장인이 정리해야 할 3가지

- ①서랍 ②트렁크 ③지갑

제 3 장

퇴근 후 시간 관리가
퇴직 후 인생을 결정한다

퇴근 30분 전 일 스위치는 끄자

"물리학을 믿는 나와 같은 사람들은 과거, 현재, 미래의 구별이란 단지 고질적인 환상일 뿐이란 사실을 알고 있다." 알버트 아인슈타인의 말이다.

직장인의 퇴근 시간은 개인마다 차이가 있을 것이다. 주간에 주로 일을 하는 직장인이라면 18시 이후에 퇴근할 것이다. 야근에 주로 일을 하는 직장인이라면 다음 날이 돼서야 퇴근을 할 수 있을 것이다. 퇴근 시간이 되어도 업무가 남아있거나, 본인의 일을 더 하고 싶은 사람은 18시 이후까지 일할 것이다. 그 시간이 언제든 30분 전에는 하루의 일과를 돌아보는 시간을 가지면 좋을 것이라 생각한다.

저자가 입사 초기 총무팀에 근무했을 때의 일이다. 그 당시에는 야근을 유독 많이 했던 시기이다. 처음 접하는 일이다 보니 업무 파악하는 데 많은 시간이 소요되었다. 18시가 되어도 나의 일은 끝나지 않았다. 18시 이후로 일하는 생활이 일상이었다. 18시가 되면 직장 주변 식당에서 저녁을 먹었다. 저녁을 먹은 후에는 다시 사무실로 돌아와서 일을 시작했다. 처음에는 밥을 먹고 온 이후에 바로 책상에 앉아서 일을 시작했다.

하지만 이러한 일상이 반복되다 보니, 나 스스로가 지치는 게 느껴졌다. 나는 시간 관리에 필요성을 느꼈다. 퇴근 후 시간에 대한 관점을 바꾸기로 했다. 18시가 되기 30분 전에는 하던 일을 중단했다. 하던 일을 중단하고 오늘 해야 할 일과 내일 해야 할 일을 구분하기 시작했다. 또한 18시 이후 식사한 후에는 바로 업무를 하기보다는 운동을 하거나 휴식을 취하기도 했다. 물론 쉽지는 않았다. 퇴근 전인, 17시 30분 즈음 내가 맡은 업무를 끝내려 해도, 전화가 울리고, 주변에서 나를 찾는 일이 많았다. 그래도 시간 관리에 대한 관점을 바꾸자, 나의 일상생활을 체계화할 힘이 생겼다.

일에 대한 구분을 시작하니, 많은 시간을 낭비하고 있는 것을 발견했다. 특히 결재와 관련된 일이 그러했다. 하루 업무 중 결재와 관련된 일을 먼저 끝냈다. 퇴근 이후에는 결재권자가 퇴근하므로, 내가 업무를 해도 큰 성과로 이어지지는 않았다. 물론 미리 업무를 하는 관점에서 시도하는 것은 좋지만, 결재가 필요한 업무는 업무시간에 끝내려고 노력했다. 중요한 업무를 먼저 끝내니 좋은 점이 많았다. 특히 결재와 관련된 일이 그러했다.

중요한 업무를 끝내니, 다른 업무는 야근하지 않아도 되는 업무들이 보이기 시작했다. 그 이외 업무는 자동으로 처리되는 느낌이었다. 이러한 원리를 깨달은 후 나는 나만의 시간 관리 시스템을 만들었다. 17:30분이 되면 하루의 일을 우선으로 정리했다. 그 시간에 많은 일을 하려고 해도 비효율적이었다. 비효율적으로 추진하니 업무의 생산성은 제로에 가까웠다.

업무의 생산성이 좋지 않으니, 성과도 나지 않고 성취감도 느낄 수 없었다. 저녁 시간대가 되면 이미 정신적·육체적으로 지친 상태도 연관이 있을 것이라 생각했다. 17:30분이 되면 아침에 계획한 업무리스트부터 확인했다.

업무리스트를 확인하며 그 날 끝내려고 했던 업무를 마무리했는지 재확인했다. 놀라운 것은, 오전과 오후 꼼꼼히 일했다고 생각했지만 원래 우선으로 하려던 업무를 놓친 경우가 있었다. 이런 경우에는 야근할지, 내일 할지 판단할 수 있었다. 위와 같이 퇴근 전 30분이 되어 하루의 일과를 돌아봤을 때 많은 장점을 확인할 수 있었다.

그것은 아래와 같다.

첫째, 하루의 업무를 마무리할 수 있다.

둘째, 야근을 줄일 수 있다.

셋째, 성취감을 느낄 수 있다.

첫째, 하루의 업무를 마무리할 수 있다.

보통 아침에 출근하면 하루의 업무계획을 세운다. 매 순간 업무계획을 확인한다면 더할 나위 없이 좋다. 하지만 업무를 하다 보면 하루의 계획을 잊어버리는 경우가 종종 있다. 그래서 퇴근 전 업무계획을 다시 살펴볼 필요가 있다. 업무계획을 살펴보며 완료한 업무와 그렇지 못한 업무를 확인하며 하루의 업무를 마무리하게 된다.

둘째, 야근을 줄일 수 있다.

하루의 업무계획을 확인하며, 야근해야 할 업무와 그렇지 않은 업무가 눈에 보일 것이다. 만약 이러한 절차 없이 일만 하게 된다면 18시가 되어서도 끝낼 수 없는 일을 붙잡고 있을 가능성이 크다. 17시 30분이 된다면 출근 후에 작성한 업무계획부터 확인하자. 업무계획을 보며 금일 중요한 업무를 완료했다면, 퇴근준비 할 것을 권장한다.

셋째, 성취감을 느낄 수 있다.

업무계획을 보면서 그 날의 완성한 업무의 경우 동그라미를 치거나, 선을 그으면서 지우는 행동을 해보자. 그날 중요한 업무를 끝냈다는 성취감을 느낄 수 있다. 만약 끝내지 못했거나 다음 날 해도 되는 업무의 경우는 뒤로 미루는 표시를 해보자. 비록 업무는 끝내지 못했지만,

하루의 일과는 마무리했다는 성취감을 느낄 수 있을 것이다. 단순한 표기이지만 그 효과는 놀랄 만큼 크다. 꼭 시도했으면 좋겠다.

저자가 퇴근 전 30분 전에 업무를 일단 멈추게 된 배경이 있었다. 업무를 하면 할수록 성취감이 느껴지지 않았다. 일은 계속하지만 맺고 끊는 힘이 부족했다. 일은 일대로 늘어만 나지 제대로 끝내는 느낌은 느끼지 못했다.

그러던 어느 날 계속되는 서류 작업, 전화응대 등으로 머리가 아픈 날이 있었다. 한 마디로 표현하자면 '머리가 지끈거렸다.' 나는 계속 업무를 하려고 했지만, 도통 집중할 수가 없었다. 모니터 속에 보이는 한글 문서들이 눈에 들어오지 않을 정도였다. 공문서 또한 무슨 내용인지 이해가 되지 않았다.

나는 그 자리에서 내가 보고 있던 서류와 노트를 덮어 버렸다. 잠시 눈을 감았다. 책상에 팔꿈치를 대고 머리를 움켜잡았다.

업무를 지속하려는 마음은 있었지만, 머리가 따라주지 않았다. 머리가 따라주지 않으니, 보고 있는 문서는 이해가 되지 않았다. 이해가 되지 않으니 오랫동안 보기가 힘들었다. 그렇게 한 10분 정도 있었다. 열이 나고 지끈하던 머리는 조금씩 좋아지는 느낌이었다. 머리가 조금 나아지니 집중력도 좋아지는 느낌이었다. 그 날 나는 업무를 중단했다. 계속하기보다는 조금 멈추는 게 좋겠다는 생각이 들었다.

그 전까지는 휴식에 대한 중요성을 알지 못했다. 잠깐의 휴식은 다시 업무에 집중할 힘을 주었다. 이러한 현상은 뇌에도 휴식이 필요한 것이었다. 우리 몸이 피곤하면 휴식이 필요하듯이 우리의 뇌도 휴식이 필요했던 것이었다. 나는 이날 이러한 현상을 몸소 체험한 후 퇴근 전 30분은 하루의 업무를 점검하고, 나에게 조금이나마 휴식을 주기 시작했다. 이러한 효과는 놀라웠다. 나는 업무에 집중할 힘을 얻었고, 피곤한 뇌를 조금이나마 회복할 수 있었다.

우리에게 30분이란 시간은 짧을 수도 있고, 긴 시간일 수도 있다. 30분이란 우리가 친구들과 식사할 수 있는 시간이다. 카페에서 커피, 차를 마시며 담소를 나눌 수 있는 시간이다. 운동을 좋아하는 사람에게는 운동할 수 있는 시간이다. 하루에 30분만 걸어도 모든 병을 예방할 수 있다는 말도 있다.

이러한 30분을 우리의 직장에도 적용해 보자. 퇴근 전 30분 동안 그날의 업무를 살펴보자. 업무리스트를 점검하자. 리스트를 보며 그 날의 중요한 일과 중요하지 않은 일을 한 번 더 점검하자. 그리고 오늘 완료한 업무, 완료하지 못한 업무를 표시하자. 그 표시를 통해 중요하지 않은 일이라면, 30분 동안 그 날 일과를 정리하는 습관을 만들자. 이러한 습관이 효율적인 업무 방법으로 이어질 것이고, 자신만의 성과로도 이어질 것이다.

퇴근 후에도 계획이 필요하다

나폴레온 힐은 말한다. 열망을 실현하기 위해 명확한 계획을 세우고 즉시 시작하라. 준비됐든 안 됐든, 이 계획을 실행에 옮겨라.

직장인 중 출근하면 공통으로 생각하는 한 가지가 있을 것이다. 아마도 그것은 '퇴근'이라 생각한다. 출근하자마자 퇴근이라는 생각은 제3자가 봤을 때 좋지 않아 보일 수 있다. 하지만 직장인인 저자 입장에서도 출근하는 자체가 마냥 좋다고 할 수는 없다. 그래서 대한민국 직장인들은 대단하다고 말하고 싶다. 어려운 직장생활을 매일 하고 있으니 말이다. 한 가지 아쉬운 점이 있다. 우리에게 누구나 퇴근이라는 시간은 찾아온다. 하지만 그 시간을 생산적으로 보내지 못하고 있는 점이다. 그래서 퇴근 후의 시간도 계획이 필요한 이유다.

저자도 출근 후 퇴근하고 싶다는 생각을 한다. 직장인인 이상 어쩔 수 없는 것 같다. 특히 몸이 피곤하거나 좋지 않은 날에는 퇴근하고 싶은 마음은 더욱 커진다. 퇴근 후 계획이 없을 때는 특별한 계획 없이 '퇴근하자', '쉬고 싶다'는 생각만 했었다. 어떠한 계획 없이 막연했던 것이었다. 그렇게 막상 퇴근하고 집에 가면 특별히 하는 것은 없었다. 가만히 누워서 천장을 바라보거나, 핸드폰을 만지작거리고 있었다. 이러한 생활은 입사 초기에 특히 심했던 것 같다. 고향을 떠나 타지에서 생활하니, 주위에 아는 사람이라곤 없었다. 직장에서 기분이 좋지 않은 일이 생긴 후 집에 오면 기분도 좋지 않았다. 방 안에 있으면 '이게 뭐 하는 짓인가' 하는 생각이 들 때도 많았다.

직장에 입사하기 전과 내가 실제로 직장생활을 하면서 느끼는 차이였던 것 같다. 그래서 나는 아직 입사하지 않은 독자가 있다면 자신의 가치를 드러낼 수 있는 일을 찾으라고 권하고 싶다. 물론 현실의 생계 문제가 있다 보니 당장에 취업은 불가피할 것이다. 저자 또한 비슷한 경험이 있다. 모든 사람들이 생계문제로 자신의 하고 싶은 일과 꿈을 쉽게 포기한다. 하지만 어려운 상황에서도 자신의 꿈을 포기하지 않고 이어나가는 사람 또한 많다. 그렇기 때문에 독자 중에 자신의 꿈을 놓지 말라고 당부하고 싶다. 물론 쉬운 길은 아니다. 하지만 현재 상황과 삶을 바꾸고 싶다면 선택의 문제라 생각한다. 저자도 현재 직장생활을 하지만 내가 가지고 있는 꿈과 목표를 놓지 않고 있다.

퇴근 후 방안에서 이런저런 생각을 하며, 변화의 필요성을 느꼈다. 퇴근 후 방안에서 허송세월을 보내고 있다는 생각이 들었다. 이러한 생각은 '소중한 시간이 아깝다'라는 생각으로 이어졌다. 이러한 생각은 퇴근 후 '나의 삶을 위해서라도 계획 있게 보내자'라는 생각으로 이어졌다. 예전과 다르게 퇴근 후 뭐할까? 가 아닌, 퇴근 후 '무엇을 해야지'로 생각을 바꿨다. 이러한 생각은 퇴근 후 나의 시간이 생산적으로 변하게 되는 시작이었다. 물론 과거의 혼자 방에서 무의미하게 보냈던 나와도 이별하는 순간이었다.

이 글을 읽는 독자 또한 퇴근 후의 시간을 계획성 있게 보낼 것을 권하고 싶다.

퇴근 후 시간을 계획성 있게 보내야 하는 이유는 다음과 같다.

첫째, 비생산적인 생각을 멈출 수 있다.

둘째, 시간 관리를 할 수 있다.

셋째, 하루의 삶이 달라진다.

첫째, 비생산적인 생각을 멈출 수 있다.

여기서 말하는 비생산적인 생각이란, 바로 이런 것이다. '힘들다', '외롭다', '뭐하는 것이지' 등이라 생각한다. 주변을 돌아보자, 모두가 힘들어한다. 나 말고도 부모님, 형제자매, 친구 등 전화 한 통만 해보자. 요즘 어떻게 지내는지 안부를 물어보자. 자신의 삶이 만족스럽고 좋다는 사람은 정말 드물 것이다. 특히 직장인들의 경우는 더욱 심할 수 있다.

둘째, 시간 관리를 할 수 있다.

우리의 퇴근 시간이 6시라고 가정하자. 물론 개인별 상황과 직종에 따라 다른 면이 있겠지만 18시 이후에 1시간을 식사시간으로 잡자. 그러면 18시부터 19시까지는 식사시간이다. 우리가 자는 시간을 23시라고 가정하자. 그러면 19시부터 22시까지는 개인별로 사용할 수 있는 시간이다. 하루에 최소 2시간은 개인 시간으로 사용할 수 있다. 2시간 동안 평소 자신이 하고 싶은 취미 활동을 한다면 생산적일 것이다.

셋째, 하루의 삶이 달라진다.

이 글을 읽는 독자가 있다면 오늘부터 계획을 세우고 바로 실천에 옮길 것을 권한다. 18시 이후 내가 하고 싶은 무엇인가를 한다는 것은 그 자체로 의미가 있다. 의미와 동시에 삶에도 변화가 찾아올 것이다. 퇴근 후, 친구를 만나고, 카페를 가고, 야근을 하는 등 무엇을 해도 좋다. 단, 퇴근 후의 삶을 계획성 있게 보낼 것을 말해주고 싶다.

저자가 퇴근 후 변화의 필요성을 느낀 이후의 일이다. 퇴근 후 시간을 계산했다. 위에서 말한 바와 같이 식사시간을 제외하면 최소 2시간은 내가 사용할 수 있다. 나는 2시간을 나의 발전과 변화를 위해 사용할 것을 다짐했다. 직장은 지방에 위치하여 수도권과 다르게 문화 혜택이 다소 적은 편이었다. 그래도 환경을 탓하며 가만히 있을 수는 없었다. 다행히 직장 바로 앞에 도서관이 있었다. 그리고 도보로 10분 정도 걸어가면 종합 피트니스 센터가 있었다. 종합 피트니스 센터에는 헬스, 스피닝, 요가, 골프 등 운동을 할 수 있는 시설이 있었다.

나는 처음에는 도서관도 가고 피트니스 센터도 가려 했다. 처음에 잠깐 시도했으나, 오래가지 못했다. 마음은 좋았으나 욕심이 과했다. 그래서 한 가지를 선택했다. 그 당시 나는 나의 신체 사이즈를 변화시키고 싶었다. 그래서 나는 종합피트니스 센터를 등록했다. 운동을 좋아하는 편이었고, 대학교 때 잠깐 배웠던 골프도 칠 수 있기 때문이다. 아까운 돈을 위해서라도 나는 매일 가려고 노력했다. 퇴근 후 나는 운동하기로 했다. 계획을 세우니, 목표도 생겼다. 나의 근육량을 늘리고 싶었다. 계획을 세우니 예전같이 집에 가서 불필요하고 부정적인 생각을 하는 행동은 줄었다.

퇴근 후 계획을 세우는 방법은 아래와 같다. 도움이 되길 바라며, 꼭 실천하자.

첫째, 시간을 정한다.

둘째, 무엇을 할지 선택한다.

셋째, 바로 실천한다.

첫째, 퇴근 후 자신이 사용할 수 있는 시간을 정하자.

시간을 정할 때는 저녁 식사시간도 함께 고려해야 한다. 저녁을 먹고 할지 아니면 나중에 먹을지 고려하면 좋다. 그리고 자신이 잠잘 시간도 미리 선택하면 좋다. 그래야 잠들기 전까지 몇 시간을 사용할 수 있을지 결정할 수 있기 때문이다. 만약 퇴근이 보통 18시이고 잠드는 시간이 24시라면 24시까지는 6시간을 사용할 수 있다. 아마 이 글을 읽는 독자는 놀랄 수도 있다. 그냥 생각만 했을 때는 시간이 많지 않을 거라 생각했을 수 있다. 하지만 이렇게 직접 적고 고민하면 생각보다 많은 시간을 사용할 수 있다.

둘째, 무엇을 할지 고민하고 선택하자.

자신이 좋아하는 것을 하면 가장 좋을 거라고 생각한다. 독서를 해도 좋고, 맛집을 탐방해도 좋고, 운동해도 좋다. 무엇이든지 좋다. 중요한 것은 퇴근 후의 시간을 스스로 계획하고 무엇을 할지 선택하는 것이다. 선택하는 과정에서는 시행착오를 겪을 수 있다. 그 시행착오를 겪어야 여러분의 가치를 발견하는 데 도움이 된다.

셋째, 선택했다면 그 날 바로 실천하자.

단 10분 만이라도 좋다. 실천해야 진정 내가 하고 싶은 것을 확인할 수 있다. 그리고 그 시간을 생산적으로 보낼 수 있다. 제일 중요한 부분이다. 계획으로 그쳐서는 안 된다. 계획만 있고 실천하지 않는다면, 하지 않은 것만 못하다. 하지만 실천 속에 계획이 있다면 오히려 하지 않는 것보다 낫다. 반드시 실천할 것을 권한다.

조지 스미스 패튼은 말한다. 지금 적극적으로 실행되는 괜찮은 계획이 다음 주의 완벽한 계획보다 낫다.

퇴근이라는 단어는 우리에게 반가움을 줄 것이다. 퇴근 후 친구들과 만날 수 있고, 퇴근 후 가족들과 즐거운 하루를 마무리할 수 있다. 퇴근 후에는 잠시나마 직장이라는 울타리를 벗어날 수 있기 때문이다. 이러한 소중한 시간을 헛되이 보내지 않았으면 좋겠다. 이러한 생각을 생산적이고 치열하게 보내야 우리는 미래에 원하는 삶을 살 수 있다. 만약 현재 만족하는 삶을 살고 미래에도 완벽한 계획이 있는 직장인이라면 이 책을 덮어도 좋다. 하지만 아직 그렇지 않고 있다면, 끝까지 읽어주길 바란다. 퇴근 후의 계획이 퇴직 후의 삶도 바라볼 수 있지 않겠는가!

개인 시간도 우선순위는 필요하다

업무를 효율적이고 생산적으로 추진하기 위해서는 우선순위가 필요하다. 업무의 우선순위를 정할 때는 중요도와 긴급도에 따라 분류할 것이다. 중요하고 긴급한 업무가 있다면 우선으로 처리하게 될 것이다. 갑자기 걸려온 전화나 회의로 급한 일이 생긴다면 우선으로 해결하기 위해 시간을 투자할 것이다. 중요도에 따라 우리가 추진하게 될 업무는 다르게 될 것이다.

퇴근 후에도 이러한 원리는 같다고 생각한다. 퇴근 후에도 우선순위를 정한다면 우리의 시간은 효율적이고 생산적일 것이다.

저자는 저녁을 챙겨 먹는 편이다. 배가 고프면 집중하기 어렵다. 집중하기가 어려워지면서 성격도 예민해지기 시작한다. 그로 인해 다른 것을 하기는 어려워진다. 그래서 퇴근 후에는 저녁부터 챙겨 먹는다.

18시부터 19시까지는 저녁을 먹는다. 그리고 최소 19시부터 개인 시간을 계획하려고 한다. 물론 장기간 출장을 가거나 다른 업무가 있는 날은 변동될 때도 있다.

저녁은 회사 내에 있는 구내식당을 이용했다. 입사 초기에는 회사 근처 식당에서 먹었다. 식사를 하면서 시간도 많이 소요되고, 주문을 별도로 해야 하는 점도 부담이 되어서 구내식당에서 먹기 시작했다.

그리고 구내식당도 몸에 필요한 영양소는 모두 섭취가 가능하다. 오히려 회사 밖 식당에서 먹는 것보다는 많은 영양을 섭취할 수 있다. 더 좋은 점은 시간을 절약할 수 있다. 직장에 있으면 시간이 빨리 지나가는 것을 느낄 수 있다. 아침에 일어나면 아침 먹고 출근한다. 출근 후 업무를 하다 보면 어느새 18시가 되어있다. 아침이면 출근하기 싫었지만, 어느덧 퇴근 시간이 찾아온 것이다.

그런 점에서 퇴근 후의 시간은 소중하다. 구내 식당에서 식사를 하게 되면 시간도 절약하고 영양가도 풍부하게 먹을 수 있었다. 또한 회사 근처에 도서관과 운동시설이 있는 점을 고려하면 내게는 최적의 식당이었다. 나는 이 글을 읽는 독자라면 하루 1끼는 꼭 영양가 있는 식단을 먹을 것을 추천한다. 요즘은 패스트푸드를 판매하는 곳이 많다. 패스트푸드는 편리하고 빨리 먹을 수 있는 장점이 있다. 하지만 우리 몸에 들어오면 에너지로서 큰 역할은 하지 못한다.

패스트푸드의 주메뉴는 기름과 소금이 많이 들어간다. 또한 인공색소도 많이 들어간다. 패스트푸드점에서 많이 먹는 햄버거의 경우도 주의할 필요가 있다. 햄버거에 들어가는 고기는 다진 고기로 만든다고 한다. 그만큼 제조과정에서 좋지 않은 성분이 포함될 수 있다. 칼로리 또한 다른 것보다 높다. 햄버거와 같이 먹는 청량음료는 높은 칼로리에 기름을 붓는 격이다. 그 외에도 많은 성분이 설탕으로 만들어졌다. 특히 음식에 뿌려 먹는 소스의 경우가 그렇다. 음식은 빨라서 좋지만, 그만큼 나의 건강도 빨리 악화된다는 점을 기억하자!

퇴근 후의 시간은 중요하고 소중하다. 백번 생각해도 중요하다는 결론이 나온다. 그만큼 퇴근 후의 시간을 미래의 자신이라 생각했으면 좋겠다. 그래서 퇴근 후에는 야근도 중요하지만, 자신을 위해 투자할 것을 권한다. 물론 대한민국 직장인 중에 야근하지 않고 업무가 적은 직장인이 없기 때문에 그 시간을 자기계발에 투자하라는 말을 쉽게 권하기 어렵다. 그래도 자신을 위해 투자해야 한다고 생각한다. 자신을 위해 투자하면 미래에는 자신에게 돌아오기 때문이다. 당장의 좋은 집, 좋은 차도 중요하다. 하지만 내가 미래를 스스로 개척할 힘을 키우는 것은 더욱 중요하다고 생각한다.

다음은 저자가 퇴근 후 우선순위를 정하며 느낀 점이다.
내용은 다음과 같다.

첫째, 진짜 나를 만날 수 있다.

둘째, 시간을 낭비하지 않는다.

셋째, 선순환 구조를 만든다.

첫째, 진짜 나를 만날 수 있다.

퇴근 후의 시간은 중요하다. 그 중요한 시간을 헛되이 보내는 일은 줄어들 것이다. 그 시간에 자신을 위해 투자하다 보면 진짜 나를 만나는 시간을 보낼 수 있다. 내가 무엇을 좋아하고 싫어하는지, 어떤 활동을 할 때 내가 몰입할 수 있는지 알 수 있게 된다. 한 가지 팁을 주자면 무엇인가 할 때 나의 마음, 정신, 육체가 하나 되는 순간이 느껴질 때가 있을 것이다. 그것이 여러분을 위한 것이다. 그것은 운동일 수도 있고, 독서 할 때 일 수 있고, 사람들과 대화를 나눌 때일 수도 있다. 그것은 직접 해봐야 알 수 있다. 저자는 운동과 무술을 할 때 많이 느낀다. 그리고 명상과 기도를 하며 나 스스로 들여다볼 때 조금이나마 나와 가까워졌던 것을 알 수 있었다. 그래서 저자는 운동과 명상을 끊을 수가 없었다.

둘째, 시간을 낭비하지 않는다.

퇴근 후의 시간이 중요한 것은 이제 알 수 있을 것이다. 강조해도 더 강조하고 싶다. 그만큼 퇴근 후의 우리가 보내게 되는 시간은 낭비하지 않을 수 있다. 만약 계획과 우선순위 없이 퇴근 후의 시간을 보낸다면 미래는 암담할 가능성이 크다. 순간의 감정에 흔들려 불필요한 생각으로 보내거나, 의미 없는 모임으로 시간을 보낸다면 돈으로 살 수 없는 가치를 잃게 되는 것이다.

셋째, 선순환 구조를 만들 수 있다.

퇴근 후의 시간을 계획하고, 우선순위를 정하여 실천 후 우리 삶에 유익하다면 각자의 인생의 가치는 상승하게 된다. 직장생활을 하는 주변 직원들의 습관을 관찰해보자. 퇴근 후 술을 먹는 사람, 카페를 가는 사람, 저녁을 먹기 위해 레스토랑을 가는 사람 등 개인별 차이가 있을 것이다. 하지만 그 속에서도 꿋꿋하게 자신을 위해 투자하는 사람은 존재할 것이다. 겉으로 표시는 내지 않을 수 있어도 자신의 목표와 꿈을 위해 투자할 것이다. 그 사람들은 이미 선순환 구조를 만들어 놓았을 가능성이 크다.

저자는 퇴근 후 운동, 독서, 공부 등 많은 것을 시도했다. 그중에 잘된 것도 있고, 잘되지 않은 것도 있었다. 특히 아침에 운동하고, 퇴근 후 저녁에 운동을 하며 몸이 좋아졌던 경험이 있다. 반면 무리한 나머지 피곤할 때도 있었다. 독서를 위해 도서관에 가면 책을 통해 지식을 쌓을 수는 있었지만 피곤한 나머지 잠든 적도 있다. 더운 여름날은 도서관에 가는 길에 땀을 많이 흘려, 더위를 식히는 데 시간을 보낸 적도 많다. 추운 겨울에는 나가는 것조차 싫은 날이 있었다. 바닥은 미끄럽고 날씨는 추워 이동하는 것조차 힘든 날이 많았다.

그래도 저자는 미래를 위해 멈추지 않았다. 계속 시도하고 계속 실천하려고 노력했다. 그 덕에 나는 많은 성과물을 만들었다. 남들이 보기에는 적은 성과일 수 있지만, 나에게는 제2의 인생을 위한 밑거름을 닦고 있다고 생각한다. 이 글을 읽고 있는 독자 여러분도 늦지 않았다고 생각한다. 지금이라도 10분, 30분, 1시간 1가지라도 시도할 것을 권한다.

우리의 하루라는 시간은 24시간으로 되어있다. 이러한 24시간을 우리는 자고, 먹고, 일하고, 쉬는 시간으로 사용할 수 있다. 하지만 이러한 시간을 우선순위 없이 보내게 된다면 우리는 잠만 잘 수도, 먹기만 할 수도, 일만 하며 보낼 수 있다. 하루 정도야 가볍게 넘길 수 있겠지만, 하루가 쌓여 일주일이 되고, 일주일이 쌓여, 한 달이 상이 된다면 시간을 낭비하게 된다. 안타까운 일이라 생각한다. 그래서 시간을 우선순위에 맞춰 보내는 것은 중요하다고 생각한다.

퇴근 후의 시간도 마찬가지이다. 우리는 최소 2시간을 퇴근 후 자신만을 위해 사용할 수 있다. 하루의 2시간이 쌓여 일주일이라면 14시간이라는 시간을 만들 수 있다. 14시간이면 책 한 권은 읽을 수 있는 시간이라 생각한다. 하루 2시간은 책을 써도 1꼭지는 쓸 수 있는 시간이다. 2시간이면 자신의 건강을 위해 투자할 수 있는 시간이다. 건강하면 자신의 병원비와 의료비용에 들어가는 비용을 줄 일 수 있다. 그래서 우리는 퇴근 후의 시간도 반드시 우선순위를 정하여 보내야 한다. 그리고 우선순위를 세웠다면 실천이라는 행동이 뒷받침되어야 한다.

이러한 우선순위와 실천을 바탕으로 성공적인 직장생활이 되길 바라며, 전국의 직장인 여러분의 미래를 축복하는 마음이다.

나에게 휴식을 선물하자

때때로 손에서 일을 놓고 휴식을 취해야 한다. 쉼 없이 일에만 파묻혀 있으면 판단력을 잃기 때문이다. 잠시 일에서 벗어나 거리를 두고 보면 자기 삶의 조화로운 균형이 어떻게 깨져 있는지보다 분명히 보인다. 레오나르도 다빈치의 말이다.

직장인들의 하루는 바쁘다. 아침에 일어나서 출근하기까지 숨 쉴 틈이 없다. 출근하는 풍경은 전쟁터를 방불케 할 정도이다. 지하철에는 항상 사람이 만원이다. 버스를 놓치는 사람들은 택시를 불러 타기도 한다. 지하철은 오죽하면 '지옥철'이라 불린다. 출근해서도 마찬가지이다. 아직 입사 초기라면 출근 후 사무실 정리를 해야 한다. 손님이 한 명이라도 방문한다면 커피, 차 등으로 대접하기 바쁘다. 입사 초기를 지나 연차가 조금 쌓이면 성과에 대한 압박으로 시달린다. 바쁜 업무시간에 집중하다 보면 퇴근이라는 시간이 찾아온다. 하지만 퇴근은 단지 단어에 불과할 뿐, 우리는 야근이라는 소나기와 마주할 수 있다. 하지만 우리는 가끔 불필요한 야근으로 우리의 몸을 혹사시키는지 스스로 물어볼 필요가 있다. 우산이 없으면 우리의 옷이 젖듯이, 야근은 우리를 힘들게 할 수 있다. 퇴근 후 우리는 자신에게 휴식이라는 선물이 필요하다. 그 이유를 알아가는 시간을 가져보자.

저자는 퇴근 후에도 계획의 필요성을 느꼈다. 퇴근 후의 시간을 어떻게 보내느냐에 따라 퇴직 후의 시간까지 이어지기 때문이다. 하루라도 시간을 헛되이 보내지 않기 위해 노력했다. 그렇게 퇴근 후에는 텔레비전, 소일거리 등을 하며 보내기보다는 독서를 하거나 운동 등 자기계발을 했다. 하지만 하루는 너무 피곤한 날이었다. 몸에 힘이 빠지고, 졸음이 몰려왔다. 그 날도 자기계발을 하고 싶었지만 결국은 하지 못했다. 그냥 하루는 마음 편히 쉬기로 했다.

신기한 일이 일어났다. '오늘 하루는 쉬자'라는 생각을 하자 마음이 편해지는 것을 느낄 수 있었다. 그래서 그 날은 아무것도 하지 않으려고 노력했다. 비록 하루의 단순한 휴식이었다. 하지만 그 날 나는 평소에 느껴보지 못한 느낌을 느꼈다. 몸과 마음이 가벼워지는 느낌이었다. 가만히 누워있는 것만으로도 편안함을 느꼈다. 나는 그때 깨달았다. 내게 필요한 것은 '휴식'이었다. 평소에 나는 일과 자기계발로 몸이 지쳐있었다. 나도 모르는 사이 지쳐가고 있던 것이다. 나는 정신력으로 버티려고 노력했으나, 그만큼 나의 육체는 피로해지고 있던 것이다.

　나의 몸은 그럴 법도 했다. 매일 새벽, 시간을 낭비하지 않기 위해 운동을 하거나 독서를 했다. 출근해서는 업무 스트레스로 몸과 정신은 지친 상태였다. 이런 상황에 저녁에도 자기계발을 위해 노력했다. 나의 몸은 지칠 대로 지쳤던 상태였다.

　나는 이날 이후로 '휴식'의 중요성을 깨달았다. 특히 퇴근 후 몸이 조금이라도 좋지 않은 날은 휴식을 선택했다. 휴식을 할 때 30분 정도 잠을 자거나, 마음 편히 누워있었다. 이러한 휴식은 시간이 지나 명상으로도 이어졌다.

　휴식 후에는 몸이 개운해지는 것을 느낄 수 있었다.

　이날 이후로 나는 퇴근 후 계획에 변화가 생겼다. 일주일 중 컨디션이 좋지 않은 날은 휴식을 취하기로 했다. 가끔은 모든 것을 내려놓고 휴식을 취하기도 했다.

　휴식을 취하고 나면 새로운 기운을 얻는 느낌이다. 그래서 이 글을 읽는 독자 여러분에게 휴식을 강력하게 권하고 싶다.

　휴식은 중요하다. 그 이유는 다음과 같다.

첫째, 몸과 마음의 회복

둘째, 문제를 해결할 힘

셋째, 감정 조절

첫째, 우리의 몸과 정신이 회복된다.

퇴근 후 우리의 일상을 떠올려 보자. 우리는 여전히 바쁘다. 무엇이 우리를 바쁘게 하는지도 모른 채 말이다. 무엇을 위한 삶인지도 인식하지 못한 채 우리는 바쁘기만 하다. 시간은 흐르고 우리의 몸과 정신은 지쳐간다. 피곤하거나 지친다는 생각이 들 때 의식적으로 휴식을 취하자. 왜냐하면 우리가 사용할 수 있는 에너지는 제한적이다. 그래서 하루쯤은 완전한 휴식이 필요하다.

둘째, 문제를 해결할 힘이 생긴다.

직장에서 흡연자를 관찰해보자. 그들은 일이 잘 풀리지 않거나 스트레스로 머리가 아플 때 흡연을 하고 온다. 또는 커피를 좋아하는 사람을 관찰해보자. 그들은 문제가 잘 풀리지 않을 때면 카페에서 대화하며 커피를 마시고 온다.

이러한 행동은 그들에게 일종의 휴식이라 할 수 있다. 휴식을 취하고 나면 머릿속에서는 또 다른 기능이 작동하게 된다. 일할 때와는 다른 차원인 몸의 기능이다. 이를 통해 우리의 뇌는 더욱 생산적인 활동을 할 힘이 생긴다. 그래서 우리에게 휴식은 필요하다.

셋째, 감정이 조절된다.

우리의 감정은 좋고, 싫음이 명확하다. 우리는 업무를 하며 스트레스에 시달린다. 스트레스 덕분에 피곤함을 느낀다. 이러한 피곤함이 지속된다면 우리의 감정은 좋지 않게 된다. 이럴 때 우리에게 필요한 것이 휴식이다. 우리는 일상에서 잠시 벗어나야 한다. 잠을 자도 좋고, 운동을 해도 좋고, 술 한 잔을 해도 좋다. 중요한 것은 제대로 된 휴식을 취해야 한다는 점이다. 휴식을 통해 나쁜 감정은 줄이고 좋은 감정을 살아나게 해야 한다.

휴식의 중요성을 깨닫고 저자에게는 하나의 습관이 생겼다. 저자는 보통 구내식당에서 저녁을 먹곤 했다. 식사 후에는 1분이라도 아끼기 위해 자기계발에 투자했다. 하지만 몸과 정신이 좋지 않으면 자기계발을 한들 생산성이 좋지 않다는 것을 깨달았다. 그래서 식사 후 최소 30분 이상은 휴식을 취한다.

휴식을 취하며 지친 몸과 마음을 정비하는 게 더욱 중요한 것을 깨달았기 때문이다. 이를 기점으로 저녁에 해야 할 일과 새벽에 해야 할 일을 구분 짓기 시작한 것 같다. 저녁 이후에는 나의 피곤함을 증가시키는 행동을 하기보다는 피로를 줄이는 행동에 집중하기 시작했다.

내가 사는 지역은 온천이 유명하다. 전에는 온천에 관심이 없었다. 온천이 휴식 중 몸에 좋은 기능을 한다는 것을 깨달은 후에는 관심이 생겼다. 나는 몸이 피곤하거나 좋지 않을 때면 온천에도 가곤 했다. 온천은 직장생활에 지쳐있던 몸이 녹고, 피곤함도 풀 수 있었다. 생각보다 많이 쌓인 몸의 피로가 풀리는 것을 느낄 수 있었다. 그래서 어르신들이 옛날부터 피로를 해소하기 위해 온천을 찾은 이유를 이해했다.

성공한 사람들의 공통점 중 한 가지는 일과 휴식의 조화이다. 요한 볼프강 폰 괴테, 소크라테스, 임마누엘 칸트 등 과거에도 휴식의 중요성을 알았다. 마이크로소프트의 창업주인 빌 게이츠는 생각주간이라는 기간을 두어 자신만의 휴식을 취한다. 이러한 휴식을 통해 남들과는 다른 창의적인 생각을 할 수 있었다고 한다. 우리의 직장생활도 마찬가지일 것이다. 우리에게 휴가는 일상생활에서 지친 우리의 몸과 마음을 재정비할 수 있는 유일한 시간이다.

이러한 시간을 일상생활에도 적용할 필요가 있다. 그 시간은 하루 2시간이면 충분하다. 퇴근 후 2시간만 우리 자신을 위해 투자하자. 여유가 된다면 일주일의 하루는 퇴근 후 자신만을 위해 여백을 남겨놓자.

2시간이 어렵다면 1시간이라도, 30분이라도 좋다. 그 시간만큼은 오직 자신을 위해 투자하자.

왜냐하면 여러분은 기계가 아니다. 여러분은 휴식을 취할 가치가 있다. 여러분은 소중한 자산이다. 여러분은 한 가정의 일부 이전에, 한 직장의 일부 이전에 이 세상에서 유일한 존재이다. 그렇기 때문에 여러분에게 휴식은 선택이 아닌 필수이다. 여러분의 인생을 축복한다.

부족한 영양을 섭취하자

히포크라테스가 말한다. 음식이 곧 약이고 약은 곧 음식이다.

독자 여러분에게 한 가지 물어보고 싶은 게 있다. 한 끼를 위해 영양을 고려한 식단을 구성한 경험이 있는지 말이다.

대부분의 직장인은 하루의 식사를 한 끼 때우는 식으로 생각하기 쉽다. 패스트푸드점에서 햄버거 세트를 통해 해결할 수 있다. 편의점에서 컵라면과 김밥으로 해결할 수 있다. 퇴근 후 저녁에 동료들과 삼겹살로 해결할 수 있다.

우리는 매일 맛있게 식사를 한다고 생각하지만, 우리의 식단은 부족한 경우가 있다. 이러한 식단은 우리의 피로함을 증가시킬 수 있다. 하지만 이미 맵고, 짜고, 단 것에 익숙해진 우리의 입맛을 바꾸기는 어렵다. 이 글을 읽는 독자는 퇴근 후 이제라도 식단에 관심을 가지고 건강한 삶을 시작했으면 싶다.

저자는 어린 시절부터 몸이 약한 편이었다. 어린 시절 아버지는 이런 내가 걱정되어 무술 도장에 보내셨다. 자칫하다간 학교에서 괴롭힘을 당할까 걱정하셨던 것 같다. 그 덕에 나는 나의 몸도 지키고, 신체에 대한 관심과 건강에 대해 중요성을 조금씩 깨달았던 것 같다. 이러한 습관은 내가 현재까지 삶을 살아가는 데에도 많은 영향을 주었다.

회사에 입사 후 몸에도 적응이 필요했다. 고된 업무와 스트레스에 적응이 되지 않다 보니 몸은 많이 피로했다. 제일 먼저 반응이 온 곳은 피부였다. 그 당시 많은 스트레스로 피부가 좋지 않았다. 얼굴에는 여드름으로 보기 좋지 않았다. 지금이야 많이 나아졌지만, 그 당시에는 피부까지 좋지 않아 이 중으로 스트레스를 받았다.

이러한 피곤함은 몸살 기운으로 이어졌다. 몸살 기운이 있을 때는 병원에 가거나, 약국에서 약을 먹었다. 약을 먹는 순간만큼은 잠깐 좋아지는 듯했지만, 그 효과가 지속되지는 않았다.

그러던 중 예전의 운동과 식단을 병행하며 몸이 좋아졌던 기억이 떠올랐다. 그 당시의 경험은 운동과 음식에 대한 중요성을 일깨워 주는 계기가 되었다.

그래서 퇴근 후 예전의 경험을 살려 운동과 식단을 적용시켜 보기로 생각했다. 운동을 시작하자 몸에서는 변화가 찾아왔다. 일단 정신이 맑아지고, 식욕이 늘어났다. 또한 운동을 시작한 후로는 겨울에 감기도 잘 걸리지 않았다. 그래서 나는 몸살 기운이나 몸에 이상 징후가 있을 때는 고단백 식단에 채소를 먹어보기로 했다.

겨울에서 봄으로 넘어가는 환절기였던 것 같다. 나는 몸살 기운이 생겨, 빨리 퇴근하고 싶었다. 업무시간이 끝난 후 나는 대형마트에 갔다. 대형마트에서 삼겹살, 마늘, 고추장, 햇반, 상추, 깻잎 등을 샀다. 집에 와서 프라이팬에 삼겹살을 굽고 햇반을 전자레인지에 넣었다.

오랜만에 먹는 삼겹살이라 그런지 맛이 좋았다. 상추와 깻잎도 물에 씻어 놓았다. 마늘도 삼겹살을 구우면서 살짝 같이 구웠다. 마늘이 피곤한 몸에 좋다는 소리를 듣고 많이 구웠다. 밥과 삼겹살을 같이 먹으니 맛있었다.

비록 한 끼의 식사지만 최대한 고단백 채소 위주로 식단을 구성했었다. 밥을 다 먹고 나니 신기한 느낌이 들었다. 좀 전까지만 해도 몸이 피곤했지만, 에너지가 샘솟는 느낌이었다. 나는 이날 이후로 새로운 습관이 생겼다.

이전까지만 해도 몸이 좋지 않으면 병원과 약국을 자주 찾았지만, 식단으로 몸이 회복되는 것을 체험한 이후로는 오히려 마늘, 상추, 깻잎 등 평소 자주 먹지 않았던 재료를 직접 구매하여 먹었다.

나의 몸은 업무와 스트레스로 영양이 부족한 상태였던 것 같다. 부족한 영양은 바로 컨디션을 좋지 않게 만든 것이었다. 컨디션이 좋지 않으니 몸은 피곤할 수밖에 없었다.

그래서 여러분들에게 퇴근 후에는 건강한 식단을 권하고 싶다.
우리가 퇴근 후 영양가 있는 섭취를 해야 하는 이유는 아래와 같다.

첫째, 균형 있는 식사를 할 수 있다.
둘째, 몸이 건강해진다.
셋째, 몸의 병을 예방할 수 있다.

첫째, 건강한 식단을 통해 균형 있는 식사를 할 수 있다. 우리가 먹는 음식에는 식품에 따라서 영양소가 높게 들어 있는 음식이 있고, 적게 들어 있는 음식이 있다.

사람의 몸은 탄수화물, 단백질, 지방, 비타민, 무기질의 5대 영양소인 필수영양소를 제대로 먹지 않으면 몸이 아프게 된다. 그렇기 때문에 균형 있는 식단으로 먹는 게 중요하다. 쉽게 말하면, 식품을 골고루 먹는 게 중요하다.

둘째, 건강한 식단을 통해 몸은 건강해질 수 있다. 국민 영양 건강 조사에 의하면 나이가 젊을수록 철분이 부족하다는 통계가 있다. 전체적인 연령대에서는 칼슘이 부족한 경향이 있다. 이러한 불균형한 식사가 지속된다면 골다공증이 생길 우려가 있다. 그래서 위에서 언급한 5

대 영양소가 갖춰진 균형 있는 식사를 해야 한다.

셋째, 몸의 병을 예방할 수 있다. 우리 몸의 구성 성분 중 중요한 한 가지 성분은 단백질이다. 만약 균형 잡힌 식단이 아닌, 자신이 편하고 좋아하는 음식만 먹다 보면 이러한 균형이 깨질 수 있다. 그렇게 되면 우리 몸은 단백질과 칼슘의 부족으로 근력이 부족하거나 뼈 건강이 좋지 않게 된다. 또한 우리가 간과할 수 있는 칼슘과 비타민 등은 우유를 통해 보충할 수 있다.

영양소 중 다음의 음식 군은 피할 것을 권장한다. 포화지방산의 버터나 고기, 마가린, 과자 등은 우리의 혈관을 막히게 하여 비만, 당뇨병, 위암, 대장암과 관련이 있다고 한다.

다음은 식품군별 주요 식품이다.

곡류	곡류(백미, 현미, 보리 등) 면류(국수, 당면 등) 시리얼, 감자, 고구마 등
고기류	육류(쇠고기, 돼지고기, 오리고기, 닭고기 등) 어패류(생선, 굴, 어묵 등) 달걀, 콩, 두부 등
채소류	채소류(토마토, 당근, 양파, 마늘, 배추김치 등) 해조류(미역, 다시마 등), 버섯류 등
과일류	제철 과일(사과, 바나나, 수박, 오렌지, 딸기 등)
유제품류	우유, 요구르트, 치즈 등

스티브 잡스는 다음과 같이 말한다. "여러분의 차를 운전해 줄 사람을 고용하고, 돈을 벌어줄 사람을 고용할 수는 있지만, 여러분 대신 아파 줄 사람을 구할 수는 없다."

우리는 건강의 소중함을 잊곤 한다. 저녁이 되면 직장에서 받은 스트레스를 풀기 위해 맥주 한 잔을 마시곤 한다. 한 잔은 두 잔이 되고 두 잔은 세잔이 된다. 1차는 2차로 넘어가게 된다. 스트레스는 풀릴 수 있어도 우리의 건강은 악화된다. 물론 직장인이 술자리를 피하기는 말처럼 쉽지는 않을 것이다. 그래도 되도록 술자리는 1차에서 마무리를 하고, 자신의 주량을 생각하자. 그리고 되도록 퇴근 후 우리 몸에 좋은 건강한 식사를 하자. 술은 다음 날 숙취 해소를 위해 시간을 낭비하게 될 것이고, 일도 집중하지 못하는 악순환을 만든다. 반면 건강한 식사 한 끼는 다음 날 개운한 기분과 일할 수 있는 몸을 선사해 준다.

잊지 말자,
건강을 잃는 순간 지금의 즐거움은 없어진다는 것을 말이다.

도서관은 나의 학교

마이크로소프트사의 창업주인 빌 게이츠는 말한다. "지금의 나를 있게 한 것은 마을의 작은 도서관이다. 하버드 졸업장보다 더 중요한 것은 독서 하는 습관"이라고 했다.

저자도 위의 말에 동의한다. 도서관에 가본 사람이라면 알 것이다. 많은 종류의 책이 도서관 안에 있다는 것을 말이다. 도서관 안에는 여러 분야의 책이 넘친다. 음식에 관한 책, 문화에 관한 책, 예술에 관한 책, 과학에 관한 책, 우주에 관한 책, 운동에 관한 책, 건강에 관한 책 등이다. 우리가 마음만 먹는다면 우리는 다양한 분야를 스스로 공부할 수 있다. 그래서 도서관을 권장하고 싶은 이유다.

저자의 성격은 궁금한 것은 참지 못하는 성격이다. 그리고 좋아하는 것은 실천하려고 노력하는 편이다. 저자가 좋아하는 것 중 한 가지는 '여행'이다. 여행은 많은 매력이 있다. 새로운 세계를 체험할 수 있다. 새로운 문화를 경험할 수 있다. 처음 맛보는 음식도 먹을 수 있다. 현지에서 만나는 사람들로부터 새로운 기운을 얻을 때가 있다.

세상에는 여러 나라가 있다. 그중 저자의 궁금증을 자극한 나라가 있었다. 그것은 '미국'이었다. 어느 순간부터 미국이라는 나라를 가고 싶었다. 하지만 미국을 가기에는 많은 제약이 있었다. 여행 기간, 여행 자금, 여행 정보 등이다. 그중 가장 많은 제약은 여행 기간이었다. 직장인 신분으로서는 장기간 해외에서 머무르는 게 제한되기 때문이다.

궁금한 것을 참지 못하고, 여행에 대한 갈망은 이러한 제약을 극복하려고 고민했다. 나는 이러한 고민을 의외의 장소에서 찾았다. 그곳은 '도서관'이다.

도서관에 가보니, 여행과 관련된 도서들이 많았다. 그중 단연 미국과 관련된 책은 나의 이목을 끌었다. 그중 몇 권을 그 자리에서 흝어봤다. 나는 나에게 필요한 책을 빌렸다. 책을 보면서 느낀 것은, 미국은 생각보다 큰 나라였다. 면적도 크고, 인구도 많았다. 더 놀라운 것은 이미 미국을 다녀온 사람들이 많았다. 나는 책을 통해 미국의 동선, 여행 경비, 주요 관광지에 대한 정보를 얻을 수 있었다. 그중 중요한 한 가지가 있었다. 그것은 인-아웃 하게 될 도시선정이었다. 미국으로 가는 항공편이 적지는 않았다. 하지만 직항으로 가는 항공편은 많지 않았다. 다행히 미국으로 가는 직항 항공기를 찾았다. 한국의 아시아나 항공기다.

경험상 한국 항공기를 이용하는 편이 여행하기에는 장점이 많다. 특히나 미국 같은 장거리 여행을 가기에는 안성맞춤이었다.

내가 미국을 여행지로 선택하게 된 배경에는 한 가지 중요한 이유가 또 있다. 그것은 내가 좋아하는 무술 때문이었다. 나는 어린 시절부터 무술을 배웠다. 그러한 과정에서 시조 이소룡이라는 사람을 자연스럽게 알게 되었다. 미국 이름은 브루스 리(Bruce Lee)이다. 그에게는 많은 호칭이 붙는다. 무술가, 영화배우, 철학자 등이다. 그만큼 많은 영향력을 주었다. 내가 그를 언급하는 이유는 미국에 시애틀이라는 도시가 있기 때문이다. 미국 시애틀은 그가 처음 미국으로 건너갈 무렵 주로 활동했던 도시이다. 그리고 그곳에 그가 잠들어있기 때문이다. 그로 인해 시애틀의 유명한 관광지가 되었다고 한다.

나는 여행지의 동선을 짰다. 기간은 주말 포함 일주일 남짓이다. 나는 이왕 방문한 김에 주요 관광지를 보고 싶었다. 입국은 서부 샌프란시스코로 향하기로 했다. 출국은 동부의 뉴욕을 통해 가기로 했다. 도시의 인-아웃이 결정되었으니, 여행지를 결정하면 된다. 여행지는 서부의 LA, 라스베이거스, 그랜드 캐니언, 시애틀을 방문하기로 했다. 동부는 뉴욕만 방문하기로 했다. 사실 여행하는 기간이 7일 남짓한 일정으로는 벅차다. 하지만 나는 미국이라는 나라를 꼭 가고 싶었다. 직장인이고, 한 살이라도 젊을 때 가야겠다는 생각을 했다. 영어도 유창하지 않은 상황이라 긴장도 되었다. 미국과 관련된 에피소드를 말하자면 길다. 미국은 잘 다녀왔고, 미국 내에서 시간을 아끼기 위해, 캠핑, 국내 항공기를 많이 이용했다. 그리고 미국 내에는 '우버'라는 택시가 활성화되어 있어, 새벽 이동에도 큰 문제는 없었다.

나는 이러한 많은 정보를 도서관에서 얻을 수 있었다.
그래서 독자들에게 퇴근 후 독서를 권하고 싶은 이유이다.
도서관의 장점은 많다. 그 이유는 아래와 같다.

첫째, 많은 책이 있다.
이미 알고 있는 내용이겠지만, 도서관에는 많은 종류와 많은 양의 책이 있다. 그중에 퇴근 후에 나의 관심을 끄는 책은 존재할 것이다.

둘째, 간접체험이 가능하다.
많은 책에는 많은 경험담이 담겨있는 책이 많다. 그러한 책을 보며 직접 체험하지는 않아도 어느 정도 간접경험을 할 수 있다. 만약 사업을 준비한다면 사업 관련 간접경험을 통해 우리는 리스크를 줄이고 미리 준비할 수 있다.

셋째, 공간이 쾌적하다.
도서관은 공공기관이다. 도서관을 관리하는 사람이 항상 상주한다.

책을 관리하고, 시설을 관리하는 직원이 있다. 규모가 큰 도서관일 경우 건물 내에 식사를 해결하고 카페를 갈 수 있는 시설도 있다.

　저자가 퇴근 후 우연히 도서관에 들린 날이다. 퇴근하는 길에 문득 도서관에 한 번 들려볼까 하는 생각이 들었다. 몸도 피곤하고 쉬고 싶었지만, 집에 가는 길에 조금만 돌아서 가면 갈 수 있는 거리였다. 그래서 나는 잠깐 도서관에 들렀다. 유독 눈에 띄는 책이 있었다. 책은 성공과 관련된 책이었다. 책에는 성공을 위한 핵심요소가 쓰여 있었다. 책은 나의 이목을 집중시켰다. 저자는 '나폴레온 힐'이라는 사람이었다. 나는 책을 읽으며 많은 감명을 받았다. 책을 통해 나에 대해 생각하는 계기가 되었다.
　그는 이미 자기계발 분야에서 유명했다. 특히 그가 살았던 미국이라는 나라에서는 유명한 사람이었다.

　나는 비록 한 권의 책이었지만, 책을 통해 독서의 중요성에 대해 깨달았다.
　독서의 중요성은 다음과 같다.

　첫째, 변화와 성장을 할 수 있다.
　둘째, 미래를 준비할 수 있다.
　셋째, 깊고 넓은 소양을 갖출 수 있다.

도서관에는 자기계발 관련 도서가 넘쳐난다. 한 코너만 가더라도 많은 사람이 자기계발을 위해 시간을 보낸다는 것을 알 수 있다. 그 많은 자기계발 책만 읽어도 자신의 가치관은 많이 변할 것이다. 『꿈꾸는 다락방』의 저자 이지성 작가는 독서를 통해 뇌가 바뀌는 경험을 했다고 한다. 나도 비슷한 경험을 한 기억이 있다. 이러한 독서를 통해 현재의 나를 점검하고, 미래에 나는 어떤 준비를 해야 하는지 알 수 있다. 왜냐하면 책 속에는 나보다 먼저 살아간 위인들이 많기 때문이다. 또한 책에는 다양한 지식이 있다. 그러한 지식은 학교에서는 배울 수 없는 지식이다. 학교에서는 오직 학교 교육과 수능 위주의 교육과정으로 되어있다. 하지만 독서는 그 밖에 우리가 살아가는 데 필요한 지혜를 얻을 수 있다.

세기의 위인들이 성공하기까지는 한 가지 공통점이 있다. 그것은 그들의 탐구력이다. 그들은 하나 같이 말한다. 도서관에 있는 책이 지금의 자신을 만들었다고 한다. 그들은 도서관에 있는 책을 통해 다양한 지식을 배웠다고 한다.

도서관에서 독서를 통해 자신을 발전시키고 변화시킬 수 있었다고 말한다.

이러한 내용은 성공한 기업가에게도 볼 수 있다. 그들은 하나 같이 독서는 필요하며, 중요하다고 말한다. 어떤 이는 총성 없는 전쟁터 속에서 독서를 통해 이겨낼 수 있었다고 말한다. 우리도 마찬가지라 생각한다. 우리는 직장에서 경쟁한다. 그리고 변화의 필요성을 느낄 수 있다. 이러한 변화를 위해 오늘부터라도 퇴근 후 도서관을 가보자. 그곳에서 새로운 여러분을 만나볼 수 있다. 혹시라도 도서관이 없다면 서점을 방문해도 좋다. 여러분의 행운을 빈다.

자격증 준비로 나의 가치를 높이자

새해가 되면 많은 사람이 소망을 다짐한다. 그것은 영어공부, 다이어트, 자격증 공부, 독서 등 많은 것을 새롭게 다짐한다. 그중 직장인들이 많이 하게 되는 것은 자격증 공부라 생각한다. 자격증에는 많은 종류가 있다. 어학 자격증, 기능사 자격증, 부동산 자격증, 바리스타 자격증, 컴퓨터 자격증, 한국사 자격증, 스포츠지도사 자격증 등이다. 우리는 이 중 한 가지를 선택하여 준비할 것이다. 하지만 직장생활로 인해 준비하기가 쉽지만은 않다. 또한 퇴근 후 잦은 회식 자리 등으로 그나마 우리의 개인 시간마저 빼앗는 상황이 된다. 이러한 상황에서 자격증 준비를 권하기는 어려운 실정이다.

하지만 그래도 우리는 경쟁 사회 속에서 살고 있다. 그 속에서 자격증 준비는 직장인에게 자신은 물론 조직을 위해서라도 필수라 생각한다. 특히 본인이 희망하는 분야에서 자격증을 취득하면 실력은 물론 객관적인 인정까지 받을 수 있을 거로 생각한다. 퇴근 후 동료들과의 술 한 잔으로 스트레스를 푸는 것도 좋다. 하지만 오늘부터 새로운 다짐을 위해 퇴근 후 자격증 공부를 시작한다면 여러분의 가치는 상승할 것이라 생각한다.

저자는 운동을 좋아한다. 운동을 시작하며 자격증 준비를 병행한 경험이 있다. 새벽과 저녁에 운동하면서 문득 생각이 스쳐 지나갔다. 운동을 하면서 자격증 준비를 병행하면 운동도 하며 나의 자격증도 딸 수 있겠다는 생각이 들었다. 자격증은 스포츠 관련 자격증이었다. 자격증은 종목별로 선택을 하여 해당하는 종목을 공부하고 실제로 실기 동작을 할 줄 알아야 하는 시험이다. 시험에 합격하기 위해서는 1차에 필기시험, 2차에는 실기와 구술에 합격해야 한다. 그리고 연수기관에서 소정의 교육을 받아야 한다. 나는 필기시험을 준비하기 위해 교재를 구매했다. 교재를 통해 기출문제를 많이 풀려고 노력했다.

그 당시 나의 실력을 테스트해보기 위해 기출문제를 풀어봤다. 문제는 생각보다 어려웠다. 맞은 문제보다 틀린 문제가 많았다. 문제지를 보며 나의 실력이 부족함을 인식했다. 시험은 총 5개 과목을 보게 된다. 스포츠와 관련된 심리학, 사회학, 교육학 등이다. 업무가 끝나면 나는 도서관에 들렀다. 그리고 주말에도 시험공부를 위해 도서관에서 공부했다. 시험은 약 1달 정도 남았었다.

나의 첫 번째 목표는 1차 필기시험이었다. 필기시험의 과목이 5개라 쉽지 않았다. 나는 전략을 세웠다. 전략은 아래와 같다.

첫째, 기출문제를 많이 푼다.

둘째, 오답을 확인한다.

셋째, 틀린 문제는 다시 틀리지 않는다.

나는 위의 3가지 원칙을 기준으로 준비했다.

새벽에는 운동을 병행하고, 저녁에는 필기를 준비했다. 시험을 준비하는 과정은 힘들기도 했지만 나름 즐거웠다. 준비 기간에 운동 관련 지식과 실기 동작을 배울 수 있기 때문이다.

시험은 중학교에서 봤다. 생각보다 많은 사람이 응시했다. 나는 시험장에 들어가기 전 놀랐다. 대부분이 학생이거나 20대로 보이는 사람이 많았다. 나는 많은 나이에 속했다. 시험시간은 입실부터 종료 시까지 2시간 남짓 소요된다. 시험은 객관식 문항이었다. 나는 차분히 아는 것부터 재빨리 풀어나갔다. 그리고 모르는 문항의 경우 별표를 표시해 났다. 끝나기 10분 전 OMR카드인 답안지에 옮겨 적었다. 옮겨 적은 후 내가 제대로 표시했는지 문제지와 답안지를 한 번 더 확인했다. 답안지는 문제지와 이상이 없음을 확인하였고, 나는 나머지 못 푼 문제들을 다시 풀었다. 처음에는 보이지 않던 답안들이 다시 보니 풀리기 시작했다. 나는 기분 좋게 시험을 마무리 짓고, 시험장 밖을 나올 수 있었다.

결과가 나오기까지는 약 한 달 정도 소요되었다. 나는 결과가 궁금했다. 합격하기를 바랐지만, 한편으로는 떨어질 수도 있겠다는 생각이 들었다. 결과는 다행히 합격이었다. 나는 다음 일정에 맞춰 실기를 준비하였다.

저자가 사는 곳은 지방으로 수도권에 비해 자격증을 취득할 수 있는 교육 기관이 거의 없다. 항상 아쉬움이 남았다. 하지만 이러한 환경은 전화위복이 되었다. 무엇인가 준비하려면 도서관을 가거나 인터넷 강의를 통해 준비할 수 있었다. 그래서 주변에 자격증을 취득할 수 있는 여건이 된다면 적극적으로 배울 것을 권하고 싶다.

그렇지 않다면 저자와 같이 도서관을 가거나 인터넷 강의를 통해 배움을 지속할 것을 권하고 싶다.

단, 퇴근 후 자격증 취득을 위해서는 주의해야 할 사항이 있다.

첫째, 자신을 먼저 파악하자.
둘째, 과욕하지 말자.
셋째, 공부할 시간을 확인하자

첫째, 자신을 파악하는 건 중요하다.
자기계발을 좋아하고 공부하기를 좋아한다면 직장생활과 자격증 취득을 병행하는 것은 개인에게 좋은 현상이라 생각한다. 하지만 공부보다 사람 만나기를 좋아하고 대화하기를 선호한다면 퇴근 후 자격증 공부는 힘들 수 있다.

또한 자격증을 선택할 때도 고려사항이 있다. 자신의 업무와 연관 있는 자격증을 취득할지, 자신이 좋아하는 취미에 대한 자격증을 취득할지에 대한 부분도 고려할 필요가 있다. 직장생활에 필요한 자격증을 취득한다면 본인의 업무에 도움이 되니, 일을 할 때 효과적이고 빠르게 처리할 수 있는 능력이 생길 것이다. 능력이 생긴 만큼 일을 끝내고 자신의 시간을 가질 수 있는 확률도 높아질 것이다. 이는 곧 자신의 업무역량과도 연계될 수 있다. 반면 자신이 좋아하는 취미에 대한 자격증을 선택한다면, 직장생활하면서 제2의 인생을 미리 준비할 기회가 될 수 있다.

둘째, 과욕하지 말자.

직장인의 생활을 살펴보면 대개 18시까지는 직장에서 시간을 보내야 한다. 18시 이후에는 저녁 먹고 잠깐 휴식을 취하면 1시간은 금방 지나갈 것이다. 즉, 우리에게는 많은 시간이 없다는 것이다. 그래서 처음에는 가벼운 마음으로 시작할 것을 권하고 싶다.

이형재 저자의 『직장인 공부법』에는 이러한 부분이 자세히 나와 있다. 내용은 다음과 같다.

'직장인에게 공부가 버거운 이유, 바로 시간 부족이다.' 그리고 이 책을 당당히 "직장인을 위한 가장 현실적인 공부법"이라고 말할 수 있는 이유도 바로 여기에 있다. 퇴근 후 1시간, 그리고 주말을 쪼개며 공부해 온 이형재 작가는 직장생활을 하면서 공부 시간을 만드는 다양한 방법을 터득했다. 그리고 각 시간대별 본인의 집중력에 따라 어떤 공부를 할 것인지를 파악해 계획을 세운다. 직장인의 삶에 공부라는 라이프스타일을 퍼즐처럼 끼워 맞춘 것이다. 그러다 보니 자연스럽게 내 삶 속 불필요한 생활습관도 하나둘씩 정리되기 시작했다. 하나의 결심이 선순환을 만드는 순간이다.

이형재 작가는 직장생활을 하면서 합격한 시험만도 10여 개 정도라고 한다. 자격증은 미국 공인회계사, 국제재무분석사, 국제재무위험관리, 공인중개사, 행정사 등이다. 현대 직장인들에게 성공적인 예시라고 하고 싶다.

셋째, 공부할 시간을 파악하자.
퇴근 후 자신에게 적절한 시간이 존재할 것이다. 누군가는 식사 전이 편할 수 있다. 다른 누군가는 식사한 후에야 집중이 잘 될 수 있다. 그래서 우리는 조금씩 실천하고 도전하며 자신을 알아가는 게 중요하다고 생각한다.

퇴근 후 우리에게는 시간이라는 선물이 있다. 이 선물은 누군가에게는 소중하게 다뤄질 수 있고, 누군가에게는 그저 시간으로만 보일 수 있다. 소중하게 다뤄진 사람에게는 이 시간을 통해 자신의 현실을 변화시키고 발전시키는 삶을 꿈꿀 수 있다. 반면 그저 시간으로만 보이는 사람은 현재 상태에 머무를 수 있다.

두 가지 모두 훌륭한 삶이라 생각한다. 하지만 현재 자신의 위치에서 만족스럽지 않다면 소중한 2시간을 자신을 위해 투자할 것을 권하고 싶다. 그것도 입사와 동시에 자신을 위해 체계적으로 투자할 것을 권하고 싶다. 성공하는 사람들이 공통으로 하는 말이 있다. 투자 중 최고의 투자는 자기 자신에게 하는 투자라고 말이다. 그렇다! 여러분도 퇴근 후 2시간 자신을 위한 최고의 투자를 시작하기 바란다.

일주일에 하루는
나를 돌아보는 시간이 필요하다

오스트리아의 음악가인 하이든은 친구들과 재충전에 관하여 의견을 나누었다. 어떤 친구는 여행을 통해 힘을 얻고, 어떤 친구는 오페라 관람을 통해 힘을 얻고, 어떤 친구는 술을 마시며 재충전을 한다고 한다. 마지막은 하이든의 차례다. 하이든은 자신이 지칠 때면 골방에 들어가 열심히 기도를 한다고 한다. 기도를 통해 항상 용기와 의욕을 얻는다고 한다.

일주일을 하루하루 계산하면 7일이 된다. 7일 중 평일인 5일은 일을 하고, 남은 2일은 주말로 보낸다. 직장인에게 주말은 꿀 같은 기간이다. 하지만 주말이라는 시간에 제대로 쉬기보다는 자칫하면 더욱 피곤하게 보낼 수 있다. 5일 동안 직장에 맞춰진 삶의 패턴이 자칫하면 깨지기 쉽다. 그래서 일주일 중 하루는 꼭 자신을 돌아보는 시간이 필요하다고 생각한다. 그중 평일의 하루는 자신을 위해 시간을 보낼 것을 권한다.

저자가 입사 초기 총무팀일 때 일이다. 그 당시 중요한 행사를 앞두고 있었다. 그것은 종합체육 대회이다. 보통은 대회 '참가'를 위해 이동하는 게 일반적이다. 하지만 그해에는 종합체육대회가 살고 있는 지역에서 개최가 되었다. 참가와 개최는 단어 하나의 차이지만, 실제 대회를 준비 할 땐 많은 차이가 있다.

그 당시 나의 업무 중 중요한 업무는 계약업무였다. 지역 내에서 개최되다 보니 준비해야 할 사항이 많았다. 또한 계약해야 할 품목도 많았다. 그 당시 나는 계약업무가 처음이었다. 처음인 만큼 조심스러웠다. 계약업무는 감사와 규정에 직결되어 있기 때문에 자칫 규정을 모른다면 피해를 볼 수가 있다.

그 당시 내가 계약했던 품목은 다음과 같다. 단복, 경기용 기구, 기념품, 사업별 용품, 현수막 등이다. 경기용 기구는 쉽게 말해 경기에 필요한 용품이라 생각하면 된다.

그 당시 규정상 2천만 원이 넘는 금액의 경우는 입찰공고를 올려야 했다. 입찰공고는 조달청 나라장터라는 곳에 올려야 한다. 문제는 지금까지 조달청에 올려본 경우가 없었다. 나는 새로운 것을 만들어야 하는 상황이었다. 새롭게 개척해야 하는 상황이었다. 누군가에게 물어볼 수도 없는 상황이었다.

나는 규정을 찾아보기 위해 법제처와 행정자치부 사이트를 확인했다. 그곳에서 관련된 규정을 찾아봤다. 그리고 다른 기관에서 입찰 관련 공고문을 참고했다.

계약업무도 처음인데, 행사가 큰 규모라 내가 추진해야 할 업무의 규모도 컸다. 단복의 경우 지역 선수단만 아니라 관련된 사람들의 단복도 계약해야 했다. 단복의 수량만 해도 수천 벌에 달했다.

업무를 추진하는 과정에서 많은 스트레스를 받아야 했다. 계약업무 말고도 그 당시 내가 맡은 업무를 병행해야 하는 점, 기관과의 업무 관계, 업무 중 의견 충돌 등이다. 그 당시 계약업무는 내가 규정에서 확인한 것과는 차이가 있었다. 나는 이것을 바로잡고 싶었다. 추후 겪게 될 감사 때문이었다. 나는 규정에 맞게 바꿔야 한다는 입장이었다. 그리고 기존까지는 홈페이지에 공고문을 올렸다면 조달청에 공고문을 올려야 한다는 입장이었다. 하지만 그 당시 나와 다른 의견을 가졌던 입장은 기존까지 해왔던 것에 큰 문제가 없으면 그냥 해도 되지 않느냐는 입장이었다.

나의 고집스럽고 자기주장 강한 성격은 이러한 의견 충돌을 부추겼다. 그 당시 이러한 문제를 해결할 곳은 마땅치 않았다. 사내 직원과는 친하지 않았다. 입사한 지 얼마 되지 않았고, 입사한 지 얼마 되지 않은 신입직원이 원래 하던 것을 바꾸자고 하니, 기존의 사람들 입장에서는 받아들이기가 쉽지 않았던 것 같다. 그 당시에는 야근도 잦았고,

주말에도 나와서 일을 하곤 했다.

업무, 사람과의 갈등, 타지 생활 등으로 나의 몸과 마음은 지쳐가고 있었던 것 같다. 나는 해결방법이 필요했다. 누구에게도 털어놓기는 어려운 상황이었다.

이런 나의 마음을 해결하기 위해 교회를 갔다. 평생 한 번 간 적 없는 수요예배에도 참석했다. 그 당시 수요예배에 참석한 사람은 거의 없었다. 나를 포함하여 3명 남짓했다. 예배의 마지막 시간은 각자 기도를 하고 돌아가는 시간을 갖는다. 나는 기도를 시작했다. 기도의 힘을 알게 되었다. 기도하며 내 마음속에 막혀있던 가슴이 풀리는 느낌이었다. 마치 잠겨있던 자물쇠가 열쇠로 풀리는 것과 같았다. 신기한 점은 예배를 마치고 나오면 마음이 한결 가벼워지는 것을 느낄 수 있었다. 기분도 다시 좋아졌다. 예배를 마치고 나는 다시 회사로 돌아가 야근을 했다. 지금 생각해보면 만약 그 당시 교회를 가지 않았다면 벌써 회사를 그만두었을 것이다. 어떠한 준비도 없이 말이다. 돌이켜볼 때 그 당시 하나님 덕분에 고난을 지혜롭게 해결할 수 있었던 것 같다.

이를 계기로 나의 생활에도 변화가 생겼다.
나는 주일에는 교회에 나가려고 노력했다.
수요일은 수요예배에 참석하여 예배에 참석했다.
일주일 중 하루는 수요예배에 참석하자 좋은 점을 느낄 수 있었다.

첫째, 나를 돌아보는 시간을 가질 수 있다.

둘째, 배움의 시간을 가질 수 있다.

셋째, 치유의 시간을 가질 수 있다.

그 당시 교회에 들어가면 무겁던 마음이 가벼워지는 것을 느낄 수 있었다. 설교를 들으며 나도 모르게 괴롭던 마음이 치유되는 감정을 느낄 수 있었다. 그리고 성경책 속에 있는 문장들은 평소 내가 잘못 생각했던 지식을 깨우치게 만들었다. 특히, 예배 시간 중 마지막에 기도하는 시간을 가진다. 기도시간이 되면 교회의 모든 불을 소등시킨다. 소등되면 십자가는 빛나고, 고요한 음악만이 흐른다. 그 속에서 누군가는 흐느끼며 기도를 한다. 나도 기도를 하며 마음속에 쌓여있던 갈증을 풀어냈다. 마음속에 있는 감정과 생각들을 끄집어냈다. 기도의 시간은 길지 않았다. 하지만 그 시간만 큼은 온전히 나의 감정을 돌이켜 보는 시간이 되었다. 감정을 꺼내며 나의 마음을 비울 수 있었다. 마음을 비우며 나의 감정 또한 조절할 수 있었다.

대한민국의 직장인은 바쁘다. 무엇인가에 쫓기듯 하루하루를 살아간다. 힘든 월요일이 지나고, 화요일, 수요일, 목요일을 지나 금요일을 손꼽아 기다린다.

저자는 여러분에게 일주일에 하루는 온전히 여러분만의 시간을 가질 것을 권한다. 그곳이 교회든, 집이든, 거리이든, 운동 장소이든 온전히 자신만의 시간을 가질 수 있는 장소를 선택하길 바란다. 온전히 자신을 바라보며 마음속에 무엇이 있는지 무엇을 떠올리는지 천천히 바라보는 시간을 갖길 바란다. 왜냐하면 우리의 시간은 제한적이기 때문이다. 우리의 시간은 긴 것 같지만 결코 길지 않기 때문이다.

아일랜드의 극작가 겸 소설가인 오스카 와일드는 다음과 같이 말한다. 대부분의 사람들은 그저 존재하는 삶을 살 뿐, 진귀한 삶을 사는 것은 드물다고 한다.

우리의 삶은 두 가지로 나눌 수 있다. 하나는 세상이 남에 의해 시키면 그저 그런 삶을 사는 삶이고, 다른 하나는 자신의 꿈과 목표를 향해 달려가는 삶이다. 전자는 사회의 명성, 부, 주변을 의식하는 삶이다. 아마 대부분 직장인이 이러한 삶을 살고 있을 것이다.

반면 다른 하나는 남들과 다르게 자신이 좋아하는 것을 찾고 자신의 소명을 찾는 삶이다. 후자의 삶은 많은 노력과 끈기가 필요할 것이다. 마치 보이지 않는 길을 자신의 믿음 하나로 걸어가는 것이다. 겉보기에는 전자가 좋아 보일 수 있으나, 후자의 삶은 만족스럽고 후회하지 않는 삶을 성취할 수 있다.

세상에 정답은 없다. 자신이 선택할 뿐이라 생각한다.

그래서 여러분에게 일주일 중 하루는 스스로 돌아보는 시간을 가지길 권한다. 그 속에 여러분이 원하는 길과 목표가 있을 것이다. 그 속에서 스스로 치유 받고 성장하는 자신을 만나길 기원한다.

TIP

1) 퇴근 30분 전, 일 스위치는 끄자

(1) 퇴근 30분 전 업무리스트를 확인한다.

(2) 완료한 업무와 미 완료한 업무에 표시한다.

2) 퇴근 후, 개인 시간도 계획성 있게 보내자

(1) 자신에게 적합한 시간대를 선정하자

(2) 퇴근 후 바로 자기계발 하는 방안1 (18:00 이후)

(3) 식사 후 자기계발 하는 방안2 (19:00 이후)

 ※ 식사는 개인 성향과 상황에 맞춰서 먹기를 권장함

3) 시간을 정했다면, 자기계발 리스트를 정하여 우선순위를 정한다

(1) 운동: 산책, 조깅, 걷기, 헬스, 테니스, 골프, 등산 등

(2) 공부: 독서, 필사, 자격증 공부 등

(3) 휴식

(4) 영양섭취

(5) 기타: 카페, 음악 듣기, 종교 활동 등

4) 하루에 한 가지씩 실천하며 자신에게 적합한 자기계발을 찾자(중요)

(1) (저녁 시간도) 자신에게 적합한 자기계발 항목을 찾는 게 중요하다.

(2) 선택했다면 하루에 1가지를 바로 실천한다.

5) 저녁 시간대는 취침시간을 고려하여 시간선택에 유의하자

(1) 최소 22:00-24:00 사이에는 잠들 것을 권장한다.

(2) 저녁 시간 자기계발도 2시간을 권장한다.

(3) 2시간 모두 자기계발로 사용하는 방법

(4) 1시간 자기계발, 1시간 저녁 식사 나누어서 사용하는 방법
 ※ 취침시간이 늦은 경우 상황에 따라 진행할 것을 권함

6) 퇴근을 위한 이동하는 시간도 자기계발로 활용할 수 있다
- 어학 공부, 독서(오디오 독서), 글쓰기, SNS 관리, 자격증 공부 등
 ※ (그러나) 퇴근길 이동시간에는 경험상 휴식을 권장한다.

제 4 장

출근 전 2시간 승진준비,
퇴근 후 2시간 퇴직준비 방법

기상 후 당신이 해야 할 첫 번째 미션

아침잠은 시간의 지출이며, 이렇게 비싼 지출은 달리 없다. 앤드류 카네기의 말이다.

성공하는 사람들의 공통점 중 한 가지는 '부지런함' 이다. 성공한 사람들은 아침에 누구보다 일찍 일어나 하루를 준비한다.

성공한 기업가는 평범한 사람들보다 바쁠 것이다. 그들은 바쁜 일상 속에서도 시간을 헛되이 보내는 일이 없다. 스타벅스의 창업주, 현대 그룹의 창업주, 삼성그룹의 창업주 등 하루의 시작은 단연 새벽 시간 이다.

직장인이라면 아침 시간이 황금시간이라는 것을 대부분 알 것이다. 아침 시간은 어느 시간대보다 중요하다는 것도 알 것이다. 아침의 1시간은 저녁의 3시간과 맞먹는다고 할 정도이다.

하지만 아침에 실천하는 것이 쉬운 일은 아니다. 그만큼의 노력과 의지가 필요한 부분이다. 그래도 미래의 삶을 위해 새벽에 일찍 일어나 하루를 준비하는 것은 도전할 만한 일이라 생각한다. 새벽 시간 자신을 위해 습관적으로 유익한 행동을 지속한다면 여러분의 미래는 현재보다 나은 삶을 맞이할 것이라 생각한다.

저자는 아침에 일어나면 가장 먼저 하는 행동이 있다. 그것은 물 한 잔 마시기이다. 저자가 물을 마시기 시작한 것은 아침잠을 깨기 위해서이다. 알람과 함께 벌떡 일어난다면 좋겠다만, 그렇게 하기는 쉽지 않다. 알람과 함께 눈을 뜨면 뒤척이기 시작한다. 뒤척임 이후 일어나 물 한 잔을 바로 마신다. 물을 마시면 졸리지만, 조금이나마 깬다. 잠에서 깨어나면 옷을 갈아입고 일단 밖으로 나간다. 그렇지 않으면 다시 자고 싶어지기 때문이다.

이 글을 읽고 있는 독자 중 직장인이 있다면 기상 이후에 물 한 잔을 마셔보길 권한다. 아침에 물 한잔은 건강에 좋은 점이 많다. 그 중 대표적인 3가지를 말하자면 다음과 같다.

첫째, 혈액 순환에 좋다.
잠자는 동안 몸에 쌓인 지방 성분과 독성을 씻으며, 혈액 순환이 원활히 되는 데 도움을 준다.

둘째, 소화 기능개선에 좋다.

밤새 잠자는 동안 경직되어 있던 소화기관과 위장 활동에 도움을 준다.

셋째, 변비 예방에 좋다.

변비는 우리의 장에 이상 징후가 있는 것이다. 그중 하나가 장안에 수분이 부족한 현상이다. 이러한 현상을 개선 시키는 데 아침 물 한 잔이 변비에 좋다고 한다. 여러 매체를 통해서 한번쯤은 들어봤을 것이다.

그리고 아침에 일어나자마자 물을 마실 때 주의할 점이 있다. 되도록 입을 헹구고 마실 것을 권한다. 차가운 물보다는 미지근하거나 따뜻한 물을 권한다. 왜냐하면 자는 동안 입안에는 세균이 번식할 수 있고, 찬물을 갑자기 마실 경우 내장기관이 놀라 경련을 일으킬 수 있기 때문이다. 잠을 자는 동안에는 땀, 호흡 등으로 몸속에 있던 수분이 많게는 1L가 배출된다고 한다. 배출된 수분은 혈액의 점도를 높여 혈관 질환의 위험을 높일 수 있다. 이러한 상황에 아침에 물 한 잔은 혈액을 묽어지게 만들어 위험을 낮출 수 있는 장점이 있다. 그래서 아침 기상 후 공복에 물 한 잔을 권하는 이유다.

저자는 아침에 일어나면 습관적으로 하는 행동이 있다. 그것은 어학 공부이다. 저자는 학생 시절부터 영어를 잘하고 싶었다. 하지만 좀처럼 영어를 자연스럽게 구사하기는 어려웠다. 그래도 영어를 포기할 수는 없었다. 아침에 일어나면 영어 듣기 프로그램을 켠다. 매일 아침 영어 듣기를 키려는 순간이 오면 고민한다. 영어 듣기를 틀까 말까 말이다. 왜냐하면 영어라는 것은 실력이 늘어나는지 아닌지 확인할 길이 없기 때문이다. 취업을 위해 '토익' 공부를 집중해서 한 적이 있었다. 지금은 그때 외웠던 단어며, 속독 기술은 잘 기억나지 않는다. 영어를 영어로 배운 것이 아닌, 정답을 위한 기술을 배웠기 때문이다.

그래도 매일 듣다 보니 성과가 조금씩 나오기 시작한다. 영어는 최대한 원어민들이 내는 발음을 듣는다. 그래서 가끔 아침에 식당에서 밥을 먹을 때 놀란다. 텔레비전에서는 영어뉴스가 종종 나온다. 영어가 귀에 선명하게 들리는 경우가 있기 때문이다. 아침에 30분에서 1시간 이상은 듣는다. 요즘은 인터넷의 발달로 영어를 공부할 수 있는 수단이 많다. 그중 하나가 유튜브 채널이다. 유튜브 채널에는 많은 종류의 영상이 있다. 음식 관련 영상, 운동 관련 영상, 명상 관련 영상, 동기부여 영상 등이다. 그중 주로 듣는 영상은 동기부여와 관련한 영상을 시청한다. 동기부여 관련 한글과 영어 자막 영상을 틀고, 듣고 따라 하기를 반복한다. 아직은 영어권 나라의 사람들과는 자연스럽게 하는 수준은 아니지만, 할 수 있을 거라는 믿음으로 지속하고 있다.

아침에 한 가지를 지속하면 많은 장점이 있다.
그것은 다음과 같다.

첫째, 습관이 된다.

둘째, 스스로가 발전한다.

셋째, 선순환 구조가 된다.

첫째, 한 가지 습관을 만들 수 있다.

한 가지 습관을 만들기 위해서는 66일이 필요하다고 한다. 66일은 2달 조금 넘는 기간이다. 이 기간에 한 가지를 지속해서 실행해 보자. 여러분은 무의식적으로 행동을 지속하고 싶어질 것이다. 저자도 기상 직후 영어 듣기가 항상 즐겁지는 않았다. 하지만 지속해서 하다 보니 오히려 하지 않으면 불안한 감정을 느꼈다. 여러분도 시작한다면 이해할 수 있을 것이다.

둘째, 스스로가 발전한다.

무엇을 하든 한 가지를 지속해보자. 자신이 변화하는 것을 느낄 것이다. 저자는 여러 가지 자기계발 중 영어를 선택한 것뿐이다. 영어를 잘하든 못하든 꾸준히 하다 보니, 영어 원음이 들리고, 유튜브에 나오는 영상을 듣고 그대로 따라 할 수 있는 기능이 생겼다. 이러한 기능이 생기니 계속하다 보면 더욱 잘할 수 있을 것 같다는 자신감도 생겼다.

셋째, 선순환 구조가 된다.

세상에는 많은 종류의 자기계발이 있다. 독서, 글쓰기, 영어, 운동, 명상 등이다. 이 중 한 가지를 선택했다고 가정하자. 만약 독서를 한다고 가정하자. 매일 아침 경제와 관련된 독서를 1시간씩 꾸준히 66일 동안 한다면 독서를 하지 않았던 기간보다 많은 양의 경제지식이 쌓일 것이다. 이것은 여러분의 습관이 되고 이러한 습관은 여러분에게 경제적 지식을 선물할 것이다. 그래서 기상 직후 여러분에게 자신만의 습관이 필요한 이유이다.

이러한 지속적인 행동은 하나의 좋은 습관으로 발전할 수 있다. 하나의 좋은 습관은 우리의 인생을 변화시키고 발전할 수 있는 원동력을 제공할 수 있다. 이러한 원동력이 지속된다면 우리는 선순환 구조의 기능을 갖출 수 있다. 이러한 선순환은 우리에게 새로운 삶도 안겨줄 수 있다. 그 시작은 내일 아침부터 시작하면 어떨까 싶다.

세상에는 많은 생각과 습관이 있을 것이다.
그중 생각과 습관은 인생에 중요한 부분이라 생각한다.

왜냐하면 우리의 생각은 말로 표현된다. 우리의 말은 행동으로 표현된다. 지속된 행동은 우리의 습관이 된다. 이러한 습관이 모여 하나의 인생으로 이어지기 때문이다.

이른 아침 좋은 습관으로 여러분의 인생이 성공적인 삶으로 이어지길 바란다.

몸이 움직이면 정신은 따라온다

최근 들어 새벽에 일찍 일어나 하루를 시작하려는 사람들이 늘고 있다. 이러한 조짐은 책을 통해서도 알 수 있다. 미라클 모닝, 변화의 시작 5AM 클럽, 아침형 인간 등이다. 위의 책들을 통해 새벽 모임이 유행한 적도 있다. 새벽에 일어나 책을 읽고 토론을 하는 것은 좋다. 하지만 직장인에게는 어려운 점이 있다. 아침에 일찍 일어나는 것이 이론적으로는 쉽다. 누구든지 가능하다. 하지만 실제로 실천하기가 어렵다. 전날 술을 많이 마셨거나, 고된 야근으로 몸이 피곤할 수 있기 때문이다.

만약 지금부터라도 새벽에 변화를 꿈꾼다면 이번 장을 끝까지 읽어주길 바란다. 저자도 위와 같은 문제로 많은 고민을 했지만, 답은 정해져 있다. 답은 우리의 움직임 속에 있다.

저자의 알람은 새벽이면 매일 울린다. 주말에도 울린다. 아침에 일찍 일어나는 것은 쉽지 않다. 매일 실천하려고 노력하는 나도 힘든 일과 중 하나이다. 보통은 새벽 6시에 일어나려고 한다. 조금 일찍 눈이 떠진다면 5시 넘어서 일어날 때도 있다. 하지만 언제나 바로 일어나기는 힘들다. 매일 새벽마다 일찍 일어나는 독자가 있다면 존경을 표하고 싶다. 알람에 의해 잠에서 깨어나면 몸은 천근만근 무겁다. 눈은 피곤함 때문에 잘 떠지지도 않는다.

저자가 겨울철에 한창 새벽 운동에 집중하고 있던 시기이다. 겨울에는 아침에 일어나기가 더욱 힘들다. 추운 날씨 탓인지, 이불 속에서 나가기가 싫어진다. 저자는 억지로 잠을 깨기 위해 반강제적인 방법을 사용했다. 일단 일어나면 밖으로 나갔다. 옷장에서 점퍼 한 벌을 재빨리 입은 후 문밖으로 나갔다. 이 글을 읽는 독자 중에는 이미 시도하고 있는 독자가 있을 것이라 생각한다. 알람이 울리면 일단 신발을 신고 무조건 나가자!

우리의 몸은 신비로운 점이 많다. 특히 새벽 시간이 될 때면 많이 느끼고 있다.

새벽 시간 일어나기 힘든 몸을 끌고 움직이면 신기한 일이 많다. 졸리던 몸은 어느새 깨어나기 시작한다. 잠이 깨어나자 몽롱했던 정신은 맑아지기 시작한다. 정신이 맑아지니 아침에 무엇인가를 할 힘이 생겨나기 시작한다. 저자는 그 당시 운동을 했다. 잠에서 깨어나면 곧장 헬스장으로 향했다.

그 당시에는 눈이 오나 비가 오나 어떻게 해서든 나갔다. 왜냐하면 나는 나의 몸을 변화시키고 싶었기 때문이다. 몸의 근력을 키우고 싶었다. 그렇게 1년 정도 매일 새벽이면 헬스장으로 향했다. 운동한 이후에는 닭 가슴살, 계란 등을 먹으며 영양을 보충했다. 몸은 거짓말을 하지 않았다. 나의 몸은 점점 탄탄해졌다. 이러한 나의 변화는 타인을 통해 알 수 있었다.

사실 매일 나의 몸을 보며 몸에 대한 변화를 느끼지 못했다. 주변 사람들의 관심을 통해 내 몸이 좋아지고 있음을 확신했다. 특히 가슴근육과 팔 근육이 다른 사람 보기에는 좋아 보였던 것 같다. 새벽에는 헬스장에서 1시간가량 운동을 하고, 퇴근 후에는 철봉까지 했다.

새벽에 일어나는 것은 고되지만, 고된 만큼 보상이 주어지는 것 같다.

그래서 만약 출근 전 새벽에 일찍 일어나고 싶다면 아래와 같은 방법을 권하고 싶다.

첫째, 알람을 맞춰놓는다.

둘째, 알람이 울림과 동시에 이불 밖으로 벗어난다.

셋째, 물 한잔을 마신다.

넷째, 명상한다.

다섯째, 문밖으로 무조건 나간다.

첫째, 알람은 필수다.

알람을 통해 우리 몸에 생체리듬을 맞출 필요가 있다. 매일 같은 시간에 알람을 통해 일어나다 보면 우리 몸은 알람이 없어도 비슷한 시간에 일어나지게 된다. 알람이 없으면 긴장한 탓에 더 일찍 일어나는 경험을 했다. 알람은 핸드폰 속 알람기능을 활용했다.

둘째, 알람이 울림과 동시에 이불 밖으로 벗어나자.

알람이 울리면 일단 이불 안에서 벗어나자. 이불 바로 옆이라도 좋다. 이불을 벗어나는 게 중요하다. 저자는 잠자리 옆에 요가 매트를 깔아 놓은 적이 있다. 일어나면 다시 잠들까 두려워 기상과 동시에 요가 매트 옆으로 몸을 옮겼다.

셋째, 물 한잔을 마신다.

이미 앞장에서 아침 기상 후 물 한잔에 대하여 설명했다. 아침에 일어나면 물 한잔은 특효약이라 설명하고 싶다. 잠이 깨는 것은 물론, 장운동도 활발히 해준다. 특히 저자의 경우 자는 동안 수분이 많이 배출되는 걸 느낀다. 기상 후 물을 마시면 수분이 몸에 흡수되는 게 느껴질 정도이다. 여러분에게 기상 이후 물 한잔을 권하는 이유이다.

넷째, 명상한다.

명상의 효과는 이미 여러 곳에서 입증되었다. 저자도 명상의 효과를 보고 있다. 특히 새벽 시간 명상은 마음의 평화를 가져온다. 고요한 분

위기 속에 온전히 나에게 집중할 수 있는 시간이다. 눈을 감고 코로 숨을 들이마시고, 입으로 내뱉는다. 명상을 하는 동안 잡다한 생각이 떠올라도, 곧 잡념은 사라진다. 명상을 계속하다 보면 머리가 맑아지는 느낌을 받을 때가 있다. 혹시라도 두통이 있거나 일 할 때 머리가 복잡하다면 한 번쯤은 시도해 볼 것을 권한다.

다섯째, 문밖으로 무조건 나가자.

잠을 깨기 위한 가장 좋은 방법은 경험상 문밖으로 나가는 것이다. 문밖으로 나가려면 우리 몸은 반강제적으로 움직여야 한다. 우리 몸이 움직이는 동안 밤새 잠들었던 세포들이 깨어나는 느낌이다. 새벽공기는 계절마다 달랐다. 여름의 새벽공기는 시원했고, 겨울에는 매서운 추위로 잠은 단번에 달아난다.

추운 겨울철, 밖에 나가는 것이 고민된 적이 있었다. 그럴 때마다 내가 생각한 것은 '일단 나가자'였다. 일단 밖으로 나가게 되면 잠은 달아나기 때문이다. 또한 날씨는 춥고, 몸은 굳어 있는 상태로 운동에 대한 동기부여도 줄어들었다. 헬스장에서 사람들도 비슷한 생각을 한 것 같다. 따뜻한 봄, 시원한 가을철에는 많은 사람이 찾는다. 더운 여름 계절에도 사람들은 새벽 시간에 러닝머신에서 땀을 흘리며 자기관리에 열정을 쏟는다. 하지만 날씨가 추워지는 겨울에는 사람이 줄어든 게 확연히 보인다.

사람들은 추운 날씨 때문에 헬스장으로 이동하기가 힘들었을 것이다. 또한 겨울에는 부상의 위험도 높다. 운동하는 사람 중에 부상으로 인해 운동을 못 하는 사람도 있을 거라 생각했다. 겨울철 운동을 할 때 간과하기 쉬운 게 준비운동과 정리운동이다. 특히 헬스를 좋아하는 사람이면 본 운동 시작 전 준비운동과 운동 후 정리운동은 반드시 해야 한다.

이른 아침 새벽을 맞이하기 위해서는 캄캄한 어둠을 지나야 맞이할 수 있다. 어둠을 지나면 고요한 새벽이 찾아온다. 이 고요한 순간 누군가는 하루를 맞이할 준비를 하고, 누군가는 이불 속에서 하루를 시작할 것이다.

새벽 시간의 공기는 다른 시간의 공기와는 다르다. 오직 새벽 시간대에만 느낄 수 있다. 공기는 차지만 신선한 느낌이며, 어두웠던 하늘은 점점 밝게 빛나기 시작한다. 방안에 불빛이 밝아지듯, 해는 우리의 온 세상을 비추기 시작한다.

새벽에 일찍 일어나 새로운 기운으로 시작하고 싶지만 그렇게 하지 못한다면 위의 방법을 시도할 것을 권한다. 알람과 함께 일단 어떻게든 이불 밖을 떠나자! 이불 밖을 떠나기 위해 우리는 조금이라도 움직일 것이다. 움직임과 동시에 우리의 몸도 반응하게 될 것이다. 우리의 몸은 점점 잠에서 깨어날 것이다.

잠에서 깨어나는 순간 여러분의 인생도 과거와는 다르게 깨어날 것
이다.

이 다름은 여러분에게 제2의 인생을 준비할 수 있는 선물을 안겨 줄
것이다.

출근 전 리스트,
퇴근 후 리스트를 정하자

세상에 존재하는 만물은 시작점이 있으면 끝나는 점이 있다. 스포츠 경기를 상상해 보자. 스포츠 경기에는 많은 종류의 종목이 있다. 그중에 육상에는 마라톤 경기가 있다. 마라톤에도 세부종목이 있다. 10km, 하프마라톤(21.0975km), 10km 경보경기, 20km 경보경기 그리고 풀코스라 불리는 42.195km의 마라톤이다. 언뜻 보기에는 긴 거리처럼 보인다. 실제로도 긴 거리이다.

하지만 이렇게 긴 거리도 시작하는 스타트 라인과 끝나는 피니시 라인이 존재한다. 스타트 하기 전에 선수들은 몸을 풀고 뛸 준비를 한다. 피니시 라인을 통과한 이후에는 모두 지쳐 쓰러진다. 쓰러진 후에는 부족한 영양을 섭취하고 휴식을 취한다.

이러한 점은 직장인에게도 같을 것으로 생각한다. 우리는 매일 출근을 시작으로 퇴근이라는 문을 통과한다. 출근 전 시간, 우리가 하는 행동과 퇴근 후 시간, 우리의 행동에는 차이가 있을 것이다. 출근 전, 퇴근 후 시간에도 상황에 맞는 목록을 정한다면 우리의 시간을 더 효율적으로 관리할 수 있을 것이다.

직장생활을 하면서 깨달은 점이 있다. 지금은 안정적인 직장, 주변에서 부러워하는 직장일 수 있다. 하지만 언젠가는 퇴직을 해야 한다는 점이었다. 처음 입사할 때는 이러한 점을 느끼지 못했다. 연차가 쌓일수록 나의 미래를 생각할수록 나는 언젠가는 나가야 하는 한 명일 뿐이었다. 직장을 다니면서 가기 싫은 날도 많았다. 그만두고 싶은 날도 있었다. 일이 잘 풀리지 않고, 누군가의 간섭을 받아야 하는 등 나와 맞지 않은 일들을 겪을 때이다. 이 글을 읽는 직장인 또한 비슷한 경우가 있을 거라 생각한다.

또한 좋은 직장이란 개념은 사회에서 만든 하나의 형식이다. 생각하는 것과 직접 현실에서 마주하는 것은 다르다. 남들이 아무리 좋다고 하는 직장도 실제로 겪어보면 그렇지 않은 경우가 많다. 나는 공무원과 일하는 기회가 있다. 그들과 대화를 할 기회도 있다. 그들은 안정적인 직업에 주변에서 모두가 부러워하는 직군에 있다. 20년간 근무하면 누구나 부러워하는 연금 혜택도 받을 수 있다.

하지만 그들과 대화를 하며 느낀 것은, 그들도 사람이고 애로사항이 많다. 그들도 일 때문에 괴로워하고, 사람 때문에 힘들어하는 사람도 봤다.

그래서 저자는 이 책에서 강조하고 싶다. 입사와 동시에 우리의 끝도 생각할 것을 말이다. 입사와 동시에 끝을 생각하라니, 말도 안 된다는 소리를 한다고 할 수도 있다. 하지만 우리는 언젠가 맞이하게 될 끝을 생각해야 한다. 저자가 이런 사실을 깨달았을 때 저자는 시간의 중요성을 다시 한번 생각했다. 그리고 저자는 변화와 성장이 필요하다는 것을 깨달았다. 주변에서는 이러한 사실에 대해 알려주는 이는 없었다. 오직 스스로 깨닫고 극복해야 했다.

그래서 생각한 것이 출근 전 새벽 시간과 퇴근 후 저녁 시간을 활용해야 함을 깨달았다. 그렇지 않고서는 나는 시간이 흐르며 나의 인생도 그저 흐르게 될 것이라는 위기감이 들었다. 나는 그렇게 되고 싶지 않았다. 그래서 내가 고민한 것은 새벽 시간에 나를 위해 투자하는 것이었다. 퇴근 후에도 시간을 헛되이 보내지 않고 조금 더 나은 삶을 위해 자기계발에 투자하기 시작하였다.

내가 출근 전에 했던 자기계발은 다음과 같다.
독서, 필사, 운동, 책 쓰기, 업무, 명상, 영어공부 등이다.

하지만 처음에는 독서와 필사, 운동, 영어를 한꺼번에 몰아서 했던 기간이 있었다. 하지만 효과는 없었다. 너무 욕심을 부린 나머지 자기계발을 하는 동안 지쳤다. 시간은 부족하고 할 것은 많아 마음이 조급했다. 이러한 조급함은 스트레스를 쌓이게 하였고 오랜 기간 지속하지 못했다.

또한 계획적으로 하지 않고, 새벽 시간에 내가 그 날에 생각나는 것 위주로 하다 보니, 체계가 없고 주먹구구식이었다. 그래도 나는 포기하고 싶지 않았다. 일단은 계속 시도했다. 힘들고 그만하고 싶었지만, 미래를 생각하고 현실에 안주하고 싶지는 않았다.

여러 종류의 시도 끝에 나에게 가장 적합하고, 지속할 수 있었던 것은 운동이다. 운동 중 헬스 종목이 나와 맞았다. 헬스를 할 수 없는 날에는 맨몸운동으로 대체 했다.

운동을 하며 땀을 흘리니, 마음속 복잡한 심정을 잊을 수 있었다. 운동을 하며 불필요한 생각을 멈출 수 있었다. 운동을 하는 동안은 온전히 나에게만 집중할 수 있었다. 운동하면서 좋았던 점은 몸이 좋아지는 것을 느낄 수 있었다. 타인을 통해서 내 몸에 대한 객관적인 평가가 칭찬으로 바뀌며 나는 지속할 수 있었다.

운동이 아닌 독서와 필사도 유익한 자기계발이다. 독서를 통해 지식을 배울 수 있고 간접체험을 할 수 있었다. 독서를 통해 미래에 대한 계획을 세우고, 방향을 설정할 수 있었다. 필사하면서 복잡한 머리를 정리하고, 괴로운 마음을 정돈할 수 있었다. 하지만 운동을 통해 땀을 흘리며 보다 많은 긍정적인 감정과 생각을 할 수 있었다. 비록 운동이 업무와 직접적인 연관은 적을 수 있으나, 신체가 건강하면 정신도 건강해지는 것을 느낄 수 있었다. 또한 건강한 정신은 업무 할 때 긍정적인 영향을 주었다.

그리고 운동을 통해 얻게 될 장점은 회사생활과도 연계된다고 믿었다. 몸과 정신이 건강하면 일의 생산성을 높일 수 있을 거라 생각했다. 생산성은 성과로 이어질 것이고, 성과는 승진과도 연계된다고 믿었다. 꼭 승진을 위함은 아니지만 동일한 시간을 보낸다면 더 효과가 좋고 유익한 것과 연계시키고 싶었다. 그리고 이러한 생각은 하나의 동기부여로 작용할 수 있다.

출근이 있으면 퇴근이 있는 법이다. 퇴근 후에는 조금 상황이 달랐다. 아무래도 퇴근 시간대는 저녁 시간과 맞물린다. 몸은 피곤하고, 쉬고 싶은 마음이 컸다. 퇴근 후에는 주로 저녁을 먼저 먹고, 부족한 영향을 섭취했다. 그리고 저녁 시간대는 아침보다 독서와 필사가 잘 되었다. 그래서 저녁 시간에는 독서, 필사 등 신체를 사용하지 않는 자기계발을 위주로 했다. 너무 피곤한 날은 누워서 쉬거나, 온천에 가곤 했다.

이 책을 읽고 있을 독자 여러분에게 아침과 저녁 시간 자기계발을 위한 팁을 알려주고 싶다.
그것은 다음과 같다.

첫째, 자신의 성향을 파악한다.

둘째, 새벽 시간과 저녁 시간의 자기계발 목록을 정하고 종이에 적는다.

셋째, 하루에 한 가지씩 실천한다.

넷째, 자신에게 가장 적합한 한 가지를 각각 선택한다.

다섯째, 자신의 상황에 맞추어 변화를 준다.

저자의 경우, 새벽에는 주로 신체를 활용한 자기계발을 선택했다. 헬스, 맨몸운동, 달리기, 체조, 걷기 운동을 했다. 저녁에는 주로 신체를 덜 활용하는 자기계발을 선택했다. 독서, 필사, 명상, 휴식 등이다. 만약 2개 이상의 자기계발이 힘들다면, 한 가지만을 선택하여 출근 전 시간과 퇴근 후 시간에 해도 좋다. 실천을 통해 여러분에게 적합한 자기계발을 찾을 수 있을 것이다. 꼭 실천했으면 싶다.

저자가 최종합격 후 입사했던 순간은 잊지 못한다. 합격 통지 후 주변인에게 이 사실을 알리며 자랑했던 기억은 잊을 수 없다. 임명장을 받는 순간, SNS에 올리며 기쁜 소식을 누리고 싶었다. 이 순간을 위해 내가 그간 고생하고 노력한 것을 보상받고 싶었던 것 같다.

하지만, 이러한 기쁨은 오래가지 못했다. 이러한 기쁨은 단지 한순간일 뿐이었다. 이러한 것을 일찍 깨닫지 못했던 과거가 부끄러워지기 시작했다. 그렇게 시간이 흘러 나는 업무에 점차 익숙해졌지만, 무기력해진 나를 발견하기 시작했다.

어느 날 운동을 하며 문득 이런 생각이 떠올랐다. 내가 회사를 그만두지 않는 한 직장을 다니는 동안 승진은 내게 좋은 현상이고, 그와 동시에 퇴직준비도 좋은 현상이라는 생각이 들었다. 그래서 출근 전에는 당장에 승진은 아니더라도 승진과 연관된 자기계발을 하면 좋겠다는 생각을 했다. 그리고 퇴근 후에는 언젠가는 퇴직을 해야 하기 때문에 퇴근 후에는 퇴직과 연관된 자기계발을 해야겠다는 생각을 하게 되었다. 이러한 생각은 새벽에 무거운 몸을 이끌고 태양을 마주하게 하였고, 퇴근 후에는 나의 미래를 그리기 시작했다. 그 덕에 나는 이전과 다른 새로운 나로 거듭나고 있음을 발견했다.

만약 이러한 사실을 입사하는 순간 알았다면 나는 지금보다 훨씬 발전된 나로 성장했을 거라 확신한다. 이러한 사실을 깨닫기까지 수십 개월을 보내야 했다. 만약 이 책이 출간되어 이 글을 읽는 독자가 있다면 여러분은 나와 같은 오류를 범하지 않길 바랄 뿐이다. 입사와 동시에 퇴사의 끝에서 생각하길 바란다.

출근 후 업무의 시스템을 구축하여
시간을 확보하자

"시간을 지배할 줄 아는 사람은 인생을 지배할 줄 아는 사람이다."
독일의 시인 에센 바흐의 말이다.

시간은 누군가에게는 길고 누군가에게는 짧게 느껴진다. 시간의 본
질은 짧지도 길지도 않다. 시간은 그저 지금 이 순간 존재할 뿐이다.
하지만 우리는 상황에 따라 시간의 가치가 달라지는 것을 알 수 있다.
지금 이 순간 긴급하고 중요한 순간이라면 1분 1초가 중요할 것이다.
취업을 위한 시험, 입학을 위한 시험, 주말의 달콤한 휴식은 우리에게
중요하고 빨리 지나간다. 반면 군대에서의 시간, 싫어하는 사람과의
시간, 누군가로부터 좋지 않은 소리를 듣는 순간 등은 시간이 느리고
빨리 지나가길 바랄 수 있다. 그래도 우리에게 시간은 중요하다. 한 번
지나간 시간은 다시 돌이킬 수 없기 때문이다.

직장에서도 마찬가지다. 우리의 시간은 때에 따라 빨리 가기도 늦게 가기도 한다. 누군가는 빠른 일 처리로 자신의 시간을 확보하지만, 누군가는 늦은 일 처리로 야근을 맞이해야 한다.

하지만 시간은 누구에게나 소중하다. 그래서 출근 후 업무를 효율적으로 처리하기 위한 시스템이 필요한 이유이다.

저자는 일할 때 '효율성'이라는 말을 좋아한다. 효율성의 사전적 의미를 보면 최소한의 투입으로 자신이 기대하는 최대의 효과를 얻는 것을 의미한다. 즉, 최소한 만큼만 투자해서 최대의 이득을 얻는다고 할 수 있다. 어느 순간 이러한 효율성의 개념은 일할 때 최소한의 투입으로 최대의 효과를 얻는 게 나의 목적이 되었다.

저자는 이러한 효율성 높은 일을 처리하기 위해 매일 고민했다. 고민 중 매일 실천하고 있는 것을 소개하겠다.

그것은 나의 다이어리이다. 다이어리는 통상 학생 시절 많이 사용했을 것이다. 하지만 저자는 군대 시절부터 이 다이어리의 매력에 빠졌다. 다이어리의 효과를 제대로 느낀 나로서는 직장에서도 습관을 유지했다. 나 말고 이러한 다이어리를 사용하는 직원은 보지 못했다. 그럼 다이어리에 대해 간략히 소개하겠다.

다이어리 속에는 연간, 월간, 일일 단위로 작성할 수 있게 구성되어 있다. 1년간의 일정과 월 단위의 일정을 기록하고, 하루하루의 일정을 그대로 적을 수 있다. 다이어리 활용방법은 다음과 같다. 1년간의 연간일정이 대략 나왔다면 다이어리에 미리 표시하자. 연간일정은 다이어리의 보통 앞 페이지에 있다. 연간일정을 표시했다면, 월간일정으로 넘어가 연간일정을 세부적으로 월간일정에 옮겨 적는다.

그런 다음 주간 일정이 나온다면 일일 업무 페이지로 넘어가 그 날 해야 할 업무를 적어놓는다. 즉, 쉽게 말하면, 연간일정은 한눈에 알아볼 수 있어서 좋고, 그다음 월간일정은 월 단위에 그대로 옮겨 적고, 하루 일정은 그 날에 맞춰 적는다는 의미이다.

내용 중 궁금한 사항이 생길 경우, 메일(munmu7@naver.com)을 주면 도움을 주겠다.

회의할 때 다이어리의 빛을 볼 수 있다. 보통 사람들은 회의할 때 그 날의 날짜를 적을 것이다. 하지만 나의 다이어리는 이미 1일 단위로 날짜가 적혀있다. 그래서 회의를 하는 동안 향후 일정에 대한 내용이 언급된다면 나는 그 자리에서 해당 일자로 넘어가 표시를 해둘 수 있다. 나는 따로 날짜를 표시하지 않아도 되고 남들보다 먼저 적음으로써 추후 일정에 대해서도 미리 준비할 수 있는 시간이 생긴다. 겉보기에는 큰 차이가 없어 보일 수 있다. 하지만 이 효과는 굉장히 크다. 그 효과는 다음과 같다.

첫째, 시간을 아낄 수 있다.

시간을 아낄 수 있다는 말은, 위에서 말한 것처럼 별도의 일일 단위

날짜를 적지 않아도 된다는 것이다. 만약 유선 노트에 날짜를 적고 1년간 사용한다고 가정하자. 노트는 복잡하고 체계성이 없어진다. 물론 노트 활용을 잘하고 있는 사람이라면 문제가 없을 것이다.

하지만 경험상 유선 노트보다는 다이어리가 일정관리에는 효율적이다. 왜냐하면 다이어리는 일정관리, 메모작성 등의 다른 추가적인 기능까지 갖추고 있기 때문이다.

둘째, 미래를 확인할 수 있다.

미래를 확인할 수 있다는 말은, 미리 향후 일정을 확인할 수 있다는 의미이다. 일반 유선 노트라면 날짜를 수기로 적기 때문에, 별도의 달력을 확인해야 한다. 하지만 다이어리 노트는 일일 단위로 날짜가 표시되어 있기 때문에, 해당 날짜로 이동해서 표시만 해놓으면 된다. 또한 직장인의 경우 바쁘다. 바쁘다 보면 가끔 일정을 빠트릴 수 있는 위험에 노출된다. 하지만 회의를 하거나 누군가 날짜에 대해 언급했을 때 그 자리에서 표시를 해두면 나중에 이러한 문제도 보완하는 효과를 얻게 된다.

셋째, 효율적이다.

다이어리 노트는 정말 효율적이다. 특히 시간 관리 면에선 최고라 생각한다. 다이어리 노트 한 권만 있으면 1년의 시간을 가지고 다니는 셈이다. 별도의 달력이 필요가 없다. 별도의 메모지도 필요가 없다. 한 권 안에 다 녹여낼 수 있다. 필요하다면 다이어리 안에 포스트잇을 같이 가지고 다닐 수 있는 공간도 있다. 맨 뒷면에는 국내지도, 세계지도, 지역별 지형, 지하철 노선까지 표시되어 있다.

저자는 업무 할 때 사무용품과 필기구를 진열해 놓는다. 내가 주로 쓰는 펜은 연필꽂이나 필통에서 꺼내 놓는다. 그리고 테이프, 포스트 잇 용지, 스테이플러, 펀치 등도 눈앞에 보이게끔 꺼내 놓는다. 사무용품을 꺼내 놓으면 내가 필요한 순간 바로 사용할 수 있다. 이러한 차이는 한 끗 차이일 수 있다. 하지만 이러한 차이가 하루, 이틀 모이면 엄청난 차이를 만든다. 특히 직장에서 업무를 하다 보면 긴급한 순간이 반드시 찾아온다. 상사로부터 갑작스러운 불림이나, 다른 기관으로부터의 긴급한 요청이 올 때 등이다. 이런 순간 스테이플러 한 개, 가위 등의 사무용품이 한 개라도 없다면 답답함을 느낄 수 있다. 아마 지금 현직에 있는 직장인이라면 동의하는 사람도 있을 거라 생각한다.

또한 업무를 하는 동안 간과하기 쉬운 한 가지가 있다. 그것은 '메모지'이다. 긴급한 연락이 오면 이면지나, 포스트잇 용지에 적는 경우를 종종 볼 수 있다. 물론 적는 것은 좋지만, 한 장 한 장으로 된 종이에 적다 보면 나중에 쓰레기통에 들어가거나, 쉽게 잊어버릴 수 있는 단점이 있다. 그래서 항상 메모지는 준비해놓은 상태로 일할 것을 권한다.

오비디우스는 말한다. 기회는 어디에도 있는 것이다. 낚싯대를 던져 놓고 항상 준비태세를 취하라.

우리의 일상 속에는 우리가 알게 모르게 시스템적으로 유기적으로 움직이는 환경이 많다. 우리가 식당에 간다면 우리는 좌석에 앉고 메뉴를 보고 주문할 것이다. 식사를 마치면 계산을 하고 나갈 것이다. 우리가 병원에 간다면 진료 접수를 하고, 의사 진단을 통해 처방을 받고 퇴장한다. 이는 우리가 물어보지 않고도 자동으로 알고 있는 지식이다. 나는 이러한 것들이 자동화된 시스템이라 부르고 싶다. 이러한 시스템에서 배울 것은 배워야 한다 생각한다. 우리 직장인에게 시간은 한정적이다. 이러한 시스템을 갖춰서 불필요한 시간 낭비는 줄여야 한다. 이러한 시간을 줄여, 우리는 생산성 있고 효율적으로 일을 끝내야 한다.

누군가는 연필 하나 찾기 위해 여기저기 찾아다니며 분주해 한다. 메모지 없이 전화응대를 하며 누구에게 전화가 왔는지조차 잊는다. 하지만 누군가는 연필 하나 찾는 것에 망설임 없이 바로 집어 들고, 바로 옆에 있는 메모지에 정보를 적으며 시간을 아끼고 있다.

부디 이 글을 읽는 독자가 있다면 1분 1초라도 시간을 아낄 방법을 선택하길 바란다. 그리고 시간을 아껴 퇴근 후에는 자신을 위해 투자하길 바란다.

업무처리를 2배 높이는 27가지 비결
(업무노트, 화이트보드)

　사소해 보이는 업무에도 최선을 다하라. 사소한 일들을 하나씩 정복해 나갈 때마다 우리는 더욱 강해진다. 사소한 일을 잘 해내다 보면 큰일은 저절로 이루어진다. 데일 카네기의 말이다.

　학창시절 수업시간에 공부하기 위해 교재와 노트는 필수였다. 수업시간에 들은 내용을 잊지 않기 위해 적고 적었다. 영어 시간에는 영어 단어를 암기하기 위해 빼곡히 적었던 경험이 있다. 시험 기간에는 교재의 내용을 노트에 정리하며 공부했던 경험이 있다.

　어느덧 학교를 졸업하고, 사회인이 되면서 노트와 점점 멀어지는 나를 발견했다. 학창시절 어깨에 맺던 가방은 내려놓고, 최대한 가볍게 출근하는 마음이 생겨났다.

하지만 업무를 하고 컴퓨터와 익숙해지며 부족한 느낌이 종종 들었다. 나는 나만의 업무노트를 만들기로 생각했다. 그리고 책상 옆에는 화이트보드를 준비했다. 큰 기대는 하지 않았지만, 효율성 면에서 큰 효과를 볼 수 있었다. 그래서 이번 장은 끝까지 읽어 보길 바란다.

대부분의 직장인은 업무를 처리할 때 A4 크기의 출력물로 된 페이퍼를 책상에 올려놓고 볼 것이다. 파티션이 있다면 파티션 앞이나 옆에 붙여놓고 볼 것이다. 이 출력물을 보기 위해 얼굴을 가까이 대고 본다. 만약 페이퍼에 전화번호가 적혀있다면 숫자가 '5'인지 '6'인지 잘 구별되지 않을 수 있다. 다시 출력물을 확인하며 전화번호를 누를 것이다. 대부분 사람은 작은 글씨로 출력된 A4용지에 의존한다.

하지만 저자는 이러한 것에 많은 불편함을 느꼈다. 그래서 해결방법을 고민했다. 저자가 근무하는 곳은 메일, 팩스, 전화가 주요 의사소통 수단이다. 그래서 기관별 전화번호를 필수로 알고 있어야 한다. 저자도 처음에는 A4용지로 된 출력물을 활용하곤 했다. 작은 글씨로 된 글씨를 보자면 자세히 들여다봐야만 했다.

하지만 답답함을 많이 느꼈다. 이러한 문제를 해결하기 위해 계속 고민했다.

고민 끝에 한 가지 좋은 방안이 생각났다. 그것은 '화이트보드'이다. 저자가 맡은 업무 중에는 보조금을 교부해 주는 업무가 있다. 보조금을 교부해주기 위해서는 계좌번호를 알고 있어야 한다. 맡고 있는 사업이 여러 개이다 보니 일일이 외우기는 어려웠다. 저자는 일단 시도해 보자는 심정으로 화이트보드에 내가 맡은 사업의 계좌번호만 옮겨 적어 놨다. 되도록 한눈에 볼 수 있는 크기로 적어 놨다. 물론 다른 사람들은 잘 보지 못하게 표시해놓았다.

공문을 기안할 때 화이트 보드에 적힌 숫자를 보면서 하니, 효율적이었다. 기존에 A4용지 적어놓고 힘들 게 보던 것과는 달랐다. 일을 하면서 해당 화이트보드만 보고 계좌번호를 적을 수 있었다. 겉보기에는 별 것 아닌 것처럼 보일 수 있다. 손은 키보드에 올려두고, 시선은 모니터 속에 고정된 상황에서 계좌번호를 찾기 위해 몸을 다른 곳에 돌려 보는 것은 비효율적이다. 하지만 화이트보드에 적어놓자 시선만 돌려서 번호만 보고, 키보드로 치면 그만이었다. 효율적이고 효과적이었다. 그리고 일을 하면서 멈춤이 없이 연속적으로 이어지는 느낌이 들다 보니 기분도 좋았다.

겉보기에는 쉽게 이해되지 않을 수 있다. 요리로 예를 들어보겠다. 만약에 라면을 끓인다고 가정했을 때, 라면에 필요한 도구와 재료가 있다. 냄비, 라면, 물, 계란, 식재료 등이다. 이러한 재료를 모두 꺼내 놓으면 우리는 제때에 물을 끓이고 라면과 스프를 넣고 계란을 넣고 끓이면 끝이다. 하지만 라면 따로, 물 따로, 그릇이 제각각이라면 라면을 끓이면서도 몸은 여기저기 분주하게 움직여야 할 것이다.

내가 일할 때도 마찬가지였다. 공문 한 장 기안하는데, 계좌번호를 확인하기 위해 여기저기 몸을 움직여야 하는 상황이다. 생각하는 것만으로도 불편함이 느껴진다.

업무 할 때 화이트보드가 있다면 많은 장점이 있다.
그것은 아래와 같다.

첫째, 큰 글씨로 한 번에 확인이 가능하다.
둘째, 지웠다가 쉽게 쓸 수 있다.
셋째, 효율적이다.

화이트보드가 있다면 일단 큰 글씨로 적을 수 있다. 큰 글씨로 적으면 눈에 쉽게 들어오기 때문에 한 번에 확인이 가능하다. 혹시라도 글씨를 잘못 썼다면 지우개로 지웠다가 다시 작성할 수 있다. 내가 필요한 부분만 보고, 지웠다가 다시 쓸 수 있기 때문에 효율적이고 간편하다. 그래서 직장인에게 추천하고 싶은 이유이다.

보조금을 교부하기 위해서는 한 가지 절차가 필요하다. 먼저 보조금을 교부한다는 결재를 받아야 한다. 결재를 받기 위해서는 공문에 관련 내용을 적어야 한다. 공문에 들어가는 내용은 사업명, 금액 등이 들어간다.
안에 들어가는 내용은 비슷한 경우가 많다. 나는 비슷한 내용의 공문을 빠르고 정확하게 작성하고 싶었다. 공문 한 장을 기안하는 것이지만 효율적으로 처리하고 싶었다. 나는 최대한 빠르고 효율적으로 처리할 방법을 고민했다.

고민 끝에 힌트를 얻었다. 그것은 '업무노트'를 만드는 것이다. 나는 노트 안에 내가 공문을 작성할 때 필요한 내용이 적힌 용지를 출력하여 붙였다. 그래서 공문을 기안할 일이 생기면 노트를 펼쳐놓고, 그대로 옮겨 적었다. 기관별로 차이가 있는 금액, 은행명만 그때 상황에 맞춰서 작성했다.

결과는 놀라웠다. 기존에는 한 건의 공문을 기안하려면 시간이 오래 걸렸다. 업무노트를 작성하자, 2배의 효과를 볼 수 있었다. 행정업무를 접하지 못한 독자라면 쉽게 이해가 되지 않을 수 있다. 예를 들자면 도장으로 서명을 할 때와 비슷한 원리다. 우리는 계약서에 서명할 때 도장을 찍는 경우가 있다. 서명할 칸이 많아도 도장 한 개만 있다면 그대로 찍기만 하면 된다.

내가 고안한 업무노트도 같은 원리이다. 노트에 적힌 것을 그대로 보고 타이핑하면 그만이다. 업무노트가 없을 때는 기존에 결재했던 공문을 켜놓고, 그것을 보고 했었지만 그럴 필요가 없어졌다. 누군가는 오히려 기존에 했던 것을 보고 하는 게 빠르지 않냐고 반문할 수 있다. 하지만, 경험해본 결과 업무노트에 적힌 것을 보면서 그대로 치는 게 효율적이었다. 또한 나는 업무노트에 다른 중요한 정보를 적어 놨다.

행정업무를 하다 보니, 실적, 수치, 예산 금액 종류의 기본정보를 요청하는 경우가 있다. 이러한 정보가 정리되어 있지 않다면 요구하는 순간마다, 컴퓨터에서 찾아야만 한다. 하지만 만약에 정보를 노트에 정리해 놓는다면, 노트만 펼쳐서 수치를 알려주면 된다. 이러한 장점을 체험한 이후로는 업무노트를 지속해서 만들고 있다. 이 글을 읽는 독자 중 행정업무를 하고 있다면, 하루라도 빨리 시도해 보고 자신만의 업무노트를 만들 것을 권하고 싶다.

세상에는 많은 종류의 업무가 있다. 업무를 처리하는 방법도 많이 있을 것이다. 누군가는 현재 있는 그대로 일을 처리하는 사람도 있다. 고민하기보다는 있는 그대로 일을 처리하는 것이다. 누군가는 1분 1초라도 줄일 방법을 고민하고, 이를 개선하기 위해 노력한다.

세상에는 앞서가는 방법이 많을 것이다. 그중 하나는 남들보다 많이 고민하고 생각하는 것이라 생각한다. 생각하고 고민하여 실천하는데 답이 있다고 생각한다. 나는 여러분이 이 책을 통해 조금이라도 앞서 갔으면 좋겠다. 남들보다 효율적으로 업무를 처리하고 자신만의 시간을 확보했으면 싶다.

확보한 시간을 통해 퇴근 후에는 여러분만이 누리고 싶은 시간을 가졌으면 싶다. 그것이 맥주 한 잔이든, 카페에서 커피 한잔이든, 독서이든 상관없다. 같은 일이라도 효율적으로 처리하여 많은 효과를 누리길 바란다.

퇴근 전 30분부터 퇴근 준비를 해라

"시간을 주체적으로 관리해야 합니다. 거절하지 않으면 그렇게 할수 없죠. 다른 사람이 내 삶을 결정하도록 두지 마세요." 워런 버핏의 말이다.

직장인의 삶은 바쁘다 못해 정말 바쁘다. 아침에는 러시아워로 분주한 하루를 시작한다. 직장에서는 각종 업무와 전화응대 등으로 시달린다. 이렇게 시간을 보내면 점심시간이 다가온다. 점심시간도 맘 편히 먹지 못할 때도 간혹 있다. 밖에서 식사를 하기라도 하면 메뉴를 고를때 주변 사람의 눈치를 보게 된다. 식사를 하고 나면 더 바쁜 오후 시간이 기다린다. 식사 후에는 몸이 나른 거려 졸음이 몰려올 때도 있다. 그렇게 정신없이 오후를 보내면 퇴근 시간이 다가온다. 이렇게 우리의 소중한 하루는 빠르게 지나가고 있다. 마치 경주마처럼 앞만 보고 달리게 된다. 이 글을 읽은 후로 새로운 시도를 해보길 권한다.

퇴근 30분 전에는 꼭 하루를 점검하는 시간을 가져보자. 그러면 하루를 정리하고 내일을 맞이할 수 있는 자신을 볼 수 있다.

저자가 사업 부서로 옮긴 이후에는 나만의 원칙을 만들었다. 그것은 퇴근 전 30분 법칙이다. 퇴근 30분 전에는 업무를 중단한다. 일단 모니터 앞에 보이는 문서, 인터넷 등을 끄고, 일일 다이어리를 펼친다.

그 속에 나는 하루의 일정을 점검한다. 그리고 혹시라도 내가 오늘 꼭 끝마쳤어야 하는 업무가 있는지 확인한다. 왜냐하면 일을 하다 보면 내가 원래 하려고 했던 업무와는 다르게 다른 것을 하는 경우가 있기 때문이다. 그것은 다른 기관으로부터의 전화, 상사의 업무 등으로 나의 정신은 흐려질 수 있다.

그래서 퇴근 전 30분은 꼭 업무를 확인하는 습관을 들였다. 업무를 끝낸 것은 완료한 표시를 한다. 아직 끝내지 못한 업무의 경우는 못 했다는 표시를 한다. 그리고 일정이 변경되거나 하지 않아도 되는 일정도 표시를 꼭 해둔다. 왜냐하면 표시했을 때와 하지 않을 때의 차이가 있기 때문이다.

경험상 표시를 해두면 많은 장점이 있다.
몇 가지 소개하자면 아래와 같다.

첫째, 오늘의 업무목록을 한눈에 확인할 수 있다.

둘째, 우선순위별 업무를 확인할 수 있다.

셋째, 시간 관리가 용이하다.

출근 후, 오늘의 할 일을 다이어리에 적어보면 알게 될 것이다. 중요한 업무와 그렇지 않은 업무를 말이다. 중요한 업무는 꼭 표시해놓자. 그리고 수시로 확인하면서 업무를 추진하자. 중간에 다른 방향으로 가게 되는 경우가 많다. 그리고 30분 전에는 아침에 작성한 목록을 확인하자. 오늘 끝낸 일과 끝내지 못한 업무가 있을 것이다. 끝낼 수 있었는데, 다른 업무를 하면서 그렇지 못한 경우가 더러 있을 것이다. 그리고 다른 날에 해도 되는 일정들도 생길 것이다.

저자가 30분 전 확인하며 표시한 방법은 다음과 같다.

업무를 끝낸 것은 선으로 표시하거나 동그라미를 쳤다. 끝내지 못하고 다음 날로 연기하는 것은 화살표로 표시해놨다. 업무 중 기안한 문서를 타 팀이나 다른 사람에게 넘겨주는 경우는 옆에 팀 이름이나 담당자 이름을 적어 놨다.

이러한 표시가 없다면, 기억하기가 어렵다. 그리고 내일 어떤 업무를 해야 할지 혼동되는 경우가 있다. 그래서 꼭 표시할 것을 권한다.

다음은 저자가 사용했던 기호이다.

도움이 된다면 참고하길 바란다.

첫째, 일자 기호(-): 업무를 끝마쳤을 때 사용한다. 또는 동그라미(O)로 대체 가능하다.

예를 들면, 주간행사계획을 작성하는 게 업무였다면, 다음과 같이 표시하자. 삭선표시로 글자가 가려지는 게 불편하다면 동그라미로 대체하자.

예시) '~~주간행사계획 작성~~'에 삭선 표시 또는 (O)주간행사계획

둘째, 화살표 기호(→): 업무를 연기할 때 사용하는 기호이다.

예를 들면, 물품 수요조사라는 업무가 있을 때, 만약 끝내지 못했다면, 다음과 같이 표시하자.

예시) 물품 수요조사 →

셋째, 브이 기호(∨): 우리가 흔히 체크표시 할 때 쓰는 기호이다. 중요한 것을 표시할 때 사용하면 좋다. 예를 들면, 업무의 좌측에 브이 표시를 한다. 표시는 다음과 같다.

예시) ∨ 이사회 회의준비

추가로 중요한 업무의 경우 형광펜으로 밑줄을 긋거나 다른 색의 펜으로 적는다면 더욱 효율적일 것이다.

혹시 도움이 필요하다면 메일(munmu7@naver.com)을 보내주길 바란다.

저자는 업무를 하면서 머리가 복잡해지면 책상을 정리하는 습관이

생겼다. 이러한 습관은 퇴근 30분 전에도 적용된다. 퇴근 30분 전에는 이미 몸과 정신이 지친 상태이다. 이미 직장인이라면 동감 가는 대목일 것이다. 저자는 퇴근 30분 전에는 책상 위를 먼저 정리한다. 사용이 끝난 펜과 연필은 정리함에 넣어 놓는다. 업무를 처리하기 위해 참고했던 규정집과 각종 자료는 서류함에 갖다 놓는다. 지우개 가루와 작은 종이로 더러워진 책상 위의 이물질들은 쓸거나 닦아 쓰레기통에 버린다. 출력하고 남은 이면지는 한쪽 면에 정리하여 모아둔다. 모아두었다가 매주 금요일이나 대청소하는 날 한번 에 처리하곤 한다.

위와 같이 정리를 끝내면 복잡했던 머리도 정리되는 느낌이 든다. 뜨겁게 달궈진 머리는 조금씩 식혀지며 원래의 상태로 돌아온다.

이렇게 정리를 하고 나면, 어느새 퇴근 시간에 가까워진다. 나는 특별히 야근할 업무가 없다면 퇴근준비를 한다. 왜냐하면 우리는 하루에 많은 일을 한다. 그리고 정말 중요한 업무가 아니고는 야근을 해도 업무는 비효율적이다. 결재권자는 퇴근하고 없고, 다른 부서와도 업무 협조가 어렵기 때문이다. 더욱이 지친 몸과 정신 상태에서 집중 있게 일하기란 어렵기 때문이다.

직장인은 하루에 8시간을 직장에서 보낸다. 8시간은 하루의 3분의 1인 만큼 긴 시간이다. 8시간 동안 일을 하고도, 우리는 야근을 해야 하는 경우가 생긴다.

한 번쯤은 고민해볼 것을 권한다. 8시간 안에 일을 하고도 왜 야근을 하는지 말이다. 그 속을 관찰해보자. 그 안에 분명 비효율적으로 보낸 시간이 있을 것이다. 누군가로부터 받은 제안, 내가 해도 되지 않을 일, 나중에 해도 되는 비 우선순위의 일, 불필요한 전화, 인터넷 서핑 등 말이다.

이러한 시간을 모으고 모으면 분명 여러분은 많은 시간을 확보할 수 있을 것이다. 아직 취업을 준비 중인 독자가 있다면 한 가지 조언해주고 싶은 말이 있다. 그것은 집중과 몰입이다.

우리가 일할 때 일에 온전히 집중하지 못하는 경우가 많다. 그것은 우리의 생각이 다른 곳에 있어서 그런 것일 수가 있다. 우리가 한 가지 업무를 한다고 가정하면, 그 일에 그 시간만큼은 몰입해야 한다. 타인에게 관심을 두기보다는 지금 하고 있는 일에 집중해야 한다. 누군가는 주변 눈치 때문에 그렇게 하기는 어렵지 않냐고 반문할 수 있다. 하지만, 여러분이 업무를 할 때 누군가 당신을 찾는다면, 그 일이 여러분이 하고 있는 일보다 중요한지 먼저 확인하고, 양해를 구하길 바란다. 상대방도 여러분이 하고 있는 일이 중요한 것을 알면 충분히 이해해줄 것이다.

퇴근 시간 30분 전, 하루의 업무를 정리할 시간을 갖자. 30분은 퇴근 후의 시간과 연관될 것이다. 퇴근 후의 시간은 우리가 언젠가는 맞이하게 될 퇴직 후의 시간과 연관될 것이다.

새해에는 다이어리를 준비하라

내일을 위한 최선의 준비는 오늘의 일을 위해 모든 지성과 정열을 집중하는 데 있다고 말한 것이다. 그것이야말로 내일을 위해 우리가 준비할 수 있는 유일한 방법이다. 데일 카네기의 말이다.

우리는 인생에 있어서 준비를 한다. 대학에 입학하기 위한 준비로 시험공부를 한다. 취업에 성공하기 위한 준비로 취업준비를 한다. 이 것은 식사할 때도 마찬가지다. 밥을 먹기 위해 반찬과 밥을 준비해야 한다. 반찬을 만들기 위해서는 재료준비가 필요하다. 운동할 때도 마찬가지다. 운동을 위해 준비운동이라는 준비가 필요하다. 준비운동이 끝나면 안전장비를 갖추는 과정이 필요하다.

우리가 새해를 맞이할 때도 동일하다. 새해가 되면 우리는 새해를 잘 살 수 있는 준비가 필요하다. 특히 우리가 하루의 3분의 1을 보내는 회사에서는 더욱 준비가 필요하다. 이러한 준비를 위해 저자는 새해가 되면 신년 다이어리를 준비할 것을 권한다.

이미 저자는 앞장에서 다이어리의 중요성에 대해 언급했다. 저자는 다이어리를 통해 많은 업무를 처리하고 많은 혜택을 느끼고 있다.

다이어리의 좋은 점과 중요성을 누구보다 잘 알고 다른 사람들은 잘 사용하지 않기에 한 번 더 강조하고 싶다. 새해 다이어리는 신년이 되었을 때 준비해야 하는 이유가 있다.

그것은 다음과 같다.

첫째, 다양한 다이어리를 고를 수 있다.
둘째, 할인 혜택을 받을 수 있다.
셋째, 새해가 지나면 사라진다.

저자가 새해가 되었을 때 일이다. 그 당시 다이어리 구매를 위해 서점에 들렀다. 서점은 백화점 안에 있었다. 이미 서점 안은 신년으로 사람이 북적였다. 나는 곧장 새해 다이어리 코너로 발걸음을 옮겼다. 다이어리를 파는 코너에는 많은 종류의 다이어리가 있었다. 사람들은 각자 자신에게 마음에 드는 다이어리를 살펴보고 있었다.

나도 내게 필요한 다이어리를 찾기 위해 이것, 저것 살펴보았다. 다이어리의 종류가 너무 많았다. A4, B5 등의 크기와 파란색, 노란색, 갈

색 등의 많은 색이 있었다. 나는 파란색을 좋아했다. 파란색의 B5 크기의 다이어리를 구매했다.

다음은 다이어리를 구매할 때 몇 가지 팁을 알려주고 싶다. 다음과 같다.

첫째, 크기를 확인하자

둘째, 색상을 확인하자

셋째, 가격에 민감하지 말자

첫째, 크기는 중요하다.

저자는 A4, B5, 손바닥 크기의 수첩을 사용해봤다. 사무실에서 사용하기 좋은 크기는 경험상 B5 크기이다. A4 크기는 면적이 커서 적을 공간이 많아서 좋다. 하지만 너무 커서 휴대하기에 불편한 점이 있다. 반면 B5 크기의 다이어리는 휴대하기도 좋고, 책꽂이에 정리하기도 효율적이다.

둘째, 색상을 확인하자

다이어리를 한 번 구매하면 매일 봐야 한다. 아침에 출근해서 퇴근할 때까지 보게 된다. 되도록 자신이 좋아하는 색상을 구매할 것을 권한다.

셋째, 가격에 민감하지 말자.

한 번 다이어리를 구매하면 1년간은 사용하게 될 것이다. 경험상 좋은 다이어리를 구매할 것을 권한다. 왜냐하면 종이에 질은 중요하다. 종이의 질이 좋지 않으면 다이어리에 적거나 필기를 할 때 불편함이 느껴진다.

사무실로 돌아와 다이어리를 처음 펼치면 기분이 좋다. 새해가 되면 전체 회의를 한다. 회의실에 새로 산 다이어리를 들고 갔다. 대부분 직원은 회사에서 나눠주는 연습장을 들고 갔다. 저자만 파란색 바탕의 다이어리를 들고 갔다. 직원들은 나의 다이어리가 궁금한지, 어떤 다이어리인지 물어봤다. 아마 다이어리인지도 몰랐을 것이다. 표지에는 그저 그해의 연도만 나와 있기 때문이다. 나는 서점에서 한 권 구매했다고 간단하게 응대했다. 아마도 다이어리의 중요성에 관하여 느끼지 못했을 것이다.

이미 앞장에서 다이어리의 중요성과 장점은 언급했다. 하지만 이번 장에서 한 번 더 언급하고 싶다. 그만큼 경험상 다이어리는 중요하고 직장생활을 하면서 유용하기 때문이다.

그것은 아래와 같다.

첫째, 일정 관리를 할 수 있다.

둘째, 업무의 우선순위를 정리할 수 있다.

셋째, 간편하다.

넷째, 효율적이다.

다섯째, 시간을 절약할 수 있다.

첫째, 다이어리에는 연간, 월간, 주간, 일일 단위별로 모두 표시되어 있다.

필요한 기간에 표시만 하면 된다. 일주일 후, 한 달 후에도 일정 표시가 필요하다면 해당하는 날짜가 적힌 페이지로 이동하여 적기만 하면 된다. 왜냐하면 다이어리 안에는 일일 단위로 날짜가 모두 적혀있기 때문이다. 일정관리로 어렵다면 다이어리를 강력히 추천한다.

둘째, 일일 단위별 업무를 모두 적어놓으면 우선으로 해야 할 업무가 보인다.

업무를 하면서 중요한 일은 표시를 해놓고, 그렇지 않은 경우는 우선순위를 뒤로하여 해결할 수 있다.

셋째, 간편하다.

한 권 안에는 달력, 메모지, 일정관리가 모두 가능하다. 다이어리와 펜만 준비하면 된다. 적당한 크기의 다이어리를 준비한다면 책상 위의 공간을 차지하지 않는다. 다른 달력을 추가로 놓을 필요가 없다.

넷째, 효율적이다.

1년간의 일정을 모두 관리할 수 있다. 단 한 권이면 충분하다. 일일 단위로 날짜가 적혀있기 때문에 일일 단위부터 연간일정으로 관리할 수 있다. 또한 일반 유선 노트와 달리 상단에 별도로 년, 월, 일을 적을 필요가 없다. 비록 겉으로 보기에는 별 것 아닐 수 있다. 하지만 직장 생활을 하며 느낀 것은 작은 차이지만 굉장한 차이이며, 내가 할 일을 하나라도 줄여주는 소중한 자산이다.

다섯째, 시간을 절약할 수 있다.

다이어리 한 권 안에 달력 기능, 메모지 기능, 일정관리 등을 해주니 자동으로 시간이 절약된다.

많은 사람이 새해가 되면 해돋이를 보기 위해 바다와 산으로 이동한다. 그곳에서 사람들은 새해에 많은 다짐을 할 것이다. 명문대 합격, 대기업 합격, 공무원 합격, 다이어트, 어학 능력 등이다.

이 글을 읽는 독자라면 새로운 시도를 했으면 싶다. 새해와 함께 새해의 다이어리를 구매하자. 다이어리를 구매하여 단순히 다짐만 하기보다는 다이어리에 새해 다짐을 적자!

오히려 적는 것이 단순히 다짐하는 것보다는 효과가 클 것이다. 이미 성공한 사람 중에는 종이에 자신의 목표와 희망 사항을 적고 실천하여 성공한 사례가 있을 것이다. 이제는 여러분이 성공할 차례라 생각한다. 여러분의 미래를 축복한다.

자기계발을 위한 나만의 실천비법

영국의 시인 존 드라이든은 말한다. 처음에는 우리가 습관을 만들지만, 그다음에는 습관이 우리를 만든다.

사람들은 많은 습관을 지니고 있다. 미소 짓는 습관, 칭찬하는 습관, 악수하는 습관 등 각자 자신만의 습관을 지니고 있다. 좋은 습관은 자신을 더욱 가치 있게 만들 것이다. 좋지 않은 습관은 자신의 잠재능력을 줄어들 게 할 수 있다. 이는 직장인에게도 마찬가지다. 직장인에게도 많은 습관이 있을 것이다. 일찍 출근하는 습관, 늦게 퇴근하는 습관, 퇴근 후 운동하는 습관, 퇴근 후 텔레비전 보는 습관 등이다. 이 중 자신을 위해 나쁜 습관보다는 좋은 습관을 지녀보자.

저자가 한 창 자기계발을 위해 시간을 투자하고 있을 때이다. 보통 아침에 일어나거나 퇴근 후 집에 오면 텔레비전부터 켠다. 텔레비전을 얼마나 즐겨 했는지 그대로 잠들어 버린 적이 한두 번이 아니다. 회사에서의 고단함을 텔레비전을 시청하며 풀었던 것 같다. 퇴근 후 집에 오면 무의식적으로 리모컨을 손에 들고, 텔레비전을 켰다. 또한 아침에 일어나면 자연스럽게 텔레비전을 켰다. 사실 텔레비전을 켠다는 것은 큰 문제가 아닐 것이다. 하지만 텔레비전을 켜면 나도 모르는 사이 빠져들게 된다. 10분만 보려던 마음은 30분으로 되어있고, 30분은 1시간 이상이 될 때가 많다.

그러던 중 저자가 이사하게 된 날이 있었다. 이사를 위해 짐을 옮겼다. 어느 정도 짐을 옮기고 정리를 했다. 일단 생활할 수 있을 정도로만 정리했다. 책, 옷, 전자레인지, 이불 등 각종 수납함에 넣었다. 그리고 나는 텔레비전을 설치했다. 텔레비전은 검은색의 직사각형 형태이다. 텔레비전은 생각보다 컸다. 텔레비전은 언제나 재미있었다. 나는 남은 짐을 더 정리하기 위해 방을 살폈다. 그런데 문득 텔레비전을 치워야겠다는 생각을 했다. 텔레비전을 치우고 자기계발에 집중해보자는 생각을 했다.

텔레비전을 치우자 놀라운 변화가 생겨났다. 일상에 변화가 있고 엄청 좋을 줄 알았다. 하지만 일상이 너무나 단조로웠다. 생각보다 지루했다. 하지만 한 가지 깨달은 점이 있다. 텔레비전을 보는 시간이 이렇게 길었는지 나조차도 놀랐다. 보통 퇴근하면 텔레비전을 보고, 저녁을 먹고 누워있으면서 보냈다. 하지만 텔레비전을 치우자 저녁 시간 이후의 시간에 공백이 생겼다. 자기계발을 시작한 나로서는 한편으론 좋은 일이라 생각했다.

텔레비전을 없애고 난 후 유행에는 조금 둔해질 순 있으나, 오히려 텔레비전 없는 게 익숙해졌다. 거기다 시간까지 확보했으니 자기계발에 집중하면 되는 상황이었다.

나는 퇴근 후 예전처럼 텔레비전 생각은 나지 않았다. 텔레비전을 보는 대신 독서와 운동을 했다.

혹자는 이런 나를 보고 놀랄 수 있다.

직장생활하면서 그럴 필요까지 있느냐고 말이다.

하지만 자기계발로 퇴근 후 제2의 인생을 준비한다면 당분간 텔레비전은 없앨 것을 권한다. 가혹하게 들릴 수 있지만, 단점보다는 장점이 많다.

텔레비전이 없을 때 장점은 다음과 같다.

첫째, 여유시간이 많아진다.

둘째, 자기계발에 집중할 수 있다.

셋째, 자기계발을 통해 제2의 인생을 준비할 수 있다.

첫째, 여유시간이 많아진다.

퇴근 후 텔레비전을 보고 있자면, 시간이 빨리 가는 것처럼 느껴진다. 특별히 하는 것 없이 누워있으면 어느새 시간은 어두운 밤이 되어 있다. 그런다고 좀처럼 일찍 잠을 자는 것도 아니다. 또 텔레비전을 보거나 빈둥거리다 늦게 잠이 들기 쉽다.

하지만 텔레비전을 없애고 난 후, 전에 느낄 수 없었던 여유를 느낄 수 있었다. 나는 이 시간을 좀 더 생산적으로 보내고 싶었다. 그래서 자기계발을 시작했다.

둘째, 자기계발에 집중할 수 있다.

텔레비전을 없앤 목적일 수 있다. 텔레비전을 없애고 난 후 시간이 생겼기 때문에 헛되이 보내고 싶지 않았다. 그래서 그 전보다 자기계발에 집중할 수 있었다.

셋째, 자기계발을 통해 제2의 인생을 준비할 수 있다.

이미 앞 전에서 설명했지만, 직장인은 언젠가 회사라는 안전한 울타리를 나가야만 한다. 이에 대비한 준비가 필요하다. 최대 길어봐야 60살이다. 길다면 길고, 짧다면 짧은 기간일 것이다. 하지만 현직에 있을 때 준비를 해나간다면 기간은 문제가 아닌 선택의 문제가 될 것이다.

텔레비전을 없애고 나면 시간이 늘어나는 것을 느낄 것이다. 평소와는 다른 여유로움이 느껴질 수 있다. 심하면 저자처럼 단조로움을 느낄 수 있다. 그래도 일단 텔레비전을 없앰으로 여러분은 새로운 도전과 시도할 기회를 만날 수 있다. 이 시간부터 여러분이 희망하는 자기계발을 위해 노력하면 된다. 저자는 직장생활을 하며, 제2의 인생을 미리 준비하면 좋겠다는 생각을 했다. 당장에는 안정적일지 몰라도 언젠가는 나가야 한다는 것을 깨달았기 때문이다. 그리고 미리 준비하지 않고 나갔을 때 겪게 될 어려움도 있을 거라 생각했다.

저자는 운동이 필요한 기간에는 운동을 했고, 독서가 필요한 시기에는 독서를 했다. 그리고 책을 출간하기 위해 따로 시간을 만들어 책을 쓰기 위해 노력했다.

저자는 직장인 이후, 인생의 준비를 위해 한 가지 특별한 행동을 시작했다. 그것은 내가 원하는 것을 적은 후 방 곳곳에 붙여놓았다. 그리고 나는 출근길과 퇴근 후 방에 들어오면서 그것을 보고 상상하기 시작했다. 또한 직장을 그만둔 이후의 삶을 확정할 수 없어서 지갑에 내가 되고 싶은 것을 적고 넣어 놨다. 그리고 시간이 날 때면 잠시 꺼내서 보곤 했다.

방안 곳곳에 붙인 종이 안에는 여러 종류의 내용이 있었다.

1. 보디빌딩 도전 및 자격증 취득
2. 무술 수련 후 자격증 취득
3. 내 이름으로 책 출간해서 부자 되기
4. 부자 돼서 무술 배우러 세계 누비기

5. 나만의 독서 스킬을 이용한 독서법 책 출간

6. 잠재의식 깨워서 성공하기

7. 목돈, 부 늘려서 부자 되기

8. 개인 수련 트레이닝 센터 갖기

9. 남들보다 빠른 퇴직 후 제2의 인생준비

10. 기타[승진, 영어 실력 원어민처럼 되기, 대학원 졸업]

나는 내가 원하는 것을 이루기 위해 지속해서 실천했다. 출근 전에는 새벽 시간에 운동과 식이요법을 병행했다. 출근 후 회사 내에서는 최대한 시간을 아끼고 효율적으로 일하기 위해 고민 끝에 나만의 일하는 방법을 찾아냈다. 퇴근 후에는 독서를 하고, 글을 쓰며 조금씩 준비를 했다. 금요일과 주말에는 무술 수련, 대학원을 다니며 미래의 나를 상상하며 준비해 나갔다.

지금 이 글을 읽는 독자 중 취업을 준비하는 독자에게 말해주고 싶다. 취업이 되었다고 끝이 아니다. 우리가 대학교를 입학하고 취업이라는 관문을 통과하듯, 취업이 되었다고 모두 끝난 것은 아니다. 취업과 동시에 여러분의 의지와는 상관없이 회사를 위해 일해야만 한다.

간혹 이미 취업을 했지만, 이직을 준비하거나 이직에 성공한 직장인을 볼 수 있을 것이다. 현재 다니고 있는 직장이 만족스럽지 않기 때문이다.

그래서 저자는 입사와 동시에 여러분의 미래를 준비하라고 말하고 싶다. 미리 준비한다면 여러분은 선택권이라는 선물을 가질 수 있다. 이러한 선물을 갖기 위해서는 여러분만의 준비와 선택이 필요하다. 저자는 이를 위해 텔레비전과 이별을 하였고, 내가 이루고 싶은 것을 목록화했다.

　이제는 여러분의 선택만이 남았다.
　그저 현재의 삶에 만족하는 척하며 살지,
　아니면 미리 남들보다 미래를 만들어 나갈지 말이다.

TIP

1) 잠에서 깨어났다면 물 한잔부터 마시자

(1) 혈액 순환에 좋다.
(2) 소화 기능에 좋다.
(3) 변비 예방에 좋다.

2) 기상 후에는, 이불 밖으로 무조건 나가자

(1) 알람이 울리면 일단 움직인다.
(2) 요가 매트라도 깔아 놓고, 이동하자.
(3) 운동화를 신고 문밖으로 나간다.

3) 출근 전 자기계발 리스트, 퇴근 후 자기계발 리스트를 정하자

(1) 자신의 성향을 파악한다.
(2) 새벽 시간과 저녁 시간의 자기계발 목록을 정하고 종이에 적는다.
(3) 하루에 한 가지씩 실천한다.
(4) 자신에게 가장 적합한 한 가지를 각각 선택한다.

4) 출근 후 업무의 시스템을 구축하여, 시간을 확보하자

(1) 다이어리 준비
(2) 책 상위 사무용품 진열
(3) 자주 쓰는 필기구는 꺼내 놓을 것.

5) 업무처리를 2배 높이는 2가지 비결

(1) 업무노트
(2) 화이트보드

6) 퇴근 30분 전에는 하루의 일과를 정리하는 시간을 갖자

(1) 퇴근 30분 전에는 아침에 작성한 업무리스트를 확인한다.

(2) 완료한 업무와 미 완료한 업무에 각각 표시한다.

① 완료한 업무: 삭선(-) 또는 동그라미(O) / 예: (O)주간업무 작성

② 미완성 업무: 화살표 표시(→) / 예: 월간업무 작성→

③ 중요업무: 브이표시(V) / 예: V 이사회 준비

 ※ 끝내지 못한 업무는, 다이어리에 다음 날 또는 적정한 시기에 다시 표기한다.

7) 새해가 되면 다이어리를 준비하자

(1) 연간일정, 월간일정, 하루 일정 기간별 관리에 효율적이다.

(2) 1년의 일정을 한 권으로 관리가 가능하다.

(3) 크기, 색상을 고려하여 비용이 들더라도 좋은 것으로 구매하자.

8) 자기계발을 위한 나만의 실천비법

(1) 텔레비전과 잠시 결별한다.

(2) 자신의 비전 및 희망사항을 적은 후 방안 곳곳에 붙여놓는다.

(3) 매일 보고, 상상하고, 말한다.

플러스 TIP 한글문서 단축키를 활용할 것

○ 블록설정 단축키

번호	내용	단축키	비고
1	블록 설정	f3+ ← / →	
2	낱말 블록	f3, 2번	
3	한 문단 블록	f3, 3번	
4	문서 전체 블록	f3, 4번	
5	원하는 만큼 블록 설정	shift+ ← / →	

○ 글자를 블록 설정한 상태, 편집 단축키

6	글자복사	ctrl+c	편집 – 복사하기
7	글자붙이기	ctrl+v	편집 – 붙이기
8	글자 잘라내기	ctrl+x	편집 – 오려두기
9	글자 되돌리기	ctrl+z	편집 – 되돌리기
10	글자모양	alt+L	서식 – 글자모양
11	검정 글자색	ctrl+m,k	서식 – 글자모양
12	빨간 글자색	ctrl+m,r	서식– 글자모양
13	파란 글자색	ctrl+m,b	서식– 글자모양
14	자간 넓게	alt+shift+w	서식 – 글자모양
15	자간 좁게	alt+shift+n	서식– 글자모양
16	줄간격 늘이기	alt+shift+z	서식– 문단모양
17	줄간격 좁이기	alt+shift+a	서식 – 문단모양

○ 문서 기본 상태, 편집 단축키

18	새 문서	alt+n	파일 – 새문서
19	저장하기	alt+s / ctrl+s	파일 – 저장하기
20	인쇄	alt+p / ctrl+p	파일 – 인쇄

※ 기본적이면서 자주 쓰이는 20개 단축키이다.

제 5 장

시간 관리가 지금의 나를 만들었다

나는 시간 관리를 통해
성공적인 삶을 살고 있다

그대는 인생을 사랑하는가? 그렇다면 시간을 낭비하지 말라. 왜냐하면 시간은 인생을 구성한 재료니까. 똑같이 출발하였는데, 세월이 지난 뒤에 보면 어떤 사람은 뛰어나고 어떤 사람은 낙오자가 되어있다. 이 두 사람의 거리는 좀처럼 접근할 수 없는 것이 되어 버렸다. 이것은 하루하루 주어진 시간을 잘 이용했느냐 이용하지 않고 허송세월하였냐 에 달려 있다. 벤자민 프랭클린의 말이다.

성공한 기업인에게 기본적으로 공통점이 있다. 그들은 매 순간 목표를 설정한다. 그리고 목표를 달성하기 위해 시간 관리를 한다. 그들은 하루의 우선순위를 중요도와 긴급함에 따라 분류한다. 그리고 정신이 가장 맑은 시간에 중요한 일을 처리한다. 그것은 남들이 잠든 새벽 시간일 수 있고, 업무를 시작하는 오전 시간일 수 있다. 그들은 시간에 대해서 남들과 다른 생각을 지니고 있다. 돈보다 시간을 중요시하며, 시간은 흐르면 결코 돌아오지 않는다는 사실을 알고 있다. 그래서 그들은 누구보다 시간을 중요시한다. 저자 또한 직장생활을 하면서 이러한 점을 많이 깨달았다. 1년 차의 직장인이었던 나는, 어느덧 2년, 3년, 4년, 5년 차를 넘어서고 있다. 이러한 생각이 들며 나 또한 시간이 정말 중요하단 생각이 들었다. 이러한 생각으로 나는 미래에 대한 준비를 할 수 있었다.

저자가 직장생활 3년 차 즈음 변화가 필요하다는 생각이 들었다. 입사 초기와는 달리 점점 무기력해지는 것 같았다. 열정적이었던 나의 모습은 점점 없어진 듯했다. 이러한 생각이 들 때 즈음에는 종종 친구들과 직장생활에 대해 이야기하곤 했다. 친구들도 비슷한 고민이 있는 듯했다.

나는 종종 대학원에 대해 생각했다. 하지만 항상 그래왔듯 생각만하고 실천으로 옮기지는 않았다. 왜냐하면 비싼 등록금, 시간을 투자해야 했기 때문이다. 나는 일단 지원만 해보자는 생각을 했다. 내가 많은 생각을 해도 일단 합격을 해야 판단할 수 있겠다는 생각을 했다. 나는 몇 군데의 대학원을 알아보았다. 평일에 가야 하는 곳, 계절 학기를 다녀야 하는 곳, 주말에 다니는 곳 등 종류가 많았다.

평일은 직장을 가야 해서 아무래도 힘들 것 같았다. 그래서 나는 주말에 다닐 수 있는 한 곳을 선택하여 지원했다. 다행히 1차 서류는 합격하였다. 그리고 2차 면접시험이 남았다. 면접 당일 학교에는 많은 지원자가 있었다. 많은 지원자를 보고 놀랐다. 생각보다 많은 인원이 대학원에 입학하기를 희망했다. 나는 지원자가 많지 않을 거라 짐작했다. 하지만 그것은 나의 착각이었다. 많은 지원자로 인해 불합격할 수 있겠다는 생각을 했다. 면접장에는 3명의 교수가 있었다. 서로 돌아가며 질문을 하였다. 지원동기, 하고 있는 일 등에 대해 물었다. 나는 차분히 답변하였다. 그렇게 시간이 흘렀고, 나는 운이 좋게 합격하였다. 막상 합격하니 안도의 한숨이 나왔다.

하지만 평일에는 일하고, 주말에 학업을 병행해야 한다는 생각에 나는 고민이 되었다. 그리고 학자금 대출을 또 받아야 하는 상황도 나의 고민을 증가시켰다. 그래서 나는 일단 1학기만 다녀보자는 생각을 했다. 그리고 나와 맞지 않는다면 그만둘 생각을 하였다. 그렇게 하여 나는 지금까지 일과 학업을 병행하고 있다.

내가 만약 계속 고민만 했다면 나는 아마 지금까지도 고민만 하고 있었을 것이다. 할까? 말까? 라는 질문 속에서 많은 시간을 낭비했을 거라 생각한다. 하지만 일단 합격을 목표로 지원하였고, 운 좋게 합격할 수 있었다.

만약 불합격했어도 나의 마음은 홀가분했을 것이다. 왜냐하면 주말의 시간을 다른 자기계발로 활용할 수 있고, 값비싼 학자금을 대출하지 않아도 되기 때문이다.

위의 사례를 통해 저자가 대학원에 대해 좋고 나쁨을 이야기하고 싶은 것이 아니다. 저자가 하고 싶은 말은 시간에 대해 말하고 싶다. 대부분 직장인이라면 주말에 쉬거나 놀고 싶을 것이다. 그리고 만약에 저자와 같이 고민을 한다고 해도, 많은 시간을 고민만 한 채 헛되이 보낼 수 있기 때문이다. 그래서 저자는 강조하고 싶다. 시간에 대해서 말이다.

저자와 같이 고민하는 직장인이 많을 것이라 생각한다.

꼭 대학원이 아니더라도, 하고 싶고 되고 싶은 게 있다면 행동으로 옮기자!

그 행동이란 내가 할지와 말지에 대한 선택이다. 이런 상황에 중간은 없다. 내가 하면 하는 것이고, 하지 않으면 안 하는 것이다. 하게 되면 시간과 비용 노력이 필요할 것이다. 하지 않는다면 맘 편히 쉬고 놀수 있는 것이다. 중요한 것은 선택이다. 할까 말까 고민하면서 시간을 낭비하지 않았으면 좋겠다.

만약 무엇인가 해야 할지 고민이 될 때는 아래와 같이 생각할 것을 권장한다.

그래야 시간을 관리할 수 있다.

첫째, 했을 때의 장점과 단점을 분석한다.
둘째, 하지 않을 때의 장점과 단점을 분석한다.

셋째, 고민에 대한 데드라인을 정한다. (선택)

넷째, 확신이 들 때까지 고심한다.

다섯째, 선택을 했다면 밀고 가라.

저자의 경우 무엇인가 고민이 되면, 먼저 둘 사이의 장점과 단점을 분석한다. 먼저 했을 때의 좋은 점과 반대의 경우를 분석한다. 그리고 하지 않았을 때의 장점과 단점을 분석한다. 그리고 고민을 오랜 기간 할 수 없으니, 데드라인을 정해서 그때까지 결정하려고 노력한다. 하지만 결정이 쉽게 되지 않을 수 있다. 그런 경우에는 확신이 들 때까지 고민해도 좋다. 그리고 한 가지를 선택한다. 선택할 때는 5년, 10년 후 후회하지 않고 1가지라도 장점이 많은 것을 택하려고 노력했다. 선택 했다면 후회하지 말고 밀고 나가자. 계속 고민만 하며 시간을 헛되이 보내는 것보다 유익할 것이다.

저자가 남들보다 빠른 퇴직준비를 해야겠다는 마음을 다짐했을 때이다. 저자는 직장에 다니며, 책 쓰는 법에 관하여 배웠다. 비용도 많이 들고, 시간도 많이 필요했다. 혼자서 쓸까 고민도 했다. 혼자 쓰면 쓸수는 있겠다는 생각을 했다. 하지만 최소 1년은 소요될 것으로 예상했다. 그래서 저자는 힘들어도 혼자서 책을 출간하는 것과 배워서 출간하는 사이에서 고민을 했다. 일주일 이상은 고민했다. 등록 1일 전 나는 결정했다. 비용은 많이 들겠지만, 이것은 나의 자기 발전을 위한 것이고, 시간은 나중에 결코 살 수 없는 것을 알고 있었기 때문이다. 그래서 저자는 수업 1일 전 학원에 등록했다. 그리고 나는 절박한 심정으로 미친 듯이 글을 썼다. 이런 나의 절박함이 통한 건지, 내가 원하는 시기에 책을 출간할 수 있었다.

비용으로 많은 부담이 되었다. 하지만 시간을 산다는 생각으로 시작했다. 나는 돈이 아까워서라도 꼭 미래를 준비한다는 절박한 심정으로 미친 듯이 썼다. 책을 쓰는 동안 나는 스스로에 대한 감동과 반성을 많이 했다. 그리고 한편으로는 현재의 직장에 대한 감사함도 들었다. 지금의 직장이 있었기에 나는 비용과 시간을 투자할 수 있었기 때문이다. 그렇게 하여 나는 내 인생의 첫 책인《군대에서 하는 미라클 독서법》을 펴낼 수 있었다. 나는 책을 쓰면서 책 쓰기 자기계발이 어쩌면 내 마지막 자기계발이 될 수 있겠다는 생각도 하였다.

시간과 관련하여 나는 유명한 사람을 소개하고 싶다. 그는 보디빌딩의 챔피언이 되기 위해 하루에 5시간을 운동했다. 운동만 하며 돈을 벌 수 없어, 공사장에서 일했다. 공사장에서 번 돈으로 영양섭취에 필요한 음식을 샀다. 또한 미래의 배우가 되기 위해 연기수업을 1주일에 4번을 갔다. 그는 하루의 1분도 낭비하지 않기 위해 노력했다. 그는 영국으로 넘어가 20대에 가장 젊은 보디빌딩 챔피언이 되었다. 그는 먼저 자신이 하고 싶은 목표를 설정하였고, 이를 달성하기 위해 자신의 시간을 헛되이 보내지 않았다.

한국에서도 유명하다. 대부분의 사람은 한 번쯤은 들어봤을 것이다. 그는 영화 터미네이터의 주인공 '아놀드 슈왈제네거'이다.

그는 하루의 시간을 24간이라 말한다.

그중 6시간은 잠자는데 보낼 것이고, 6시간을 자는 데 보내면 우리에게 18시간이 남는다. 그리고 8~10시간은 일하는데 보낼 것이다. 그러면 나머지 8시간이 우리에게 남는다. 이 시간을 여러분은 어떻게 보낼 것인가. 이 시간을 계획적으로 보내고 열심히 노력한다면 여러분은 새로운 삶을 살 기회를 맞이할 것이다.

이는 직장인에게도 해당한다고 생각한다.

우리는 6시간 잠을 자고, 8~10시간 일을 할 것이다. 그럼 나머지 8시간이 남는다. 이 중 4시간 정도를 출근과 퇴근, 식사시간 등으로 사용할 것이다. 그래도 우리에게는 4시간이 남을 수 있다. 4시간을 어떻게 활용할지는 전적으로 자신에게 달려 있다고 생각한다. 이 시간을 그저 남들과 흘려보낼지 목표를 설정하고, 하루하루 계획적으로 보낼지 선택하자. 만약 지금 삶이 만족스럽다면 그냥 보내도 좋다. 하지만 그렇지 않다면 오늘부터 시작해도 늦지 않았다. 목표를 세우고 그 목표를 달성하기 위해 실천하자. 여러분은 수백 명의 경쟁률을 뚫고 지금의 자리에 올라왔다. 여러분이 마음먹고 실천한다면 못 할 일이 없다고 생각한다. 여러분의 앞날을 응원한다.

시간 관리는 선택이 아닌 필수이다

"비록 사용할 수 있는 시간이 10분밖에 안 되더라도, 우선순위를 설정하라." 로타르 J. 자이베르트의 말이다.

성공한 사람들의 공통적인 특징 중 한 가지는 남들과 다른 결단력이 있다. 그 결단력 안에는 자신만의 시간 관리 법칙이 있었다. 시간 관리로 유명한 사람 중 한 명인 벤저민 프랭클린은 자신만의 시간 관리 방법으로 지금의 자리에 올랐다고 한다. 그의 시간 관리는 24시간을 균형 있게 분배하였다. 그것은 다음과 같다.

업무시간 9시간, 잠자는 시간 7시간, 식사 및 여가 5시간, 자기계발을 위해 3시간으로 나누어 하루를 관리했다. 그는 이러한 시간 관리 덕분에 자신이 지금의 위치에 올라왔다고 한다. 이러한 시간 관리는 모두에게 필요하다고 생각한다. 그중 직장생활을 하는 직장인에게 더욱 필요하다.

저자가 직장생활을 시작한 지 얼마 되지 않았을 때, 시간 관리의 중요성에 대해 큰 고민은 하지 않았다. 아침에 출근하여 오전 근무 후 점심시간에 밥을 먹는다. 밥을 먹고 오후 시간이 되면 오후 근무를 한다. 그리고 퇴근 시간이 되면 퇴근을 하였다. 하루의 큰 계획을 세우기보다는 그냥 하루에 주어진 시간 테이블에 맞춰 일하기 바빴던 것 같다. 그래서 야근을 할 때도 당연히 받아들였다. 그러던 어느 날 문득 한 가지 생각이 떠올랐다. 하루에 8시간이나 일하는데 일이 끝나지 않을까 하는 의구심이 들었다. 8시간은 결코 작은 시간이 아니었다.

나는 이런 의구심이 들은 후 내 업무시스템에 문제가 있음을 생각했다. 그리고 다음과 같은 나만의 업무원칙을 생각했다.

첫째, 업무시간에는 업무에 집중한다.
둘째, 불필요한 생각과 말을 줄인다.
셋째, 업무에 불필요한 행동을 삼간다.

첫째, 업무시간이 되면 업무에 집중하려고 노력했다.
책상부터 일과 관련이 없는 것은 정리했다. 집중하는 데 방해가 되는 것은 보이지 않게 하고 싶었다. 누군가 나를 찾는 일이 없다면 책상에 앉아 모니터를 보고 다른 곳에 주의를 기울이지 않았다. 중요한 일이 아니라면 불필요하게 인터넷에 들어가거나 핸드폰을 만지는 행동도 삼갔다. 전화가 울리면 최대한 빨리 받기 위해 노력했다.

둘째, 불필요한 생각과 말을 줄이기 위해 노력했다. 아마 많은 사람이 일어나지도 않은 일들과 걱정에 불필요한 생각을 할 수 있다. 불필요한 생각은 자신의 에너지를 낭비함은 물론 기분을 좋지 않게 한다. 직장에서 일할 때도 마찬가지이다. 다른 중요한 사항이 아니라면 내가 하고 있는 업무에 집중하였다. 특히, 다른 기관과 전화할 때도 적용했다. 전화통화를 하면서 말을 많이 하고, 논지에 벗어나는 통화를 하는 경우가 있다. 이러한 문제를 방지하기 위하여 상대방이 기분이 상하지 않는 범위 내에서 필요한 말만 주고받았다. 왜냐하면, 나도 시간을 낭비하고 싶지 않은데, 상대방도 불필요한 말로 전화를 오래 하고 싶지 않을 것이기 때문이다. 또한 상대방도 많은 업무로 바쁠 것이라 생각했다.

셋째, 업무에 불필요한 행동을 삼간다.

사무실 내에서는 불필요한 행동을 삼가려고 노력했다. 쉬운 예로 물을 한잔 마시러 갈 때 큰 통을 준비한다면 오랜 시간 마실 수 있다. 하지만 작은 컵으로 물을 마신다면 우리는 한 컵 마시고, 또 물을 마시기 위해 이동해야 할 수 있다.

또한 업무 시간에도 시간을 낭비하지 않기 위하여, 업무에 필요한 정보를 생각하여 나만의 업무시스템을 구축했다. 각 사업별 담당자와 전화번호를 입력하여 출력하였고, 주간업무계획을 한눈에 볼 수 있도록 붙여놓았다. 특히 전화번호의 경우 나의 업무시간을 단축해 주었다. 한 명의 전화번호를 확인하기 위해, 핸드폰에 있는 정보를 찾아보거나 컴퓨터 파일을 일일이 열어봐야 했지만, 출력해서 붙여놓으니 바로 확인할 수 있는 장점이 있었다.

이러한 시간 관리의 시작은 나에게 조금씩 변화를 주기 시작하였다. 시관 관리는 나의 일상에 변화를 주기 시작했다.

그것은 다음과 같다.

첫째, 업무 시간에 온전히 집중할 수 있었다.
둘째, 주어진 시간에 업무를 끝낼 수 있었다.
셋째, 퇴근 후의 삶을 계획할 수 있다.

시간 관리에 대한 중요성을 깨달은 후 업무를 바라보는 시각이 달라졌다. 업무는 단기간에 집중해서 끝낼 수 있도록 생각을 바꾸었다. 그래서 업무를 맡게 되었을 때 최대한 단기간에 업무를 끝내는 것에 초점을 맞췄다. 업무를 끝내기 위해서는 그 업무의 핵심적인 면을 먼저 파고들었다. 예를 든다면, 어떤 안건에 대한 개선(안)을 계획한다고 가정한다면, 개선하기 위한 문제점과 해결방법에 초점을 맞추었다. 그 이외의 부수적인 것들은 추후 고민했다. 이러한 시각은 보고서를 쓸 때도, 현장을 먼저 찾고 그 현장을 토대로 문제점과 해결방안에 고민하였다. 이렇게 업무를 처리하자 오히려 내게는 퇴근 후의 삶이 그 전보다 보장되었다. 그래서 업무를 할 때 야근을 하지 않는다는 각오로 임하였고, 최대한 퇴근 시간 전에는 모든 업무를 끝마치기 위해 집중하였다.

이러한 시간 관리는 저자가 휴가를 갈 때도 적용되었다. 저자는 휴가 기간을 활용하여, 해외여행을 다녀온 경험이 있다. 해외여행을 다니는 이유는 한 살이라도 젊었을 때 다양한 문화를 접하고 다른 세계를 경험하고 싶었다. 그리고 현재 경제적인 활동을 할 수 있을 때 여행도 가능함을 알았기 때문이다. 직장이 없던 구직활동 시절에는, 취업 때문에 시간도 없고, 여유가 없다. 특히 경제적인 비용이 많이 들어 여행 갈 생각은 어려웠다. 이러한 점을 고려할 때, 휴가와 경제력은 직장인 시절 느낄 수 있는 장점이라 말하고 싶다.

휴가를 가기 전에는 휴가 다녀온 이후의 업무에 대해서 계획하고 출발했다.

특히 휴가 복귀 이후는 몸의 피곤함까지 고려하여 시간을 분배했다. 종종 직장인 중 금요일부터 월요일 새벽까지 여행을 다녀온 이후 바로 출근하는 직장인을 본 적이 있다. 저자도 한번 경험을 했다. 하지만 경험상 추천하기는 쉽지 않다. 여행에도 장점과 단점이 존재한다. 대부분이 여행을 가면 좋기만 할 거로 생각하지만 여행도 일종의 에너지

활동이다. 그래서 여행을 다녀오면 피곤할 수밖에 없다. 그러면 우리는 일에 집중하지 못할 것이다. 그래서 휴가계획을 세울 때도 휴가를 다녀온 이후 자신의 몸 상태, 업무 상태를 고려하여 일정을 계획하는 게 좋다.

직장에서 시간 관리가 필수인 이유가 있다.

그 이유는 다음과 같다.

첫째, 바쁜 일상에 익숙하다.

한국의 문화 중 한 가지는 '빨리빨리'하는 것을 좋아한다. 여유가 없어 보일 정도이다. 바쁨에 치여 얼굴에는 근심이 가득하다. 이러한 빠른 일상 속에서 자신의 가치를 잃지 않기 위해서라도 24시간을 계획 있게 활용해야 한다.

둘째, 시간이 제한적이다.

하루의 시간은 24시간이다. 누군가는 10분의 시간을 아무것도 아닌 것처럼 흘려보내지만, 자투리 시간조차 활용하는 사람은 10분이라는 시간을 활용하여 새로운 습관을 만들 수 있다.

셋째, 일과 휴식의 조화가 필요하다.

일과 휴식의 조화는 중요하다. 아무리 일을 좋아한다 할지라도 우리에게 휴식은 필요하다. 낮이 있으면 밤이 있듯이, 우리도 낮에 일했다면 밤에 잠을 통해 휴식을 취해야 한다. 이렇듯 업무를 할 때 시간 관리를 통해 퇴근 이후의 삶을 계획하여 자신을 위해 투자하는 시간을 갖는 것은 중요한 것이다.

시간 관리는 선택이 아닌 필수다. 사람들은 시간이 부족하다고 말하지만, 시간이 무한한 것처럼 행동한다. 시간을 관리한다는 것은 우리의 삶을 관리하는 것과 같다고 생각한다. 이러한 생각과 원리를 입사 초기에 깨달았다면 나의 직장생활의 질적인 면은 달랐을 것이다. 독자 중 직장인이라면 어느 정도 이해할 것이다. 직장생활의 1차 목적이 생계를 위한 방편일 것으로 생각한다. 하지만 직장이 아무리 좋다 할지라도 개인의 즐거움과 행복이 없다면 오래 지속 할 수 없을 것이다.

우리는 자신의 인생을 위해서라도 시간 관리는 선택이 아닌 필수이다. 왜냐하면 우리는 항상 과거를 돌아보며 빠른 세월 속에 항상 아쉬움을 생각하기 때문이다. 이 책을 읽는 독자가 있다면 지금부터라도 시간 관리를 통해 삶을 좀 더 풍요롭고 즐겁게 살았으면 싶다.

이른 아침으로
이른 퇴직준비를 하자

"흔히 사람들은 기회를 기다리고 있지만, 기회는 기다리는 사람에게 잡히지 않는 법이다. 우리는 기회를 기다리는 사람이 되기 전에, 기회를 얻을 수 있는 실력을 갖춰야 한다. 일에 더 열중하는 사람이 되어야 한다." 도산 안창호의 말이다.

과거의 사회는 국가가 주도하여 성장을 하고 발전했다. 그 당시는 많은 일자리가 있었으며, 한 번 직장은 평생직장이라고 생각했다. IMF 외환위기 이후 이러한 상식은 파괴되었다. 더 이상 평생직장이란 개념은 사라졌다. 100세 시대가 된 이후 이러한 개념은 더욱 단단해졌다. 한국의 평균 퇴직 연령은 49세 정도이다. 결국 한 곳에 머무를 수 있는 나이는 한계가 있다. 4차 산업혁명 시대가 도래하고, AI 시대가 다가올 것이라고 예상되는 시기에 미래에 대한 준비는 선택이 아닌 필수가 되었다. 이런 준비를 나중이 아닌 오늘부터 시작해야 하는 이유다. 특히 간과하기 쉬운 우리의 새벽 시간은 준비하기 최고의 시간이다.

저자가 새벽에 운동을 위해 체육관에 가던 시절이다. 빠르면 새벽 5시 30분 즈음에 도착했다. 보통은 6시 즈음에 도착했다. 먼저 러닝머신에서 몸에 열을 낸 뒤, 스트레칭을 했다. 몸이 어느 정도 풀리면, 헬스 기구를 활용하여 본 운동을 시작했다. 운동하면서 놀란 점은 이전 장에서 설명했지만, 젊은 층은 거의 없었다. 대부분이 아버지 정도의 나이가 되어 보였다. 추후 알게 된 사실은 대부분이 간부급의 사람이었다. 그들은 새벽 시간에 틈을 내어 운동했다. 새벽에 무엇인가를 한다는 것은 결코 쉬운 일이 아니다. 하지만 새벽 시간이 인생에서 중요한 것임을 알기에 지속했다.

나는 새벽 시간 운동을 통해 변화를 경험했다. 운동을 통해 맑은 정신과 체력을 유지할 수 있었다. 그래서 아침에 일어나 2시간은 여러분을 위해 투자할 것을 권하고 싶다. 꼭 운동하지 않아도 된다. 대신 아침에 여러분의 삶을 위해 투자하라고 권하고 싶다. 새벽에 일어나 이불 속에서 나오자. 일어나자마자 물 한 컵으로 피곤한 정신을 깨우자. 정신을 깨워 소중한 하루를 시작할 준비를 하자.

출근 전 무엇인가를 하기는 쉽지 않을 것이다. 이미 우리는 일상 속에서 피곤함이라는 단어에 속아 자신을 잃어버리기 때문이다. 이제라도 이러한 고리를 끊자. 아침에 실천하기 어렵다면 다음과 같은 목표를 갖자.

첫째, 퇴직 이후의 삶

둘째, 빠른 노후 준비

셋째, 행복한 삶

우리는 언젠가 퇴직이라는 문을 통과해야 한다. 이제 막 입사한 신입직원, 3년 차에 접어든 대리급, 5년 차인 차장급, 이제 퇴임을 2년 앞둔 팀장처럼 말이다. 퇴직한다는 것은 누구나 아는 사실이지만 때론 간과할 수 있는 사실이다.

그래서 우리는 우리가 맞이하게 될 노후라는 준비를 해야 한다. 어쩌면 우리가 현재 직장생활을 하는 최종목적일 수 있다. 그리고 노후가 준비되어야 행복이라는 선물을 맞이할 수 있다.

그래서 이제 구직활동을 하는 독자에겐 입사와 동시에 퇴직 이후의 삶을 미리 준비할 것을 권하고 싶다. 그중 한 가지 반드시 고민해야 할 것은 '노후 준비'이다. 노후 준비를 하려면 경제에 대해 공부해야 한다. 학창시절 경제에 관해 배우지 못했다. 하지만 자본주의 시스템에서 경제를 모르면 부라는 것을 거머쥐긴 어려울 것이다. 거머쥔다 해도 그것은 쉽게 무너질 수 있다. 만약에 새벽 1시간만 투자하여 1년간 공부한다면 여러분은 아마 저자보다 경제에 관한 지식이 쌓일 것이다.

그리고 쌓인 지식을 바탕으로 경제적 지혜를 발휘하여 부자가 될 것이다. 꼭 새벽 시간을 활용했으면 싶다.

새벽형 인간 중에는 공통적인 한 가지가 있다. 그것은 성공할 확률이 높다는 것이다. 대표적인 예로 스타벅스의 CEO 하워드 슐츠, 현대그룹의 창업주 고 정주영 회장 등이다. 또한 어느 책에서 자수성가한 100명을 조사했는데, 그중 80% 이상이 새벽 4시에서 6시경에 일어난다고 한다. 그만큼 새벽 시간대는 중요하고 성공할 확률이 높은 것이다. 새벽 시간에는 해가 떠오르지 않았지만, 점차 떠오르는 시점이다. 이 시간은 모든 생명체가 새로운 시작을 준비한다. 이 시간의 새벽 공기는 어느 때 보다 맑다.

아직 새벽에 일어나 무엇인가 준비하기 어렵다면, 일주일 중 단 하루만 시도해 보자. 단 하루 중 1시간만 투자해 보자. 맑은 공기 속에서 온전히 나를 만나는 시간을 가져보자. 온전한 나를 통해 오늘의 할 일을 생각해도 좋다. 또는 자기계발을 위한 공부를 해도 좋다. 건강을 위해 운동을 해도 좋다. 중요한 것은 새벽 시간의 중요성을 깨닫는 것이다. 그리고 그 깨달음을 실천에 옮긴 것에 의미가 있다.

새벽 시간의 중요성을 깨닫게 되면 하루의 시간은 남과 다르게 바뀔 것이다. 그리고 한번 몸에 생긴 습관은 끊을 수 없을 것이다. 왜냐하면 자신이 발전하고 있음을 느끼기 때문이다. 그리고 이미 새벽 시간을 통한 성공은 입증된 사례가 많다. 이렇게 좋은 일을 아직 시도조차 하지 않고 있다면 안타까울 따름이다.

우리는 배가 고프면 식당에 간다. 식당은 중식당, 한식당, 서양식당 등 다양하다. 음식점에 가면 우리는 메뉴로 고민을 한다. 무엇을 먹을지, 어떤 음식을 먹어야 좋을지 많은 고민을 한다. 그리고 우리가 핸드폰을 바꾼다면 많은 비교와 고민을 할 것이다. 관련된 사이트를 들어가서 가격, 품질, 성능 등 신중하게 비교·검토할 것이다.

하지만 우리가 매일 부족하다는 시간에 관하여는 관대한지 모르겠다. 시간은 돈으로 살 수 없다. 우리가 나이가 듦에 따라 세월은 흐르게 마련이다. 우리가 보내기 싫어도 시간은 자동으로 흘러간다.

아침에 무엇을 해야 우리에게 좋을지, 1년 후 나의 삶은 어떻게 보낼지, 3년 후 나의 삶을 어떤 식으로 추구할지 말이다. 그리고 우리가 은퇴 이후에는 어떻게 살 것인지에 대한 신중한 고민이 필요하다. 성공한 사람들은 아침에 운동을 즐겨한다. 꼭 힘든 운동이 아니어도 몸을 풀고 하루를 시작할 준비를 한다. 그중 기업의 중요한 책임을 맡고 있는 오너들의 경우 아침에 운동을 즐겨한다. 그들은 회사의 책임자이다. 그들에게는 남들이 하지 못하는 '결단'이라는 것을 해야 한다. 만약 한 번 결단을 잘못 내린다면 자신은 물론 직원들까지 피해가 가기 때문이다.

이러한 결단을 내리기 위해서는 남들과 달라야 했을 것이다. 그래서 그들은 고요한 시간인 새벽에 남들보다 일찍 일어나 하루를 시작할 것이다. 그리고 그들은 지속한다. 중간에 멈추지 않는다. 독서를 좋아한다면 책을 읽으며 하루를 준비했을 것이다. 운동을 좋아한다면 매일 아침 땀을 흘리며, 하루를 준비했을 것이다.

새벽에 일어나면 알 게 될 것이다. 새벽 시간은 어느 누구에게도 방해받지 않는다는 것이다. 각종 전화, 메신저, 메일, 문자, 상사의 지시 등 어느 것 하나 방해할 요소는 없다. 방해한다면 자신뿐일 것이다.

지금 이 글을 읽는 독자 여러분에게 물어보고 싶다. 아침에 일찍 일어나서 여러분은 무엇을 하고 싶은가. 누군가는 독서를 할 수 있다. 누군가는 글을 쓸 수 있다. 조용히 명상하면서 보내고 싶을 수도 있다. 누군가는 아침에 일어나는 게 싫을 수 있다.

세상에는 많은 진실이 있다. 사람은 음식을 먹어야 살 수 있다. 사람은 물을 마셔야 생존할 수 있다. 사람은 사랑을 통해 서로를 이해할 수 있다. 사람은 우정을 통해 어려움을 헤쳐나갈 수 있다. 우리는 100세 시대로 불리는 사회 속에 살고 있다. 그리고 또 한 가지가 있다. 우리가 현재 다니고 있는 직장이라는 곳은 언젠가 나와야 한다. 그 언젠가는 1년 후가 될 수 있고, 3년 후가 될 수 있고, 5년, 10년 후가 될 수 있다. 우리는 현재 직장을 하루 다니지만, 하루 줄어든다고 말할 수 있다. 그래서 우리는 항상 준비해야 하는 자세가 필요하다. 준비를 위해 이른 새벽 아름다운 해와 함께 시작한다면 우리의 퇴직 후의 삶도 아름다울 것이다.

하루의 시간 관리를
소홀히 하지 말자

"오늘 하루를 헛되이 보냈다면 커다란 손실이다. 하루를 유익하게 보낸 사람은 하루의 보물을 파낸 것이다. 하루를 헛되이 보냄은 내 몸을 헛되이 소모하고 있다는 것을 기억해야 한다." 앙리 프레데리크 아미엘의 말이다.

대부분 사람에게 하루는 중요하다. 때에 따라 하루의 중요성은 사람에 따라 다를 것이다. 현재 대학입시를 위해 공부하는 학생에게 하루는 소중할 것이다. 취업을 위해 구직활동을 하는 취업 준비생에게도 하루는 중요할 것이다. 공무원 시험 합격을 위해 준비하는 사람 또한 하루는 중요할 것이다. 반면 싫은 일을 억지로 하는 사람에게 하루는 늦게 갈 것이다. 가기 싫은 학교에서 억지로 공부하고 있는 학생에게 하루는 지루할 것이다. 중요한 것은 하루의 시간이 모두에게 공평하고 같다는 것이다. 이러한 하루를 어떻게 보내느냐에 따라 우리의 미래는 달라질 것이다.

　하루의 시간은 24시간이다. 직장인은 24시간 중 3분의 1의 시간을 직장에서 보내야 한다. 직장인은 업무시간을 제외한 시간에 자기계발을 해야 한다.

　저자는 아침 기상 후 새벽 시간을 활용하여 독서를 하였다. 이미 앞 장에서 일부 언급하였다. 독서는 인생에 있어 중요하다고 생각한다. 그래서 이번 장에서는 저자가 직장생활 하며 독서 할 수 있었던 시간 관리에 관하여 설명하겠다. 직장인에게 시간은 황금과 같다. 그만큼 바쁘고, 시간이 많지 않다. 한 권의 책을 읽으려면 많은 시간이 필요할 것이다. 책에 익숙하지 않다면 한 권의 책을 읽다 보면 지쳐서 포기할 수도 있다. 이러한 직장인을 위해 독서를 위한 시간 관리법에 대하여 몇 가지 팁을 설명하겠다.

　첫째, 독서를 우선순위로 올려놓자.
　둘째, 출·퇴근 시간을 활용하라
　셋째, 틈틈이 읽어라

　첫째, 독서를 하루의 1순위로 놓자.
　독서를 하루의 우선순위로 놓으면, 자동으로 독서와 친해질 수 있다. 책은 최대한 잘 보이는 곳에 놓자. 집이나 직장에서 이동할 일이 생긴다면 책을 항상 가지고 다니자. 처음에는 어려울 수 있으나 습관을 들인다면 충분히 해낼 수 있다.

둘째, 출·퇴근 시간을 활용하라

직장인에게 출·퇴근 시간도 일거리 중 하나이다. 그만큼 직장으로 향하는 것은 힘들다. 그런 만큼 출·퇴근 시간에 주로 핸드폰을 활용하여 게임을 하거나 인터넷 서핑을 할 확률이 높다. 독서를 하루의 우선순위로 올려놓고 출·퇴근 시간에 독서 할 것을 권한다.

출근길에 지하철을 탄다면 독서 하기 좋다. 버스를 타거나 운전을 한다면 오디오를 통해 독서를 하자. 만약 걸어 다니는 상황이라면 출근하기 전 집에서 10분 만이라도 읽고 출근하자. 퇴근할 때도 마찬가지이다. 지하철을 탄다면 퇴근길에 책을 읽으면 좋을 것이다. 버스를 타거나 운전을 한다면 오디오를 통해 듣고, 걸어야 한다면 직장에서 나오기 전에 10분 만이라도 읽고 퇴근하자.

아침에 독서를 하면 많은 장점이 있다.
그것은 다음과 같다.

첫째, 집중할 수 있다.

이른 아침 시간은 대부분이 잠들어 있는 시간이다. 분위기는 고요하고 방해하는 요소는 거의 없다. 이런 시간에 책을 읽는다면 온전히 책에 집중할 수 있다.

둘째, 좋은 습관을 형성한다.

이른 아침에 일어나기란 쉽지 않다. 일찍 일어나 독서까지 한다면 박수받을 만한 일이다. 이러한 생활을 1달만 유지하자. 이 한 달이 2달이 되고 1년이 될 수 있다. 1년 후에는 부지런한 습관과 독서 하는 습관까지 얻게 될 것이다.

셋째, 지식과 지혜를 얻을 수 있다.

책 속에는 다양한 지식을 담고 있다. 그러한 지식을 통해 우리는 간접경험을 할 수 있다. 모든 것을 직접 하기란 사실상 쉽지 않다. 우리에게 부여된 시간은 한정적이기 때문이다. 독서를 한다면 간접경험을 통해 지식을 쌓을 수 있고, 이러한 지식을 활용하여 실수를 줄일 수 있는 지혜를 가질 수 있다.

이러한 하루하루의 시간을 관리하여 '하루에 1권 독서'에 성공한 사람이 있다. 그 사람은 『1천 권 독서법』의 저자 전안나 작가이다.

그녀는 우연히 회사에서 제공한 교육시간에 2천 권을 읽으면 머리가 트일 수 있다는 말을 듣고 독서를 시작했다고 한다. 그 날부터 하루 한 권 책을 읽기 시작했다고 한다.

전안나 작가는 현재 직장인이자 두 아이의 엄마이다. 흔히 우리가 알고 있는 '워킹맘'이다. 그녀는 직장에 대한 회의, 좋은 엄마가 되지 못하는 자신에 대한 불안 등으로 우울증과 식욕 부진, 불면증에 시달렸다고 한다. 그와 함께 죽음에 대한 두려움이 찾아왔다. 하지만 독서의 기쁨을 알게 되면서 매일 책을 읽기 시작했다.

전안나 작가의 『1천 권 독서법』에는 그녀가 하루에 1권 책을 읽을 수 있었던 시간 확보 계획을 소개한다. 그 방법은 다음과 같다.

첫째, 기상 후 15분

둘째, 업무 시작 전 30분

셋째, 점심시간 45분

넷째, 퇴근 전 30분

다섯째, 잠들기 전 60분

이렇게 하면 출근과 퇴근 전후 시간을 활용하여 하루 3시간 독서를 하게 된다. 이를 토대로 하루 3시간 독서 시간을 활용했다고 한다.

또한 작심삼일인 사람들에게도 희망의 메시지를 전한다. 그 내용은 다음과 같다.

"작심삼일도 열 번이면 한 달이다. 스무 번이면 두 달이고, 서른 번이면 석 달이다. 나는 하루 한 권 읽기를 목표로 삼았지만, 책 한 권을 다 읽지 못한 날도 있고, 아예 펼쳐보지 않은 날도 있다. 심지어 책 권태기가 와서 20일 동안 책 근처에 가지 않은 날도 있었다. 그러나 포기하지는 않았고 잠시 쉬었다 간다는 생각으로 다시 시작했다."

『1천 권 독서법』

저자도 위의 말에 많은 동의를 한다. 저자가 이 책에서 설명하는 맥락과도 일치하는 면이 있다. 직장인에게 출근하기 전 시간과 퇴근 후의 시간이 있다. 전안나 작가는 출·퇴근 시간을 활용하여 자신만의 새로운 삶을 개척하였다. 하루의 시작인 한 권의 독서가 1천 권이라는 목표로 이어졌다. 1천 권의 책은 작가로서의 삶으로 이어진 것이다. 여러분도 하루의 시간을 위와 같이 활용한다면 독서가, 작가 등의 삶으로 이어질 수 있을 거라 생각한다.

저자가 어린 시절부터 좋아한 문구가 있다. 그것은 다음과 같다. '진인사대천명(盡人事待天命)'이다. 의미는 자신의 할 일을 다 한 후 하늘의 뜻을 기다린다는 말이다. 즉, 노력을 다한 후 천명을 기다림이다.

우리가 하루를 보내는 생각도 이와 동일하다고 생각한다. 하루 24시간을 소홀히 보내지 말고, 1분 1초 최선을 다해 보내자. 하루는 일주일이 될 것이고, 일주일은 한 달이 될 것이고, 한 달은 1년 이상이 될 것이다.

이렇게 최선을 다하다 보면 하늘에서 여러분에게 축복과 성공이라는 선물을 줄 것이다.

출근 후 나만의
시간 관리 시스템을 구축하자

　성공한 사람들에게는 한 가지 공통적인 특징이 있다. 그것은 그들만의 원칙이 있다는 것이다. 성공한 사람들은 그들의 목표를 실현하기 이전부터 이미 머릿속에 성공한 모습을 마음속으로 그리고 있었다는 점이다. 삶이 힘들어도, 배움이 부족해도, 인맥이 부족해도 그들은 상관하지 않았다. 그들은 언젠가는 성공할 것이라는 확신을 다짐했고, 언젠가는 성공한다고 스스로 믿었다. 즉, 그들만의 원칙과 시스템을 가지고 있었던 것이다.

　이러한 점은 우리가 직장에서도 동일하게 적용할 수 있다. 직장에서 남들과 다른 성과를 창출하고, 자신을 발전시키기 위해서는 자신만의 원칙과 시스템이 필요하다. 이러한 원칙과 시스템은 시간 관리에서 시작한다고 할 수 있다.

저자가 직장생활을 하면서 느낀 점이 있다. 업무를 효율적으로 하면 할수록 일을 빨리 끝낼 수 있다. 이러한 원리를 깨닫기까지 많은 시행 착오를 겪었다. 입사 초기, 시간은 한정적이고 업무는 많았다. 업무가 처음인 나에게 모든 것은 맨땅에 헤딩하는 식이었다. 불행 중 다행인 것은 업무를 처리하는 기준 즉, 규정을 정확히 아는 것이었다. 아무리 내가 일을 잘한들 규정에서 벗어나면 옳지 못하다.

처음 입사 후 나는 규정집부터 살폈다. 먼저 회사와 관련된 규정부터, 맡고 있는 업무 관련 규정 순으로 봤다. 총무 부서에 있을 때는 단순 업무를 효율적으로 처리하는 방법에 대해 고민하였다. 사업 부서에 있을 때는 보고서 작성 방법에 대해 고민하였다. 작성한 보고서를 상사에게 보고할 때 효과적으로 전달할지에 대해서 고민했다.

그 결과, 단순 업무에 관하여서는 시간을 정하여, 한꺼번에 몰아서 처리하는 방법을 깨달았다. 사업 부서에서 업무를 처리할 때는 현장 중심으로 선 현장점검을 다녀온 이후 보고서를 작성했다. 그리고 상사에게 보고할 경우에는 결론을 먼저 보고한 뒤, 그다음에 구체적인 내용을 보고했다.

보고서를 작성할 때, 궁금하거나 의문점이 있는 부분이 있다면, 계획단계에서 상사의 의도가 정확한지 한 번 더 물어보는 과정을 거쳤다. 업무처리 시간을 단축하기 위해 사무용품의 공간을 별도로 마련했다. 이러한 과정으로 업무를 처리할 때 시간을 줄일 수 있었다. 책상의 좌측과 우측에 필요한 용품을 배열해놓았고, 책상 서랍을 주기적으로 관리했다. 이러한 원리를 토대로 나는 1분 1초를 아낄 수 있었고, 야근 횟수를 줄일 수 있었다. 또한 다른 부서의 협조가 필요한 부분은 과감히 도움을 요청하여, 나의 고민을 해결하려고 노력했다.

독자 중 직장에서 여러분만의 시스템을 구축하길 바란다.
도움이 된다면 아래 내용을 참고하길 바란다.

첫째, 책상 위 업무에 필요한 사무용품 위치를 정한다.
둘째, 단순 업무는 한 번에 몰아서 한다.
셋째, 보고서 작성은 현장을 필히 확인한다.
넷째, 보고는 결론부터 말한다.
다섯째, 책상 서랍은 주기적으로 관리한다.

첫째, 책상 위 업무에 필요한 사무용품 위치를 정한다.
출근했다면 업무에 필요한 사무용품 등이 정위치에 있는지 살펴봐라. 예를 들면, 필기도구, 사무용품, 규정집, 업무에 필요한 각종 서류 등이다.

둘째, 단순 업무는 한 번에 몰아서 한다.
메일, 팩스, 스캔, 복사 작업 등은 일정한 시간을 정하여 한 번에 처리하자. 그래야 여러분의 소요시간을 줄일 수 있다. 예를 들어, 복합기를 사용하는 사람이 적은 시간대인 업무 시작 10분 전이나, 점심 식사 종료 10분 이후에 스캔작업을 하는 것이다. 메일의 경우도 메일을 보고 다른 업무를 하는 게 아닌, 고정된 시간에 메일을 확인하자. 바로 답장이 가능한 것은 확인 후 바로 답장을 하자. 중요한 메일의 경우 조금 고민을 한 후 보낼 것을 권한다.

셋째, 보고서 작성은 현장을 필히 확인한다.

어떤 안건에 관하여 보고서를 작성해야 하는 경우라면, 사전에 현장을 필히 다녀오자. 현장에는 우리가 몰랐던 문제를 직접 확인할 수 있다. 문제를 확인했다면 현장에서 직접 보고 들으며 문제에 대한 해결책도 생각해 낼 수 있다. 보고서는 현장의 결과물이란 것을 잊지 말자. 현장을 알면 보고서는 쉽고, 빠르게 작성된다.

넷째, 상사에게 보고한다면 결론부터 말하자.

상사에게 어떤 안건에 대하여 보고할 때는 결론부터 말하자. 상사는 여러분이 보고하는 보고서 이외에도 다른 사람의 보고를 받는 입장이다. 그리고 보고 하기 전 이 사항이 현재 상사 입장에서 중요한 사항인지도 확인하면 좋다. 그렇지 않을 경우 다른 시간대를 고려해서 보고해도 좋다. 타이밍은 상사에게 보고할 때 중요한 것이다. 만약 결론을 말했을 때 상사가 바로 이해했다면, 부연 설명을 하지 않을 수 있다. 추가 설명을 하지 않음으로 여러분은 시간과 에너지를 아낄 수 있다.

다섯째, 책상 서랍은 주기적으로 관리한다.

직장인 중 사무직에 종사한다면 서랍은 필수로 가지고 있을 것이다. 하지만 서랍을 관리하지 않는다면 자칫 여러분의 시간을 뺏길 수 있다. 왜냐하면 만약 가위, 칼, 풀 등이 필요할 경우 정리가 되어있지 않는다면 사무용품을 찾는 데 많은 시간이 소요될 수 있기 때문이다.

위의 사항은 저자의 경험을 통해 알게 된 예시이다. 자신의 상황에 맞추어 적용하길 바란다. 또한 나의 경험을 토대로 여러분만의 시스템을 구축하길 바란다. 상황, 배경, 직업, 직종 등이 나와는 다를 수 있기 때문이다. 하지만, 지금 직장을 시작하는 단계라면 위의 5가지만 잘 숙지해도 남들보다 효율적인 업무를 할 수 있을 것이다.

위와 같은 업무시스템을 구축한다면 많은 장점이 있다.
장점은 아래와 같다.

첫째, 업무를 효율적으로 추진할 수 있다.
둘째, 야근을 줄일 수 있다.
셋째, 퇴근 후 나만의 시간을 확보할 수 있다.

일을 빨리 끝내면 야근이 줄어든다. 야근이 줄면 퇴근 후 나만의 시간을 보낼 수 있다. 나만의 시간을 가진다면 공부를 할 수도 있고, 취미 생활을 할 수도 있다. 또는 애인과 좋은 시간을 보낼 수 있다. 가족과 시간을 보낼 수 있다. 그래서 여러분에게 일은 효율적으로 하도록 권하고 싶다. 되도록 데드라인을 정하여 그 시간에 업무를 끝마치는 습관을 들이자. 주어진 시간 안에 업무를 끝내기 위해서는 상사의 의도를 파악해야 한다. 그 의도를 파악하기 위해서는 첫 단추를 잘 끼워야 가능하다. 그래서 업무를 계획할 때는 초안 보고를 하여 자신이 생각하고 있는 것과 상사가 의도한 것이 일치하는지 검토해야 한다.

오랜 기간 한 분야에 종사한 사람들을 보면 그들은 공통점이 있다. 그것은 그들만의 '노하우'가 있다. 그 종류도 여러 가지이다. 이들은 누구보다 해당 분야에 많이 알고 있을 것이다. 그리고 그들만의 어려움을 겪었을 것이다.

'NO PAIN, NO GAIN'이란 말이 있다. '고통이 없으면 얻을 수 없다'라는 말이다. 이들은 수많은 고통을 겪으며 지금의 달인이라는 칭호를 얻었을 것이다. 하지만 저자는 많은 고통을 겪는 것보다는 그들의 노하우를 먼저 배울 것을 권하고 싶다.

직장에서도 마찬가지라 생각한다. 누군가는 직장에서 겪은 많은 노하우를 가지고 있을 것이다. 이러한 노하우를 배워서 여러분만의 시스템으로 변형시켜라. 그 시스템으로 나만의 시간 관리 노하우를 확보하자. 우리의 시간은 무한하지 않다. 우리가 살고 있는 하루는 퇴직이라는 문을 향해 나아가고 있다. 오늘부터 당장 책상부터 정립하자. 여러분의 인생이 달라질 것이다.

직장에서 시간 관리가
지금의 나를 만들었다

"시간의 걸음에는 세 가지가 있다. 미래는 주저하면서 다가오고, 현재는 화살처럼 날아가고, 과거는 영원히 정지하고 있다." 독일의 극시인이자 문학사상가인 F. 실러의 말이다.

위의 말에 많은 동의를 한다. 특히 30대가 넘어간 이후로 시간에 대한 생각은 더욱 바뀌었다. 시간은 눈 깜작할 사이 지나간다. 저자는 종종 과거 고등학교 졸업식 때 교장 선생님의 말씀이 생각났다. 10대 때는 10KM의 속도로 인생이 지나간다. 20대는 20KM의 속도로 지나간다. 30대는 30KM의 속도로 지나간다. 40대는 40KM의 속도로 지나간다. 50대는 50KM 미터의 속도로 지나간다. 나의 마지막 10대 시절의 추억이다. 많은 기억 중 졸업식 당일의 일화는 뚜렷이 내 기억 속에 저장되어 있다.

10대를 지나 20대를 거쳐 30대에 와보니, 맞는 말이다. 흠잡을 곳이 한 단어도 없다. 오히려 더 빨리 지나가는 것 같다.

　많은 사람들이 시간이 없음에 불평을 하곤 한다. 정작 시간 관리에 대한 실천은 부족한 채로 말이다. 밤에 늦게 자고, 아침에 늦게 일어난다. 새벽에 일어나 자기계발을 하고 싶어 하지만 이불 속에서 잠든 채 내일로 미루곤 한다. 하루 이틀 미루다 보면 어느새 시간은 새해가 되어있을 것이다. 그 새해에도 동일한 소망을 반복한다.

　영어공부, 다이어트, 독서 등이다. 어느 영상에서 시간에 관하여 다음과 같이 말한다. 성공하고 싶다면 비옥한 토지부터 만들 것을 말이다. 직장인도 마찬가지라 생각한다. 우리가 직장 내에서 또는 퇴직 이후의 삶을 성공적으로 만들고 싶다면, 우리의 시간부터 관리해야 한다. 직장에 출근하기 전부터, 직장에 출근해서, 그리고 퇴근 후 계획적으로 시간을 사용해야 한다.

　저자는 새벽에 일어나 운동을 한다. 보통 1시간에서 1시간 30분 정도씩 한다. 운동한 후에는 씻고, 영양을 섭취해 준다. 그리고 회사에 출근한다. 출근길에는 영어 듣기를 하며 갈 때도 있다. 출근하면 그 날의 다이어리부터 펼쳐 든다. 다이어리를 펼친 후 그날의 업무계획을 세운다. 그리고 사무용품을 점검하고, 관련 기관과 담당자들의 업무 연락 상태를 점검한다. 업무를 할 때 최대한 시스템을 갖추어 시간 낭비를 최소화하고자 노력한다. 그리고 그 날 우선으로 처리해야 할 업무를 중점적으로 해결한다.

　상사에게 보고할 상황이 생기면 관련 문서를 한 번 더 확인한다. 보고할 내용을 점검하고, 결론부터 보고할 준비를 한다. 문서는 최대한 핵심 위주로 간략히 작성한다. 그리고 퇴근 시간 30분 전에는 오늘의 한 업무를 점검한다. 해야 할 업무를 제대로 했는지, 불필요한 업무를 하면서 시간을 낭비하진 않았는지 점검한다.

　업무를 끝낸 것은 표시하고, 끝내지 못한 것은 다음 일정에 표시하여 새로운 데드라인을 설정한다. 퇴근 후에는 간단히 저녁 식사를 한다. 그리고 최대 2시간 영어공부를 하거나, 자기계발을 한다.

　이러한 시간 관리는 쉽지 않다. 때로는 쉬고 싶은 날도 있다. 이런 경우에는 약간의 휴식을 취하거나 시간을 조정하여 진행하기도 한다.

　이러한 시간 관리를 위해 선행되어야 할 4가지가 있다.

　선행되어야 할 4가지는 다음과 같다.

첫째, 목표의식

둘째, 의지력

셋째, 인내심

넷째, 실천

　첫째, 목표의식이 필요하다.

자기계발에 시간을 투자하는 이유는 퇴직 이후의 삶 때문이다. 저자는 어린 시절부터 가진 것이 없었다. 공부를 잘 하지도 않았으며, 운동을 뛰어나게 잘한 것도 아니었다. 특출한 기술을 가진 것도 없었다.

하지만 '진인사대천명(盡人事待天命)'을 삶의 신조로 그 날 하루하루를 열심히 살고자 노력했다. 나의 미래가 불안할 때면 인생 선배를 찾아가 인생에 대한 조언을 구했다. 이러한 작은 노력이 쌓여 내가 가야 할 길과 가지 말아야 할 길을 구분했다. 그리고 현재의 위치에 왔다. 좋은 직장에 들어간다면 모든 게 좋을 줄 알았다. 하지만 나름의 장점과 단점은 존재했다. 그래서 저자는 퇴직 이후의 삶을 계획하고, 시간 관리를 시작했다. 여러분도 자신만의 목표를 가지길 바란다.

둘째, 의지력이다.

자기계발에 대한 목표가 생겼다면, 목표를 달성하기 위한 의지가 필요하다. 자동차에 연료가 없다면 좋은 여행지를 간다고 해도 이동할 수가 없다. 우리의 자기계발도 동일하다. 자기계발에 목표를 정했다면, 그 목표를 달성하기 위한 의지는 필수이다. '작심삼일(作心三日)'이란 말이 있다. 결심한 지 4일을 가지 못한다는 의미이다. 저자는 작심삼일이어도 좋다고 말하고 싶다. 작심삼일을 수십 번 반복한다면 작심삼일은 한 달, 1년 이상이 될 수 있다.

셋째, 인내심이다.

남들과 다른 삶을 산다는 것은 쉽지 않은 일이다. 누군가가 편하게 쉴 때 자신만은 고통을 감수해야 한다. 더운 날 땀을 흘려야 하고, 운동 후 다음 날 느껴지는 근육통을 참아내야 한다. 추운 날 문밖에 나가기 싫겠지만, 추위 또한 이겨내야 한다. 이러한 어려움을 극복하기 위해서는 미래의 변화된 자신을 상상하길 권한다. 이미 자신은 이루었고, 달성했다는 믿음 말이다. 이러한 인내심이 있다면 여러분에게 또 다른 삶이 찾아올 것이다.

넷째, 실천력이다.

목표를 세우고 마음속 의지가 충분하다면 준비는 완료되었다. 이제 이 계획을 실천하기만 하면 된다. 다음은 실천에 관한 몇 가지 명언을 소개한다. 그만큼 실천은 중요하기 때문이다.

'알고 있는 것이 아무리 많다 할지라도 그것을 실천하지 않으면 모르는 것만 못하다. 서로 친하다고 하여도 믿지 않으면 친하지 않은 것만 못하다. 이처럼 실천과 믿음은 중요한 것이다.'　　　　　- 공자 -

'실천이 없으면 증명이 없고 증명이 없으면 신용이 없으며 신용이 없으면 존경이 없다.'

- 국제공수도연맹 극진회관 전 최영의 총재 -

'마음만을 가지고 있어서는 안 된다. 반드시 실천하여야 한다.'

- 시조 이소룡 -

저자는 퇴직 이후의 삶에 관심이 많았다. 퇴직 이후의 나의 직업, 재산, 거주지 등을 생각했다. 또한 직장 내 상사를 보며 나의 미래를 상상했다. 이런 생각은 하루의 시간을 소중하고 중요하게 만들었다.

이 글을 읽는 독자라면 어느 정도 자기계발에 관심이 있을 거로 생각한다. 그리고 시간 관리에 관심이 있을 거로 생각한다. 또한 현재 직장이 만족스럽지 않거나, 직장생활 이후의 삶을 계획 중인 독자가 있을 거로 생각한다. 그리고 혹시라도 퇴사를 고민하고 있다면, 신중히 할 것을 권하고 싶다.

직장생활이 힘들겠지만, 준비 없이 나간다면 더 큰 어려움을 맞이할 수 있다. 그래서 강조하고 싶다. 출근 전 2시간, 퇴근 전 2시간을 자신을 위해 활용할 것을 말이다. 현재 직장에서 많은 어려움을 겪고 있을 것을 이해한다. 저자의 지인 중에도 힘들 게 직장에 들어갔다. 그곳에서 상사의 괴롭힘에 결국 퇴사를 했다. 하지만 그는 준비하지 않고 나왔다. 그와 대화를 할 때면 후회하는 심정을 엿볼 수 있다. 지금 당장에는 많이 힘들겠지만, 준비될 때까지 조금 더 힘낼 것을 권한다. 여러분이 참고 이겨낸다면 여러분 마음속 하나님께서 여러분에게 맞는 쉴 만한 물가로 인도하실 것이다.

"그가 나를 푸른 초장에 누이시며 쉴만한 물가로 인도하시는도다"

– 시편 23:2 –

휴가 기간,
나만의 꿈을 위해 투자하라

지금 잠을 자면 꿈을 꾸지만 노력하면 꿈을 이룹니다. 워런 버핏의 말이다.

어린 시절 저마다 한 가지씩 마음속 꿈이 있었을 것이다. 그 꿈은 한 나라의 대통령이 되는 것, 의사가 되어 사람의 생명을 살리는 것, 변호사가 되어 억울한 사람의 누명을 벗기는 일 등이다.

하지만 중학생이 되고, 고등학생이 되며 우리는 대학이라는 간판에 의해 점점 나누어지기 시작한다. 대학을 졸업 후 직장이라는 사회에 나아가며 좋은 직장, 대기업, 공무원 등으로 또 한 번 나누어진다. 이러한 과정을 거쳐 어린 시절 꿈꾸던 꿈은 어느새 무색해져 있다.

직장생활을 시작하고, 사회의 현실을 깨달으며 현실에 맞추는 삶은 당연시되고, 팍팍한 현실을 마주하게 된다. 더욱이 팍팍한 현실은 우리의 꿈을 빼앗고, 더욱 팍팍한 현실을 만들어 간다. 이러한 현실을 반영이라도 하는 듯, 대부분 사람은 직장생활을 힘들어한다. 새로운 삶을 꿈꾸지만, 다시 현실 세계로 돌아와 꿈을 포기하고 만다. 그래서 저자는 직장생활하는 동안 자신만의 꿈을 가질 것을 권한다. 직장에 있는 동안 제2의 인생을 위한 준비를 하는 것이다.

저자는 어린 시절부터 세계여행의 꿈이 있었다. 직장생활을 하게 되면 휴가 기간 틈틈이 여행을 가고 싶었다. 직장에 취업 후 해외여행은 그저 꿈만 같았다. 입사 초기에는 중요한 행사들로 먼 지역으로 휴가를 가기는 어려웠다. 점차 연차가 쌓이고 나서야 여유가 생겼다. 그리고 나는 꿈에 그리던 해외로 여행을 가게 되었다.

직장인이라면 먼 거리의 해외여행은 사실상 어렵다. 그래도 나는 여행을 갈 수 있는 것에 만족할 수 있었다. 여행지는 주로 아시아권을 다녀왔고, 운 좋게 한번은 미국에 다녀올 수 있었다.

직장인이 되어 좋은 점은 휴가 기간 여행을 갈 수 있는 것이다. 과거 저자는 군대 전역 후 유럽으로 배낭여행을 다녀왔다. 그때의 추억과 경험은 영원히 잊지 못할 것 같다. 유럽 여행지는 북유럽, 동유럽, 서유럽, 남유럽 시계방향으로 주요 도시를 다녀왔다. 주요 도시를 몇 가지 소개하면 영국과 스코틀랜드, 독일, 프라하, 헝가리, 이탈리아, 그리스, 스페인, 프랑스 등이다. 직장인이 된 이후 과거의 여행경험을 생각하면 아쉬운 면도 있다. 왜냐하면 직장인이 되면 장기간 먼 거리의 여행은 어렵기 때문이다. 이러한 아쉬움이 남아서일까. 저자는 세계여행에 대한 갈망이 남았다. 혹시라도 여행을 꿈꾸고 있다면 직장에 입사하기 전 미리 경험하길 추천한다. 베테랑 여행가의 의견을 들어보면, 1년이라는 기간이면 세계의 주요 여행지는 가능할 것으로 보인다.

그래서 저자는 직장생활 중 여행을 가고 싶은 꿈이 있었다. 저자가 간 여행지는 아시아권과 미국을 다녀왔다. 현재 여건상 주로 아시아권을 간다. 이유는 여행 기간 때문이다. 장기간 해외에 머무를 수 없기 때문이다. 비용적인 면도 무시할 게 못 되지만 여행을 좋아한다면 비용보다는 시간이 더 큰 문제가 될 것이다. 왜냐하면 돈은 벌면 된다. 아껴 쓰면서 모으면 된다. 저자도 유럽여행 동안 비용을 아껴보려고 시도했다. 지금 생각해보면, 그 시절은 비용을 아끼기보단 더 많은 경험을 했으면 하는 아쉬움이 남는다.

직장생활 중 혹시라도 여행을 가고 싶다면 아래의 내용을 참고하길 바란다.
직장인이 여행 갈 수 있는 팁은 아래와 같다.

첫째, 기간
둘째, 비용
셋째, 업무

여행을 간다면 위의 3가지는 고려해야 할 것이다.

첫째, 기간이다.

직장생활을 하면 '연차'라는 복무 제도를 활용할 수 있다. 직장생활 중 여행을 간다면 최대 일주일, 보통 3일 정도 기간으로 다녀올 수 있다. 7일은 평일과 주말을 포함한 기간이다. 3일은 보통 한 주의 금요일과 주말을 포함하여 갈 수 있는 기간이다. 또는 다음 주 월요일까지 포함하면 3박 4일 일정으로 휴가를 갈 수 있다. 운이 좋아 황금연휴가 있는 기간에는 10일까지도 쉬는 경우를 봤다. 참고하길 바란다.

둘째, 비용이다.

비용은 해당 나라의 물가에 따라 천차만별이다. 물가가 저렴한 동남아의 경우 비용은 저렴하나, 물가가 비싼 나라의 경우 여행비용이 비쌀 수밖에 없다. 하지만 미리 준비한다면 염려할 필요 없다. 여행 가기 몇 달 전부터 비행기와 숙소를 예약한다면 남들보다 저렴하게 여행 갈 수 있다. 저자가 미국을 갈 때 비행깃값이 100만 원이 넘지 않았다.

셋째, 업무이다.

업무가 밀렸는데 휴가는 갈 수 없을 것이다. 그래서 휴가 가기 전 업무는 반드시 미리 끝내야 한다. 그래서 휴가 이후에 하게 될 업무에 대해서도 미리 파악할 것을 권장한다. 혹시 걱정된다면 연락 가능한 준비를 해놓는 게 좋을 것이다.

저자는 어린 시절부터 아버지의 권유로 무술을 수련했다. 그 당시 허약한 체질이었던 내가 걱정되었던 듯하다. 혹시라도 학창시절 주변 친구들로부터 괴롭힘을 당할지 걱정하셨던 것이었다. 어린 시절 무도를 배운 영향으로 학창시절 내 몸은 지킬 수 있었다. 하지만 한 가지 아쉬운 것은 나보다 몸짓이 크고 여러 명인 상황에서 한계를 느낀 경험이 있었다. 이러한 경험은 나의 무도 세계관에 큰 영향을 주었다.

어린 시절의 영향으로 나는 지금까지 무술을 수련하고 있다. 그리고 20대 시절 우연한 계기로 해외 무술을 접하게 되었다. 나는 신세계를 경험한 듯했다.

나는 이를 배우기 위해 국내는 물론 해외의 세미나를 참석하고, 유명한 사람들을 찾아 나섰다. 무술을 배우며 지금까지 내가 알고 있던 무도 세계관을 뒤엎는 계기가 되었다. 이를 계기로 힘이 상대적으로 약한 여성과 나이가 어린 사람들도 충분히 자신을 방어할 수 있는 것을 깨닫게 되었다. 영화에서 볼법한 화려한 동작들은 자신을 보호하는 데 필요하지 않았다. 단순한 동작이지만 여러 번 깊이 있게 연습한다면 자신을 충분히 보호할 수 있다. 나는 이러한 원리를 깨닫는데 많은 시간과 비용이 소요되었다. 만약 이러한 원리를 어린 시절 알았다면 하는 아쉬움이 남았다.

또한 무술이라는 것은 신체를 단련하고 신체를 사용하는 무도이지만, 철학과 사상은 일상생활에도 적용할 수 있다. 내가 새롭게 접한 무도는 단순함과 효율성을 추구하는 무술 철학을 가지고 있다. 바쁜 현대인에게 위와 같은 철학은 일상을 살아가는데도 많은 도움이 된다. 저자는 이미 위의 원리를 업무, 일상생활에 적용하고 있다. 한 가지 업무를 하더라도 최대한 효율성을 고려한 측면도 무술의 영향이 있었다.

2018년경 나는 해외 세미나에서 소정의 테스트를 거쳐 절권도 지도자 라이센스를 취득했다. 하지만 아직 나는 부족함을 느끼고 있다. 그래서 여전히 아직 수련생이라는 생각으로 계속 배움을 이어가고 있다. 무술에 관심이 있고 자기방어를 하고 싶다면 메일을 주길 바란다.(munmu7@naver.com)

특히 세상이 발전할수록 범죄의 비율도 증가하는 것을 알 수 있다. 인터넷과 영상매체의 발달로 학생들이 고민 없이 사건 사고를 일으키는 뉴스를 볼 때면 안타까움을 금치 못할 때가 많다. 또한 폭행과 협박으로 고통 받는 사건을 접할 때면 할 말을 잃곤 했다.

저자는 최근 들어, 어린 시절 저자가 수련했던 무술을 다시 수련하고 있다. 그 당시의 몸 상태는 아니지만, 한 단계 스스로 발전시키고 싶은 마음이 크다. 또한 신체와 관련된 스포츠 자격증 취득 준비를 하고 있다. 자격증을 취득하여 추후 무술과 접목시켜 사람들을 지도할 생각도 하고 있다.

66세인 나이에 인생 2막을 준비하기 위해 떠나는 이가 있다.

4개 외국어(스페인, 프랑스, 중국어, 일본어)를 공부하기 위해 2년간 장기 프로젝트를 꿈꾸고 있다. 3개월 어학 공부를 하고, 3개월은 휴식기를 갖는다고 한다. 그의 이름은 김원곤 서울대 흉부외과 명예교수이다.

저자가 하고 싶은 말은 그와 같은 언어를 배우기 위해 떠나라는 말이 아니다. 그와 같이 바쁘게 살라는 말이 아니다.

여러분에게는 자신만의 꿈이 있을 것이다. 그 꿈이 단지 가려진 것뿐일 것이다. 그 꿈을 위해 한 번 더 도약하고 도전하는 삶을 살길 바랄뿐이다.

남들과 달라서
성공적인 2막을 준비했다

2막을 시작하려면 기회를 붙잡을 준비가 되어있어야 한다. 열린 문을 통과하였을 때 나타나는 것은 막다른 길이 아니다. 인생이라는 여정에서 막다른 길은 존재하지 않는다. 우리가 어떤 문을 통과하든 반드시 다른 문이 나타날 것이라고 믿고 안심해도 좋다. 스테판 M. 몰란의 말이다.

대한민국은 100세 시대다. 한국인의 평균수명은 점차 증가하고 있다. 60세 환갑잔치는 옛말이 되었다. 사회는 점점 고령화 사회가 되어간다. 고령화 사회는 동전의 양면 같다. 사회가 발전하면서 살기 좋고 수명이 늘어나는 것은 좋지만, 부양받을 사람이 많아지는 사회를 초래한다. 그래서 우리는 한 가지 고민할 것이 있다. 그것은 은퇴 이후의 삶이다. 우리는 은퇴를 반드시 한다. 은퇴는 선택이 아닌 필수이다. 하지만 은퇴 이후의 삶은 선택이다.

인생 2막, 퇴직 이후의 삶은 자신과는 먼 거리의 얘기로 들릴 수 있다. 직장에서 일하다 보면 어느새 나이는 50대를 지나 있을 것이다. 나름대로 직장생활을 잘해왔다고 생각하겠지만, 인생 2막을 준비 없이 했다가 위기를 맞이할 수 있다. 그래서 저자는 현직에 있을 때 지금 당장 준비하라고 말하고 싶다. 그래서 여러분에게 출근 전 2시간, 퇴근 후 2시간을 제2의 인생을 위해 투자할 것을 권하는 이유이다.

위의 시간은 직장생활의 연차와는 상관이 없다. 퇴직이 많이 남지 않았다면 당연히 더욱 많은 시간을 투자해야 할 것이다. 이제 막 시작한 신입이라면 꼭 자기계발이 아니라도 직무와 관련된 것을 공부해도 된다.

저자는 술자리를 즐기는 편이 아니다. 사회생활을 하게 되면 술자리를 갖게 될 것이다. 한국의 정서와 문화상 술은 매우 보편화 되어있다고 할 수 있다. 술을 즐기는 사람이야 술자리가 좋겠지만, 그렇지 않은 경우에는 불편한 경우가 많다. 특별한 경우를 제외하고는 술자리를 즐겨 하지는 않는다.

그래도 어쩔 수 없이 참석해야 할 경우가 있다. 그런 경우 저자는 1차에서 끝맺음하려고 노력한다. 술자리를 참석하게 되면 직원들과 친분을 쌓을 수 있고 상사에게 잘 보일 수도 있을 것이다.

술자리에서 친분을 쌓는 것도 중요하지만, 그 날 하루를 온전히 보내는 것이 중요하다고 생각한다. 술을 통해 한순간은 기분이 좋고 스트레스를 잠시나마 해소할 수 있다. 하지만 직장인은 다음 날 또 출근해야 한다. 전날 술을 많이 마셨다면, 숙취라는 이유로 오전의 근무는 잘 하지 못하게 될 것이다. 오전 근무를 잘 못 하게 되면 그 날 해야 할 업무는 밀리고 만다. 또한 하루 컨디션이 정말 좋지 않다. 하루로 끝나면 좋겠지만, 하루 컨디션이 좋지 않으면 그 주에도 영향을 준다.

우리가 명심해야 할 것은 우리는 반드시 퇴직해야 한다. 퇴직은 기간의 차이일 뿐이지 선택사항이 아니다. 그리고 퇴직을 할 때 우리가 반드시 갖추어야 할 조건이 있다.
그것은 '건강'이다. 건강에는 우리의 몸 상태와 정신적인 상태도 포함한다. 몸만 건강하고 정신이 따라가지 못한다면 부족할 수 있다. 육체와 정신의 조화가 필요하다.

저자는 현직에 있을 때 인생 2막을 준비해야 한다고 생각한다. 한 번 더 강조하고 싶은 대목이다. 준비 시기는 한 살이라도 젊었을 때 시도하면 좋을 것으로 생각한다. 준비할 때 업무부터 전문가가 되길 권한다. 자신의 업무를 빨리 끝낼수록 개인시간을 확보할 수 있기 때문이다. 그래서 출근 전에는 업무와 관련된 것을, 퇴근 후에는 퇴직 후 삶과 관련된 것을 준비할 것을 권하고 싶은 것이다.
업무는 연차가 쌓일수록 시간이 지날수록 잘하게 될 것이다. 맡은 업무를 잘하게 되면, 그만큼 업무를 처리하는 속도는 단기간에 처리할 수 있다. 업무를 단기간에 처리하면 그만큼 자신이 확보할 수 있는 시간은 늘어날 것이다. 늘어난 시간만큼 자신의 미래를 위해 투자할 것을 권하고 싶다.

위와 같이 현직에 있을 때 2막을 준비해야 하는 이유는 여러 가지이다. 그중 몇 가지 요약하면 다음과 같다.

첫째, 비용

둘째, 시간

셋째, 안전성

첫째, 비용적인 부분이다.

현직에 있다면 최소 생활비만큼은 벌 수 있다. 매달 나오는 월급으로 일정 부분은 자신을 위해 투자할 수 있다. 하지만 현직에서 벗어나게 되면 경제적인 비용을 무시할 수 없다.

둘째, 시간적인 부분이다.

제일 강조하고 싶은 부분이다. 우리의 시간은 한정적이다. 그리고 되돌릴 수 없다. 한 번 지나간 시간은 돌아오지 않는다. 하루라도 젊을 때 하루라도 시간이 생길 때 준비하는 습관을 지녀야 한다.

셋째, 안정성이다.

현직에 있다면 회사의 보호를 받을 수 있다. 법적으로 큰 사고 아니라면 대화와 이해를 통해 어느 정도 해결할 수 있다. 하지만 현직에서 벗어난다면, 모든 것을 개인이 책임지고 해결해야 한다. 집안이 부유하고 준비가 완벽하다면 문제가 없다. 하지만 그렇지 않다면, 현직에 있을 때 보다 힘든 삶을 겪어야 할 가능성이 있다.

직장에는 많은 문화가 있다. 수평적인 문화, 수직적인 문화 등 다양하다. 이 중 자신에게 맞는 문화가 있을 것이다. 저자는 남들과 다른 조직 생활을 했다. 잘못된 것에 대해 개선을 요구하였다. 실제로 내가 맡은 업무는 최대한 기존 것에서 탈피하려고 노력했다. 기존 것에서 바꾸려면 많은 노력이 필요했다. 기존 것을 그대로 고수하려는 생각과 새로운 것을 추구하는 생각 사이에서 의견 충돌이 일어났다.

이러한 과정에서 어려움과 한계를 느꼈다. 변화의 필요성도 느꼈다. 그 속에서 나는 나만의 방법으로 변화를 실천했다. 새벽에 일어나 운동을 했다. 때로는 독서를 통해 마음을 다잡곤 했다. 주말에는 대학원에 다니며, 배움의 끈을 놓지 않았다. 우연한 기회로 책 쓰기에 도전하였다. 책 쓰기를 통해 세상을 바라보는 눈이 바뀌었다. 휴가 기간에는 나만의 꿈을 위하여 무술을 배우기 위해 해외 세미나를 참석하였다.

가끔 힘들고 지칠 때는 내가 적어놓은 나만의 목표와 꿈을 상상하며 버텨냈다. 또한 스스로에 대한 믿음을 버리지 않기 위해 새벽마다 성공의 믿음을 놓지 않았다.

예전의 '95세 어른의 이야기'를 본 기억이 있다. 열심히 일하고 인정받아 65세에 성공적인 정년을 맞이했다. 그 후 30년이 지나 95세가 되던 때에 많은 후회와 눈물을 흘렸다고 한다. 65세의 인생은 자랑스럽게 살았다고 생각했지만, 30년의 세월은 그렇지 못한 삶을 살았음을 깨달았다. 그 후 95세에 영어공부를 시작했다고 한다.

시간은 과거에도 흘렀고, 현재도 흐르고 있다. 또한 미래는 현재로 다가올 것이다. 우리의 시간은 한정적이다. 한정적인 시간을 어떻게 활용하느냐에 따라 우리의 미래는 천차만별일 것이다.

나는 여러분도 시간을 헛되이 보내지 않고, 행복한 미래를 준비했으면 좋겠다.

그 시작은 출근 전 2시간, 퇴근 후 2시간을 통해 만들기 바란다. 출근 전 2시간 승진을 위해, 퇴근 후 2시간 퇴직 후 삶을 위해 여러분의 혼을 쏟아붓길 바란다.

이 글을 끝까지 읽어준 독자 여러분에게 감사하다. 여러분의 미래에 하나님의 영광이 함께하길 바라며, 행복하길 바란다.

TIP

1) 새로운 도전이 망설여질 때 해결방법

(1) 도전을 했을 때의 장점과 단점을 분석한다.

(2) 하지 않았을 때의 장점과 단점을 분석한다.

(3) 확신이 들 때까지 고심한다.

(4) 한 가지를 선택했다면 밀고 간다.

2) 하루 시간 관리를 하는 방법

(1) 24시간을 항목별로 나눈다. (취침 7시간/업무 8시간/자기계발 4시간/기타 5시간)

(2) 업무시간에는 업무에 집중한다. (업무리스트를 기준으로 집중)

(3) 불필요한 생각과 말을 줄인다.

(4) 업무에 불필요한 행동을 삼간다.

3) 업무 이외의 시간을 노후 준비에 대비하자

(1) 직장생활의 목적은 노후와 인생 2막 준비에 있음을 잊지 말자.

(2) 준비를 위한 시간은 기본적으로 이른 새벽과 저녁 시간이다.

4) 직장인 하루 시간 관리 방법

(1) 업무 시간 이외의 시간에 대해 고민한다.

(2) 자신이 하고 싶은 자기계발의 우선순위를 정한다.

(3) 출근 전 할 자기계발 리스트, 퇴근 후 자기계발 리스트를 작성한다.

5) 출근 후 나만의 시간 관리 시스템을 구축하자

(1) 책상 위, 업무에 필요한 사무용품 위치를 정한다.

(2) 단순 업무는 한 번에 몰아서 한다.

(3) 보고서 작성은 현장을 필히 확인한다.

(4) 보고는 결론부터 말한다.

(5) 책상 서랍은 주기적으로 관리한다.

6) 직장에서 시간 관리를 위한 4가지 핵심요소

(1) 목표의식: 시간 관리에 대한 이유가 명확하면 좋다.

(2) 의 지 력: 목표를 설정했다면 지속할 힘이 필요하다.

(3) 인 내 심: 자기계발을 하는 동안 포기하고 싶은 유혹이 와도 이겨내자.

(4) 실   천: 목표를 세웠다면 곧바로 실천하자.

7) 휴가 기간은 나의 꿈을 위해 투자할 기회이다.

(1) 기간, 비용, 업무를 고려하여 휴가를 떠난다.

(2) 평소 자신이 하고 싶은 것에 도전하는 시간을 갖자.

8) 직장생활 동안 인생 2막을 준비해야 하는 이유

(1) 비 용: 최소한의 생활비를 벌 수 있다.

(2) 시 간: 결심했다면 하루라도 빨리 준비해야 한다.

(3) 안전성: 회사의 보호 아래 준비가 가능하다.

TIP

1) 시간 관리를 위해 목표설정은 필수적이다

(1) 행복을 위한 시간 관리

(2) 즐거움을 위한 시간 관리

(3) 다이어트를 위한 시간 관리

(4) 퇴직을 위한 시간 관리

(5) 자기계발을 위한 시간 관리 등

2) 하루 24시간을 관리하는 방법

(1) 예시①

하루의 시간 총 24시간

취침시간 6시간

업무시간 8시간

이동시간 2시간

자기계발 4시간

기타시간 4시간(식사, 담화 등)

※ 기타시간을 활용하여 휴식, 업무시간,
자기계발 시간으로 활용할 수 있다.

(2) 예시②

하루의 시간 총 24시간

취침시간 7시간

업무시간 8시간

이동시간 2시간

자기계발 3시간

기타시간 4시간(식사, 담화 등)

※ 기타시간을 활용하여 휴식, 업무시간,
자기계발 시간으로 활용할 수 있다.

3) 주의사항

(1) 자신에게 적절한 시간이 있음을 유의하자

(2) 처음부터 무리하게 하지 말자

(3) 1주일, 1달, 2달 간격으로 습관을 만들자

(4) 시행착오 기간이 존재하니, 실망하지 말 것

(5) 이미 성공적으로 시간 관리를 하고 있는 자신을 매일 상상할 것

직장에서의 위기는 '시간관리'라는 인생의 터닝포인트가 되었다.

《새벽을 여는 인생이 삶을 바꾼다》는 직장 생활 중 찾아온 위기를 극복하기 위해 실천하며 수많은 시행착오를 겪는 과정 속에서 탄생한 책이다.

처음 시간 관리를 시작할 때는 나에게 찾아온 위기를 지혜롭게 극복하기 위한 '생각'에서 출발했다. 이러한 위기를 극복하기 위해 주변에서 조언을 받고 싶었으나, 명확한 해결방법을 듣기 쉽지 않았다.

결국 '스스로 해결할 방법을 찾아야했다.'

이러한 생각은 나를 도서관으로 향하게 하였고, 그곳에서 나와 비슷한 문제를 겪고 있는 사람들의 책을 무작정 읽기 시작하였다. 책을 통해 정답을 찾기에는 부족했으나, 독서는 내게 삶의 방향을 설정하도록 도와주었다. 책을 읽고 많은 생각을 하며, 시간에 대해 누구보다 깊은 사색을 할 수 있었다. 그 결과, 시간에 대한 깊은 깨달음을 알 수 있었다.

'시간에는 일정한 법칙이 있다는 것을 말이다.'

시간은 모두에게 흐른다. 그 흐르는 과정 속에 무엇을 하느냐에 따라 시간은 나를 성공으로 이끄는 도구가 될 수 있다.
그리고 더 중요한 한 가지 사실이 있다.
'시간은 곧 우리의 인생이라는 사실이다.'

우리는 하루를 살아간다고 생각하지만, 우리의 삶은 하루하루 죽음으로 향하고 있다. 우리는 삶과 죽음사이에 언제나 존재하고 있다. 시간은 평범한 사람을 부유하고 성공으로 만드는 유일한 수단이라 생각한다. 시간은 언제나 우리의 삶과 함께해왔다.

우리가 태어나기 전부터 시간은 흐르고 있었고, 우리가 태어난 이후에도 흐르고 지금도 흐르고 있다. 항상 우리 곁에 가깝게 있다. 시간은 사람에 따라 상대적이라 생각한다. 누군가는 하루를 25시간처럼 가치있고 소중하게 사용하는 사람이 있는가 하면, 누군가는 그저 흐르는데로 물 흐르듯 보내는 사람이 있다.

이러한 시간과 삶에 관해 진리를 전하는 사람이 있다. 그는 전 국가 대표 이영표 축구선수이다.

그는 시간과 삶 그리고 죽음에 관하여 다음과 같이 말한다.

모든 인간은 반드시 죽는다.
과연 죽은 이후의 우리의 삶은 무엇이 있는가?
이번 주, 다음 주, 내일 약속이 있고 할 일이 있을 것이다.
우리가 약속을 지킬 수 있는 대전제는 살아있음에 있을 것이다.
우리는 보통 하루를 살았다고 말한다.
하지만 모든 인간에게 태어나는 시점이 있고 죽는 시점이 존재한다.
하루를 태어나는 시점이 아니라 죽는 시점에서 돌아보면 우리는 죽어가는 존재이다.
조금 더 솔직히 얘기하면 우리는 하루 살아간 게 아니라 오늘 우리는 하루만큼 죽은 것이다.
내가 죽는 날이 반드시 존재하는데 그날을 기점으로 돌아봤을 때 하루만큼 짧아진 것이다.
많은 꿈과 미래를 계획하고, 최선을 다하며, 노력할지라도 우리의 결론은 죽음이다.
삶의 끝으로 향하는 이 땅에서 우리의 미래, 꿈, 노력과 가치와 같은 것이 우리에게 어떤 도움이 될 것인가! 죽음을 이해하는 것이 중요하게 되었다.

에필로그

인간이 죽을 존재라는 것을 깨닫는 순간부터 하나님을 찾기 시작했다.

이는 우리가 직장생활을 할 때도 동일한 원리라 생각한다.

우리는 회사로 출근을 할 때 하루 더 출근했고, 내일도 출근한다는 생각을 한다.

하지만 모든 직장인에게 입사가 있다면 퇴사의 시점이 있다. 하루를 출근하는 시점이 아닌 퇴사의 시점에서 돌아보면 우리는 하루하루 퇴사를 향하고 있다.

우리의 회사생활의 본질을 파고 들어가면 우리는 오늘 하루를 더 다닌 게 아니라, 회사를 다닐 하루하루가 줄어드는 것이다. 이러한 관점에서 시작했을 때 작장인은 모두 퇴사를 해야 하는 길 위에 놓여 있다. 그것이 신규직원이든 명예퇴직을 앞둔 것에 상관없이 말이다.

그래서 한 번 더 강조하고 싶다. 우리에게 주어진 시간이라는 보물을 하루하루 소중하게 생각할 것을 말이다.

톨스토이는 말한다.

"시간은 금이다. 그러나 한 푼의 가치도 없는 일 년이 있는가 하면 수만금을 쌓아도 마음대로 할 수 없는 반시간이 있다. 시간에도 여러 가지 시간이 있는 셈이다."

직장생활을 하는 동안 우리는 많은 시련과 위기가 찾아올 것이다. 이러한 시련과 위기는 나 혼자 만에 해당되는 것이 아니다. 대부분 이러한 시련과 위기 속에 흔들리고 좌절을 하게 될 것이다.

하지만 이 책을 읽은 여러분은 이러한 시련과 위기를 인생의 기회로 바꿔 '전화위복'의 마중물로 삼았으면 싶다.

이 글을 끝까지 읽어주신 독자여러분께 다시 한번 감사의 말씀을 전하며, 하나님의 축복이 여러분 인생 전체에 걸쳐 퍼지기를 기원합니다.

주 안에서 항상 기뻐하라 내가 다시 말하노니 기뻐하라

아무것도 염려하지 말고 오직 모든 일에 기도와 간구로, 너희 구할 것을 감사함으로 하나님께 아뢰라

내게 능력 주시는 자 안에서 내가 모든 것을 할 수 있느니라.

- 빌립보서 4장 4절, 6절, 13절 -

감사의 말씀

책을 써서 작가의 길로 인도해 주신 하나님께 감사합니다.

책이 출간될 수 있도록 도와주신 더로드 조현수 대표님과 임·직원 분들께 감사드립니다.

책 출간 후 축하해주신 가족, 친구, 지인 분들께 감사함을 전합니다.

책을 읽어주신 독자 여러분께 다시 한 번 감사드리고,

하나님의 영광이 영원하길 기원합니다.

"예수께서 그들에게 대답하여 이르시되 하나님을 믿으라. 내가 진실로 너희에게 이르노니 누구든지 이 산더러 들리어 바다에 던져지라 하며 그 말하는 것이 이루어질 줄 믿고 마음에 의심하지 아니하면 그대로 되리라. 그러므로 너희에게 말하노니 무엇이든지 기도하고 구하는 것은 받은 줄로 믿으라. 그리하면 너희에게 그대로 되리라."

– 마가복음 11장 22:24절 –